——— 阅读之前 没有真相

午夜文库

劳伦斯·布洛克
雅贼系列

劳伦斯·布洛克 Lawrence Block (1938—)

享誉世界的美国侦探小说大师,当代硬汉派侦探小说最杰出的代表。他的小说不仅在美国备受推崇,还跨越大西洋,征服了自诩为侦探小说故乡的欧洲。

侦探小说界最重要的两个奖项,爱伦·坡奖的终身成就奖和钻石匕首奖均肯定了劳伦斯·布洛克的大师地位。此外,他还曾三获爱伦·坡奖,两获马耳他之鹰奖,四获夏姆斯奖(后两个奖项都是重要的硬汉派侦探小说奖项)。

劳伦斯·布洛克的作品,主要包括四个系列:

马修·斯卡德系列:以一名戒酒无执照的私人侦探为主角;

雅贼系列:以一名中年小偷兼二手书店老板伯尼·罗登巴尔为主角;

伊凡·谭纳系列:以一名朝鲜战争期间遭炮击从此睡不着觉的侦探为主角;

奇波·哈里森系列:以一名肥胖、不离开办公室、自我陶醉的私人侦探为主角。

此外,布洛克还著有杀手约翰·保罗·凯勒系列。

劳伦斯·布洛克生于纽约布法罗,现居纽约,已婚,育有二女。

劳伦斯·布洛克作品年表

1966 《睡不着觉的密探》
1976 《父之罪》《在死亡之中》
1977 《谋杀与创造之时》《别无选择的贼》
1978 《衣柜里的贼》
1979 《喜欢引用吉卜林的贼》获尼禄·沃尔夫奖
1980 《研究斯宾诺莎的贼》
1981 《黑暗之刺》
1982 《八百万种死法》
1983 《像蒙德里安一样作画的贼》
　　　《八百万种死法》获夏姆斯奖
1986 《酒店关门之后》
1987 《酒店关门之后》获马耳他之鹰奖
1989 《刀锋之先》
1990 《到坟场的车票》
　　　《刀锋之先》获夏姆斯奖
1991 《屠宰场之舞》
1992 《行过死荫之地》
　　　《到坟场的车票》获马耳他之鹰奖
　　　《屠宰场之舞》获夏姆斯奖、爱伦·坡奖
1993 《恶魔预知死亡》
1994 《一长串的死者》
　　　《交易泰德·威廉姆斯的贼》
1995 《自以为是鲍嘉的贼》
　　　《一长串的死者》获爱伦·坡奖
1997 《向邪恶追索》《图书馆里的贼》
1998 《每个人都死了》《杀手》
1999 《麦田里的贼》《黑名单》
2001 《死亡的渴望》
2003 《小城》
2004 《伺机下手的贼》
2005 《繁花将尽》
2011 《一滴烈酒》
2013 《数汤匙的贼》

雅贼全集精装典藏版⑦
自以为是鲍嘉①的贼
The Burglar Who Thought He Was Bogart

（美）劳伦斯·布洛克 著
林大容 译

新 星 出 版 社　NEW STAR PRESS

献给奥托·彭茨勒②

---

①亨弗莱·鲍嘉（Humphrey Bogart,1899—1957），美国演员，因黑色电影时期参演多部经典名作而留名，成为文化象征。
②奥托·彭茨勒（Otto Penzler），纽约著名悬疑小说专卖书店"神秘书店"的老板，也是神秘出版公司（The Mysterious Press）的创始人。

1

五月最后一个星期三的晚上十点十五分,我把一位美女送上出租车,看着她乘车驶出我的生命,或至少可以说驶离我站立的地方。然后我走下人行道,替自己招了一辆出租车。

去七十一街和西端大道的交叉口,我这么告诉司机。

这位司机是一种濒临绝种的动物——一个以英语为母语的愤世而焦躁的家伙。"才五个街区,往北四个,再往左一个。这么美好的夜晚,像你这样的年轻人,为什么要搭出租车?"

因为赶时间,我心想。那两部电影的放映时间比我预料的稍稍长了一点,而且我闯别人家的空门前,得先回自己公寓一趟。

"我的两条腿不行了。"我说。可别问我为什么。

"这样啊?怎么回事?不是被车撞了吧?总之,希望撞你的不是出租车,如果是,希望不是我。"

"关节炎。"

"关节炎，怎么会？"他伸长脖子回头来看我，"这么年轻怎么会有关节炎，那是老头子的病，那种老头子会跑去佛罗里达晒太阳，住拖车屋，玩沙壶球，投票给共和党。你这种年纪的人，要说滑雪摔断腿或者跑马拉松扭了筋，我还相信。可是关节炎！你哪儿来的呢？"

"七十一街和西端大道的交叉口，"我说，"西北边的那个街口。"

"我知道你在哪儿下车，可关节炎是哪儿来的呢？家族遗传的吗？"

我是怎么卷入这个话题的？"这是创伤后遗症，"我说，"有年秋天我受了伤，从此就得了关节炎并发症。平常还好，偶尔才会发作。"

"真可怕，这样年纪轻轻的。那你怎么办？"

"也不能怎么办。"我说，"医生是这么说的。"

"医生！"他叫道，然后把这段车程剩下来的时间都用来告诉我医学界出了什么问题，简直巨细靡遗。他们什么都不懂，根本不在乎你，造成的伤害比治愈的还要多，而且收费高得惊人，如果你的病情没有好转，他们就怪到你身上。"然后等你被他们搞得瞎了眼、缺胳膊断腿，就只能告他们了。你还能怎么办？当然是找律师！可这样结果更糟！"

这个话题伴随着我们，一路畅通开到七十一街和西端大道的西北角。我曾想过让他等我一下，反正上一趟楼也花不了多少时间，而且我还得再搭出租车去市区的另一端，可是我受够了——我斜瞥了一眼仪表板右边的执照——迈克思·费德勒。

我付了车钱，外加一块钱小费，然后迈克思和我都机械地微笑致意，然后互道晚安。为了逼真起见，我还想过要不要故意走得一跛一跛的，然后就决定见鬼去吧。我匆忙从门卫面前经过，走进公寓大厅。

上楼回到公寓，我迅速换衣服，脱掉卡其裤和马球衫，还有鼓舞人心的运动鞋（just do it!），换上衬衫领带、灰色宽松长裤、有防滑胶底的黑鞋，以及双排扣外套，上头每个黄铜扣子都有浮雕的锚形纹样。这些扣子——其实还有搭配成套的袖扣，可我已经好几年没见过了——是以前一个跟我交往过一阵子的女人送给我的。她遇到了一个男人，嫁给他，搬到芝加哥郊区去了，上次听到她的消息时，她已经快生第二个孩子了。她送我的外套比我们的关系更持久，扣子又比外套更持久，丢掉那件衣服时我特意找裁缝把扣子拆下来了。这些扣子可能会比现在这件外套还更持久，而且没准我离开人世时扣子还好好的，不过这种事情还是不要想得太多为好。

我从前面的壁橱里拿出手提公文包，另一个壁橱在卧室,里头靠墙隐藏着一个暗格。警方来搜过我的公寓,还没有人发现我的小密洞。一个爱嗑药的年轻木匠替我做了这玩意儿,除了他和我,只有卡洛琳·凯瑟知道它在哪里、怎么开。要是哪天我突然离开了这个国家或这颗星球,里面藏的东西说不定会一直留在那里,直到整幢楼被拆掉为止。

我按了两个必须按的地方,移动了一块必须滑动的镶板,小暗格就展露了它的秘密。东西并不多,毕竟只有大约三立方英尺的空间,大致可以容纳我偷来的物品,直到我有时间脱手为止。但是我已经好几个月没偷东西了,而上回我弄来的东西,早已分给了几个比我更需要它的人。

我能说什么呢?我偷东西。理想的来说,现金最好,可是在这种信用卡和二十四小时自动提款机盛行的时代,要找现金是越来越难了。虽然还是有人出门会带大量现金,可是通常他们也会带其他东西,比如大批的非法毒品,更别说狙击型来复枪和受过攻击训练的斗牛犬了;他们过他们的日子,我过我的,只要井水不犯河水,我就没意见。

我偷的大都是体积小的好东西。珠宝肯定包括在内;古董艺术品——玉雕、前哥伦比亚时期的雕像、拉里科牌的玻璃艺术品;业余收藏品——邮票、钱币,记得不久前还有过棒球卡;偶尔还会有张画;有一回——看在上帝的分上,再也不要了——是一件毛皮大衣。

我偷有钱人，动机不会比罗宾汉更高尚：因为穷人——上帝爱他们——没有东西值得偷。而且你会发现，我偷的这些值钱的小东西，并不是那种维持生命或灵魂所需的。我不偷心律调节器或人工呼吸器；我绝对不会把去偷的家里搬得一干二净；我不拿家具或电视机（不过我记得曾把一张小地毯卷起来带走）。简单地说，我偷的东西是那种你缺了也不会死的，而且是你很可能已经投了超过其价值的保险的东西。

那又怎样？我干的行当还是很堕落，而且应该受到谴责，这我也明白。我曾尝试过放弃，可是做不到，而且内心深处，我也不想放弃。因为我就是个小偷，小偷就是该偷东西。

不过这不是我唯一的身份和工作。我也同时是个书商，巴尼嘉书店的独资老板。这是一家二手书店，位于东十一街，就在百老汇大道和大学广场之间。你可以在放袜子的那个抽屉紧里面找到我的护照——放这儿很蠢，相信我，小偷第一个翻的地方就是这里——上面登记的职业是书商。护照上有我的名字：伯纳德·格林姆斯·罗登巴尔，地址是西端大道，上面的照片堪称其貌不扬。

还有一张好些的照片在另一本护照上，就藏在壁橱后面的密洞里。在那上面我的名字是威廉·李·汤普森，职业是商人，住在俄亥俄州耶洛斯普林斯市菲利普斯街五〇四号。护照看起来是真的，其实也算是；这本也是护照处颁发的，跟另外一本一样。我是亲自用出生证明去办的，那份出生证明也同样是真的，但是，可惜呀，不是我的。

我从没用过那本汤普森护照。这护照我已经办了七年了，再过三年就要到期了，即使到时候我还是没用过，我可能还是会拿去换本新的。没机会使用不会让我感到困扰，就像战斗机飞行员不会因为没机会使用降落伞而困扰。我知道如果需要，就有一本护照放在那里。

今晚看起来没机会用到这本护照，所以我没去动它。我也没动里面藏的现金，因为同样不需要。上次我数这笔钱时，大概只剩五千美元了，不算多。理想的状况是，我应该保持一笔两万五千美元的应急用现金，而且定期补满这个数目，可实际情况是我会闷头忙这忙那，等到发现时，这笔钱已经见底了。

开工的理由就更多了。

工欲善其事，必先利其器，小偷也不例外。我拿起一串凿子、探针，以及奇形怪状的金属条，放进裤子口袋里。又把我那支大小和形状像钢笔一样的手电筒塞进外套内侧的口袋。我不必藏着手电筒——遍布城里的五金行都有卖，而且有个手电筒也不犯法。不过带着小偷工具一定犯法，光是持有我的这点收藏品，就足以让物主去纽约州北部度个长假，而且还免费[①]。所以我会把这些东西锁起

[①] 纽约州立监狱位于该州北部。

来，手电筒也放在一起，免得到时候忘了。

手套也一样。以前我习惯戴橡胶手套，就是洗碗戴的那种，我会把手掌的部分剪掉以便透气，可是现在有那种很棒的一次性手套，用后即弃，用塑胶薄膜制成，轻得像皮革，凉得像小黄瓜，而且几块钱就可以买一卷。我撕下两枚手套，把其他的放回去。

我关上夹层、壁橱，抓起公文包，出了公寓，锁上所有的锁。解释起来倒比实际去做更耗时间。我十点三十分到公寓，换衣服和整理装备之后再回到街上时，才十点四十五分。

走到门口时，有一辆出租车经过，我可以冲过去吹口哨叫住它。不过在这种夜晚，出租车应该不难叫。所以我打算慢慢来，用正常速度走上人行道，举起一只手，招了一辆出租车。

猜我遇到了谁。

"你刚才呢，"迈克思·费德勒说，"应该告诉我你还要去别的地方，我可以等。你的腿现在怎么样了？还可以，对吧？"

"还可以。"我同意。

"真幸运，又碰到了你。我几乎认不出你来了，穿得这么正式，全身都换过。要去干什么？不介意我问问吧？

赴约？我猜是个生意上的约会。"

"没错，就是谈生意。"

"嗯，你看起来不错，打扮得很精神。我们走穿过中央公园的那条路，好吗？"

"主意不坏。"

"刚刚让你下车后，"他说，"我告诉自己，迈克思呀，你是怎么搞的，有人得了关节炎，你居然没告诉他该怎么办。草药嘛！"

"草药？"

"你懂草药吗？中国草药，要找中医。曾经有个挂拐杖的女人上了我的车，要去唐人街。她不是中国人，不过她告诉我她去看的这个中医很厉害，说刚去看的时候，她根本连路都不能走！"

"真是惊人。"我说。

"等等，我还没开始讲呢！"于是当我们开进中央公园时，他开始讲起一个治疗的奇迹。一个女人有严重的偏头痛——一星期就痊愈了！一个男人有高血压——降回正常！带状疱疹、干癣、粉刺、肉疣——全都解决了！痔疮——不用开刀就能治愈！长期背痛——好了！

"治疗背痛用的是针灸，其他都用草药。每次看病只要二十八块，药也包括在内。他每星期看诊七天，从早上九点到晚上七点……"

他自己的白内障就医好了，他向我保证，现在他的视力比小时候还好。遇到一个红灯停下来时,他摘下眼镜转过头,用清澈的蓝眼睛瞥了我一眼。到了七十六街和列克星敦大道时,他给了我一张名片,一面是中文,一面是英文。"我已经发了几百张了,"他说,"我尽量介绍人去他那儿。相信我,我非常乐意这么做!"他指给我看名片的最后一行,他还加上了自己的名字:迈克思·费德勒,还有电话号码。"等你有好结果,"他说,"就打电话给我,告诉我是怎么治好的。行吧?"

"我会的,"我说,"一定。"然后我付了车钱和小费,一拐一拐地走进雨果·坎德莫斯住的那幢褐石建筑。

初次遇到雨果·坎德莫斯是在前一天的下午。当时我和平常一样站在柜台后面,看着威尔·杜兰特[①]如何谈论米堤亚人[②]和波斯人。对于这两个民族,除了一首在人种学上颇为可疑的五言打油诗所提到的性癖好之外,我所知甚少。当时坎德莫斯是挤在我书店过道里的三名顾客之一,他正在诗集区静静地浏览。另一个老顾客是圣文森医院的一名医生,在旁边的过道找绝版侦探小说。她采用地毯式搜索,绝无遗漏,就像天花席卷平原印第安人似的。

---

① 威尔·杜兰特(Will Durant, 1885—1981),美国作家、历史学家和哲学家。
② 米堤亚人(Mede),居住在古米堤的一个印欧民族,公元前七世纪建立庞大的帝国,后于公元前五五〇年被波斯的居鲁士大帝征服。

我的第三位顾客则是个过时的老嬉皮士，经过外面时看到橱窗里的拉菲兹。她进门后唔唔喵喵地叫着，经过拉菲兹身边还问它的名字，这会儿，她正在看艺术书的架子，把几本书挑出来放在一边。如果她最后把挑出来的书全买了，那些钱足够买一大堆"猫咪组合"牌的猫粮。

医生是第一个结账的，递给我六本"梅森探案集"，都是读书俱乐部的版本，其中两本很破旧。但她是个读者，不是收藏家，她给了我二十元，拿回了一些零钱。

"就在几年前，"她说，"这种书一本才一块钱。"

"我还记得连送都送不出去的时候，"我说，"而现在刚到货就会卖掉。"

"你说这是怎么回事，是人们又对电视剧感兴趣了吗？我是偶然发现的——我讨厌那个电视剧，可我正开始看 A.A. 费尔[①] 的书，然后认定，天哪，这家伙还真能写，我们来看看他以自己的名字发表的作品什么样吧。结果很棒，节奏明快，又活泼，一点也不像那个电视垃圾。"

我们进行了一段愉快的对话，就是我买下这家书店时心中期望的那种。她离开之后，那个名叫麦琪·梅森的老嬉皮带着她挖到的宝物过来，写了一张两百二十八块三毛五的支票给我，是她买的十二本书价钱外加税的总数。

[①] A.A. 费尔（A.A.Fair, 1889—1970），美国侦探小说作家厄尔·斯坦利·加德纳（Erle Stanley Gardner）的笔名之一。他最有名的作品是"佩瑞·梅森系列"（Perry Mason），一九五七至一九九五年被改编为电视剧播出。

"希望拉菲兹能从中抽到提成，"她说，"我经过这家店足有上百次了，今天看到它我才进来。这只猫真棒。"

的确，但热情洋溢的梅森小姐是怎么知道的呢？"谢谢，"我说，"它工作也很认真。"

从她进来后它就没有移动位置，只是在她跟它咕哝时稍稍整理了一下仪容。我的讽刺是无心的——它现在工作就很认真，为巴尼嘉书店维持着一个完全没有老鼠的生态系统——不过反正她没听出来。她向我保证，她对工作中的猫满怀敬意，然后走出去，提着两个购物袋，笑得春风满面。

她刚走到门口，我的第三个顾客就走过来了，脸上带着一抹微笑。"拉菲兹，"他说，"给猫取这种名字真妙。"

"谢谢。"

"而且很适合。"

他到底是什么意思？A.J.拉菲兹是一本书上的人物，而这只猫则是养在书店里，但仅仅这样，并没有让这个名字比昆奎格或艾若史密斯之类的更适合。不过A.J.拉菲兹同时是个绅士雅贼，一个业余的小偷[1]，而我自己也是个小偷，虽然是职业的。

眼前这个家伙，一头白发、轻骨架、瘦得像根棍，穿着非常整洁，只是身上那套褐色人字呢的西装和深色方格

---

[1] 这位小偷的事迹请见E.W.赫尔南笔下的《业余神偷拉菲兹》（*Raffles, The Amateur Cracksman*）一书。

图案的背心有点过时——他怎么会刚好知道这一切？

当然，这不是什么天大的秘密。毕竟，我有所谓的犯罪前科。就算不是前科，也有别的说法。我很久没有被定过罪了，但每次偶尔被捕——尤其是最近这几年的几次——我的名字都上了报，当然不是以二手书商的身份。

就像斯卡莱特（另一个相当不错的猫的名字）①，我决定稍后再来细想这些，然后把注意力转到他放在柜台的书上。那是一本很薄的小书，蓝布精装，是温索普·麦克沃斯·普雷德②的诗选。我买下这家店时，这本书就是库存之一。我断断续续地读了里面绝大部分的诗——普雷德的韵律感和韵脚就算不是一流，也堪称名家——而且我喜欢有这种书为伴。从未有人对此书表示兴趣，我还以为自己会永远拥有它。

我输入十美元，找五块四毛一，再把我的老朋友普雷德装入一个褐色纸袋，心中有股莫名的悲痛。"看着这本书离去，我有种遗憾的感觉，"我承认道，"自我买下这家店起，这本书就在这儿了。"

"每天与这些珍爱的书为伍，"他说，"看着它们离开这儿你一定很难过。"

"这是做生意，"我说，"如果我不愿意卖，就不该把

---

①斯卡莱特（Scarlett）是一只生活在纽约布鲁克林区的明星猫，九个月大时，它从一场大火中救出自己的孩子们，因此出名，许多文学作品中都曾提到过它。
②温索普·麦克沃斯·普雷德（Winthrop Mackworth Praed, 1802—1839），英国诗人。

它放在书架上。"

"即使如此……"他说着,轻叹一声。他长着一张瘦脸,脸颊凹陷,白色的小胡子看起来完美得像是逐根修剪的。"罗登巴尔先生,"他说,狡猾的蓝眼珠探询着我的眼睛,"我只想告诉你两个词。埃博尔,克罗。"

若非他之前谈论过拉菲兹这个名字适当与否,我听了大概不会把这两个词当成名字,而是一个形容词加一个名词。

"埃博尔·克罗,"我说,"我好几年没听到过这个名字了。"

"他以前是我的朋友,罗登巴尔先生。"

"也是我的朋友。您是——?"

"坎德莫斯,雨果·坎德莫斯。"

"很荣幸能遇到埃博尔的朋友。"

"是我的荣幸,罗登巴尔先生。"我们握了手,他的手掌干燥,握得很有力,"我不该浪费时间。我有件工作想找你做,你我双方都能得利。风险极小,获利潜力极大,但主要问题在于时间。"他瞥了一眼开着的门,"我们能不能私下谈谈,不受打扰……"

埃博尔·克罗是个销赃人,我所知道的这行里面最顶尖的,是个诚实得无懈可击的人,却身处一个难得有人懂得"诚实"二字含义的行业里。埃博尔是个集中营幸存者,吃甜食的胃口大得惊人,热爱斯宾诺莎的作品。我一有机会就跟埃博尔做生意,从没后悔过,直到有一天他在河滨路的自家公寓被杀,凶手是——哎,别提了。我看到凶手并未逍遥法外,感到些许安慰,但这并不能让埃博尔起死回生。[①]

现在有个同是埃博尔朋友的人来找我,想跟我合作。

我关了门,上好锁,在窗上挂了"五分钟后回来"的牌子,领着雨果·坎德莫斯进入后面的办公室。

[①] 参见《研究斯宾诺莎的贼》。

2

现在,三十二个小时之后,我按下他那幢褐石公寓门口四个门铃中的一个。他按了开门键让我进去,我爬了三层楼梯。他站在楼梯顶端等我,领着我进入他那套占据了一层楼的公寓。里面的陈设相当有品位,一整面墙镶着玻璃书架,铺满室内的单色地毯上摆着一块贵重的奥布松[①]织花地毯,家具看起来既高雅又舒适。

作为一名终身窃贼,最糟糕的症状之一就是踏进每个房间时我都想勘察一番,眼睛对值得偷的东西特别敏感。我猜这是逛商店的一种形式。我不打算拿走坎德莫斯的任何东西——我是个职业小偷,可并不是窃盗狂——不过我照样睁大了双眼。我看了到一个中国鼻烟壶,粉晶的,雕刻技法十分精巧,还有一组象牙根付[②],其中一个是肥胖的

[①]奥布松(Aubusson),法国中部城市,以产地毯闻名。
[②]根付(netsuke),一种日本小坠子,常用来吊在剑柄或和服系带的末端作为装饰,现已成为一种颇有历史意味的美术工艺品。

海狸，它的尾巴好像整个断掉了。

我很欣赏他的地毯，坎德莫斯又带着我四处看，指着另外两块，其中一块是西藏老虎毯，很旧。我为迟到而道歉，他说我很准时，我们的第三个成员才真是迟了，不过应该随时会到。我谢绝了他来杯酒的提议，接受了咖啡，结果咖啡没有令我失望，又浓又香醇，现煮的。他谈了点温索普·麦克沃斯·普雷德，猜想着如果不是结核病让他英年早逝，他会有什么样的成就。他会当选下议院议员，然后在政坛进一步发展，而把写诗放在第二位吗？或者他会对政治生活逐渐幻灭，再也不写他后来转投时事党派后创作的打油诗，而继续创作出成熟的作品，取代他早期的诗作而传世？

门铃响起时，我们的这个话题刚告一段落，坎德莫斯穿过房间按了键让新客人进来。我们在楼梯顶端等着，结果来者是个矮胖的老家伙，有个哈巴狗似的鼻子和大脸。他看起来像酒鬼，咳起来像烟枪，就算你又聋又瞎，也还是会知道他怎么过日子，除非——比如说——你得了重感冒，闻不到他呼吸中的酒味和头发衣服里散发出的烟臭。即使如此，你大概也可以从他爬楼梯的方式猜到，因为他在每层楼之间都停下来喘气，爬到最后一层还得放慢速度。

"赫伯曼队长，"坎德莫斯跟他打招呼，两人握手，"这位是——"

"汤普森，"我迅速说，"比尔·汤普森。"

我们谨慎地握了握手。赫伯曼穿了一套灰色西装,系着蓝色与褐色条纹的领带,脚上是棕色的鞋子。西装看起来好像苏联改革①之前穿在三流苏维埃官僚身上的那种。我认识的人里,唯一穿西装看起来会这么糟的,是个名叫雷·基希曼的警察。雷的西装很昂贵、做工考究;只不过好像是替别人剪裁的。赫伯曼穿的是一套廉价西装,反正穿在谁身上都不会太像样。

我们进入坎德莫斯的公寓,把计划又回顾了一遍。赫伯曼队长应该在一个小时内到达七十四街一幢安保措施严密的公寓大楼的十二楼,只要他带我闯过门卫那关,他就去赴他的约,而我则去四层楼之下赴我的约。

"那里不会有其他人,"坎德莫斯向我保证,"也不会有人打扰你。赫伯曼队长,你在十二楼会待多久,一小时?"

"没那么久。"

"而你,汤——唔——托马斯先生,可以在二十分钟内进去又出来,不过如果需要的话,你在里面待一整夜也没关系。你们两个应该安排好在十二楼会合,再一起离开那幢大楼,你们觉得怎么样?"

我觉得我应该抽身,一有机会就跳上经过的第一辆出租车。我不仅没跟美女共乘出租车离去,还被迫学习了一

---

①指前苏联调整或改革经济和政治制度的政策,由勃列日涅夫一九七九年首次提出,并得到戈尔巴乔夫的积极推动,改革最初指提高自动化程度和劳动效率,但是后来指增强经济市场意识和结束中央计划经济。

堆中药知识。过去两星期，我一直在看亨弗莱·鲍嘉的电影，判断力好像因此产生了变化。

"听起来好像太复杂了，没有必要，"我说，"要离开一幢大楼没那么难，除非你手臂夹着一台电视机或肩膀上扛着一具尸体。"

其实要进一幢大楼也没那么难，只要你知道自己在做什么。前一天我就这么告诉过坎德莫斯了，我们不需要赫伯曼队长，自己干就可以，但他不同意。赫伯曼队长是整个计划的一部分。我需要自己的队长，大概就像东妮·坦妮尔[1]需要她的队长一样，甩掉他的机会也同样小。

下楼时，赫伯曼还是在每层楼都暂停休息，到了外头，他抓住铸铁栏杆靠着。"你说，"他开口道，"该在哪儿叫出租车？"

"我们走路过去，"我说，"就三个街区。"

"其中一个街区可长得要命。"

"还是走路吧。"

他耸耸肩，点了根香烟，我们一起动身。我认为这算是我赢了，可是等到他走进列克星敦大道上一家名叫"威

---

[1] 队长与坦妮尔（Captain & Tenille），活跃于美国二十世纪七〇年代流行乐坛的著名夫妻乐团，由东妮·坦妮尔（Tony Tenille）与丈夫达利尔·德拉贡（Daryl Dragon）组成，曾获格莱美奖。二〇一四年坦妮尔提出离婚，原因是达利尔患有精神方面的疾病，但达利尔未同意。

克斯福德城堡"的爱尔兰酒吧时,我改变想法了。"还有时间快速喝一杯。"他宣布,然后点了一杯双份伏特加。酒保一副看尽世态炎凉、却半点也不记得的模样,他倒酒的瓶子标签上有个戴着波斯羔羊皮帽的人,挂着野蛮的笑容。我正要说我们应该在午夜之前到达目的地,可是还没开口,队长已经喝完了。

"你要喝什么吗?"

我摇摇头。

"那我们走吧,"他说,"应该在午夜之前到那儿,大夜班会在午夜交班。"

我们再度上路,酒精似乎让他松弛了许多。"问你个问题,"他说,"为什么吃葡萄不吐葡萄皮,不吃葡萄倒吐葡萄皮①?"

"好吧,这算个问题。"

"你认识那家伙很久了吧?"

三十二小时,快要三十三小时了。"不是很久。"我承认。

"你是做什么的?他之前跟我提起你的时候,用的不是你的真名,而是叫别的什么。"

"哦?"

---

①这里的原文为英语绕口令"How much wood would a woodchuck chuck if a woodchuck could chuck wood?",意思是"如果一只土拨鼠能够抛掷木头,它能抛多少呢?"这里翻译时用中文经典绕口令代替。

"我本来想说罗德拉克,但不是。罗德卡?也不对。罗德波?"他耸耸肩,"无所谓,反正我确定不是汤普森。一点都不像。"

"他年纪大了。"我说。

"脑子硬化了,"他说,"你是这么想的吧?"

"我没想得那么严重,可是——"

"我已经够烦的了,"他说,"告诉你也无所谓。这投资太大了,很多人把希望寄托在这上头。不过我猜,我不必告诉你这些,对吧?"

"我想是的。"

"反正说得太多一向是我的毛病。"之后,直到我们抵达那幢大楼,他都没再说半个字。

那幢大楼是个堡垒,没错。薄伽丘是位于公园大道的诸多公寓大楼之一,二十二层高,奢华的新艺术风格大厅里摆了许多盆栽,像丛林一般。外面有个门卫,接待台后面有个接待员,电梯里面还不可能没有服务员。三个人都穿着栗色镶金边的制服,看起来挺像那么回事。不过白手套把所有的效果破坏殆尽,让他们看上去活像是迪士尼的卡通动物。

"我是赫伯曼队长,"赫伯曼告诉接待员,"来找威克斯先生。"

"哦,好的,先生。威克斯先生正在等您。"他检查了登记簿,在上头做了个小记号,然后抬头询问似的看着我。

"这位是汤普森先生，"赫伯曼说，"他是跟我一起的。"

"很好，先生。"又在登记簿上做了个小记号。也许我自己一个人进来就没这么轻而易举了，不过——

电梯服务员在大厅的那头盯着我们看，说不定也听到我们的谈话了；赫伯曼的嗓门又大又响，我估计大家都听见了。我们进电梯时，他说："两位，十二楼吗？"

"12J，"赫伯曼说，"威克斯先生。"

"好的，先生。"于是电梯带我们升到十二楼。服务员朝J户的公寓指了指，而且在后头看着，以确定我们能找到。我们走到J户门口之后，赫伯曼看了我一眼，一道浓眉扬了起来。我的目标——楼梯间——离我们站的位置只有几步路，但我还看得到电梯服务员，而且他还在尽责地看着我们。于是我伸出手指按了门铃。

"那我要怎么跟威克斯先生说？"赫伯曼问道。感谢上帝，还好声音不大。

"给我引见一下，"我说，"接下来就看我的好了。"

门开了。出现的威克斯先生是个矮胖子，双眼明亮。他在室内还戴着帽子，是顶黑色小礼帽，不过反正是他的帽子、他的房子，所以我想他有权爱怎么打扮就怎么打扮。他的穿着倒没那么正式。一对公鸡图案的背带吊着他布克兄弟[①]的西装裤。他的衬衫袖子卷了起来，领带解开

[①] 布克兄弟（Brooks Brothers），美国经典服装品牌，创立于一八一八年。

了,表情当然有些困惑。

"卡比,"他对赫伯曼说,"你好,这位是——"

"比尔·汤普森。"赫伯曼说。很快,我听到了旁边电梯门关上的声音。

"我住在这幢大厦,"我说,"在大厅碰到了这位——"我也跟着喊卡比?不,最好不要,"——这位先生,就跟他一路聊了过来。"我真诚地笑了。"幸会,威克斯先生。晚安,两位。"

然后我走到走廊尽头,打开防火门,连跑带跳地下了楼。

幸好楼梯间没有摄像头。

薄伽丘大楼装了闭路电视,我刚才看到接待台后面有一堆监视器屏幕。一个显示洗衣房,其他则扫描着大厦前方的街道、载客与载货电梯、七十四街角落的送货口,还有地下二楼的停车场。

大楼的两端都有楼梯间,所以要装闭路电视的话,每层楼都得装两个,而且还得有同等数量的屏幕,接待员非把眼睛看瞎了不可。不过还有另外一个办法:把其中一些屏幕设定为多频道,负责监视的人可以悠闲地拿着遥控器坐在那儿,连续几个小时逛频道玩。

之前我觉得他们没有这样的设备,但也很难说,直到踏入楼梯间我才确定。其实我也没那么担心,他们不太可能监视楼梯间，即使有设备，我想我也可以避开。

看吧，有了这么高水准的保护，你就永远不会出事。首先不属于这里的人就别想通过大门——即使是中餐馆的工作人员想在曼哈顿每户人家门下塞一张菜单也不行。有那么多安全保护设施，你自然觉得很安全。然后，既然从没发生过任何事，你对自己的保安装置就不会那么时时注意了。

看看切尔诺贝利发生了什么事。① 他们有个测量器，上面有警告装置，辐射事件发生时，这些设备都没坏，都发挥了预期的功能。结果某个笨蛋看着这个测量器，认定是它坏掉了，因为上面显示的状况很反常，于是这个笨蛋决定置之不理。

尽管如此，我也只是对自己最后不会出现在《美国家庭滑稽录像》里感到高兴。

下了四层楼，我确定走廊空无一人，然后走到8B门前。我按了门铃，其实坎德莫斯已经跟我保证过没人在家，但他有可能搞错，或者不小心弄错了公寓号。所以我按了门铃，等了一会儿没反应，我又按了一次。然后掏出那套开锁的工具，开始动手。

太简单了。如果你要找那种最新式的锁，不要去公园

---

① 指一九六四年四月二十六日发生的切尔诺贝利核泄漏事故（Chernobyl disaster）。

大道上的豪华大厦。得找那种既没有门卫,也没有接待员的出租公寓或褐石建筑。那种地方才找得到铁窗、警报系统和警察锁。8B 有两道锁,一个西格尔锁,一个雷布森锁,两个都是标准的圆筒状耶鲁锁,结实可靠,其挑战性和《电视指南》上的字谜一样低。

我打开一把锁,停下来喘口气,然后破解另一把——叙述的时间仍然比实际用的时间还长。有点滑稽的是,这事太容易了,我实在有点遗憾。

看吧,开锁是一种技巧,在技术成就的排名上,比脑部手术只差几位。只要有适当的工具,任何具备基本手工技能的人都可以学会基本技巧。我就教过卡洛琳,她一度对于开简单的锁也相当拿手,后来没练习又生疏了。

但我不一样。我有的不仅仅是技巧,还有这方面的天赋。当我破解一道锁进门时,整件事有一种超然脱俗、进入全新状态的意味。我无法真正形容,就算可以,大概你听了也会觉得无聊,但那对我来说真是神奇的时刻。这就是为什么我在这方面这么拿手,也是为什么我脱离不了这一行。

当第二道锁轻叹一声投降时,我就如同卡萨诺瓦[①]听到女郎说"愿意"时的感受一样——感激自己的战利品,

[①] 卡萨诺瓦(Giacomo Casanova,1725—1798),极富传奇色彩的意大利冒险家、作家,"追寻女色的风流才子",以所写的包括他的许多风流韵事的《我的一生》(*Histoire de ma vie*)而著称,十八世纪享誉欧洲的大情圣。卡萨诺瓦,也引申为风流浪子、花花公子、好色之徒。

却又遗憾不必再稍稍多花一分力气在上头。我自己也轻叹一声投降，转开锁、踏进门，赶紧把门关上。

里面没有开灯，黑得像煤矿。我给自己的眼睛一点时间适应黑暗，可是适应后也没看清什么。其实这是好事，说明窗帘都拉上了，而且这个公寓防光设施良好，因此表示我可以任意打开所有的灯。我不需要在黑暗中躲躲闪闪，一边磕磕碰碰一边骂骂咧咧。

我先用手电筒四处照了照，确定所有窗帘都拉上了，确实。然后用戴着手套的手打开最近的一盏灯，灯光刺得我直眨眼。我把手电筒收进口袋，深吸一口气，给自己一点时间，品尝纯粹的喜悦引起的小小战栗，那是我每次不请而入的时候必然会有的反应。

然后再想想，我居然还真的尝试过要放弃这一切……

我锁上两把锁——只是为了安心，然后环视那个L形的大房间。除了一个小厨房和更小的浴室之外，整套公寓就这样了。装潢则充满实验性质，是那种新婚夫妇去康兰或"板条箱与桶"连锁家具店买来东西布置自己第一个家的组合风格。一块有几何图形的浅色地毯占据了三分之一的镶木地板，小卧室里塞了一张地台床。

我看了壁橱，检查了梳妆台的几个抽屉，然后断定屋主是男性，不过也有不少的女性衣物，所以他不是有女友，就是有性别认同方面的问题。

"只要拿那个资料夹，"雨果·坎德莫斯曾建议我，

"你找不出任何其他值得拿的东西。那人是个公司密探之类的，他不收集任何东西，也不爱珠宝。你也不会发现大量现金。"

那么，资料夹里面是什么？

"一些文件。你我只是那种企业合并案里面的小角色。找到那份文件，我们就可以分到一笔酬劳，你的部分至少是五千美元，如果我有办法从对方那边争取到的话，说不定你还能多拿三四倍。"他憧憬着微笑起来，"那个资料夹是皮面的，有烫金装饰。公寓里头有个书桌，如果不是在第一个抽屉，就会在其他抽屉。抽屉可能上锁，这会是问题吗？"

我告诉他，锁对我来说，从来都不是问题。

房里有个书桌，没错，北欧风格、桦木材质，没有上漆。最上层抽屉里只有一个皮制工具盒和一张八乘十英寸的镶银相框照片。工具盒里面有铅笔和回形针。照片是黑白的，上面是个穿制服的男人，不是美国大兵，制服很漂亮，足以在薄伽丘大楼里拥有一张书桌。他戴着眼镜，露齿而笑，让他看起来有点像老罗斯福总统，而中分的头发则让他看来像小约翰·赫尔德[①]笔下的素描。

他看起来很眼熟，但我一时说不出是为什么。

我拉过一把椅子，坐在桌前干活。桌子两边各有三个

[①]小约翰·赫尔德（John Held, Jr, 1889—1958），美国插画家、作家，以描绘爵士年代的作品而闻名。

抽屉，中间有一个。我先试中间那个，打开，抽屉正中间就摆着一个小牛皮面的资料夹，棕色的，有烫金装饰边和鸢尾花纹。

好极了。

我静静地坐了一会儿，看着那个资料夹，耳边一片寂静。然后这片寂静被一个绝对是钥匙插入锁孔的声音打破了。

如果之前我在做别的事情——比如翻其他的抽屉、开橱柜门、开锁——我就会错过那个声音，或者反应得太慢。不过我立刻听到了，从椅子上跳起来，好像等那个声音已经等了一辈子似的。

多年前——早在你我出世之前——老黑人联盟有个棒球员叫"酷爹"贝尔。据说，他速度极快、行动出其不意；他常被形容为疾如闪电，可以关上卧室的灯，然后在卧室变黑之前上床。我总以为这是夸张的修辞，但现在我没那么确定了。因为我把抽屉关上，关掉一盏灯，又关掉另外一盏，冲到房间那头关掉头顶的大灯，钻进玄关的衣柜，猛地把门关上，我好像是在灯光熄灭之前就置身于一堆外套大衣之间了。

就算不是，也很接近了。

最重要的是，我在另一扇门打开之前关上了衣柜的门。如果我的入侵者钥匙转得快一点，他就会撞见我了。另外，如果他怕冷而穿了大衣，或者神经分分地带了雨伞，他就会打开柜子的门，那接下来，我该怎么办？

坐牢吧，我想。去北边，没有什么人做伴，也没好书可看。但也许不会到那个地步，也许我可以找到理由脱身，或者贿赂警察，或找我的律师沃利·亨普希尔制造一个法律奇迹。也许我可以——

有两个人进了门。我能听到他们在讲话，一男一女。听不出他们在说什么——衣柜的门很厚而且关得很严——不过仍听得出他们的声音高低不同。公寓里有两个人，一男一女。

哦，好极了。坎德莫斯曾向我保证我有充裕的时间，说那个资料夹的现任主人整夜都不在家。但现在他显然回来了，还带着女朋友，我唯一能期盼的，就是他们很快就去睡觉，不要打开衣柜门。

但他们听起来并不困，而且情绪很好，甚至很热烈。我明白了为什么我听不出他们在讲什么，他们是在用一种我听不懂的语言谈话。

这其实包括了除英语之外的所有语言。不过有些语言我听到后可以识别出来，虽然不知道在讲什么内容。法语、德语、西班牙语、意大利语——我知道听起来是什么样，甚至还能听懂一两个词。但这两位向对方叽咕的是一种我没听过的语言。听起来甚至不像是语言，更像是把甲壳虫乐队的专辑倒着放，找寻保罗·麦卡特尼已死的证据。

他们继续不停地讲着，我也继续愚蠢地试图听懂，同时极力忍着不要打喷嚏。衣柜里显然霉菌肆虐，而我好像有点过敏。我吞吞口水，捏住鼻子，做了所有你想得到的事情，明知没什么用却仍然希望能有效。然后我恼火起来，生气自己怎么会陷入这个烂泥塘，结果竟然奏效。打喷嚏的冲动消失了。

谈话也停止了。只是偶尔冒出一两个词，声音太小听不见，就算你懂那种语言也没用。不过还有其他声音，他们到底在干什么？

哦。

我知道他们在干什么了。木板床没有弹簧因此不会发出那种唧唧声，所以我不会有那种声音线索，但即使没有，我的结论也照样确定无误。就在我忐忑不安地蹲在衣柜里的时候，那两个小丑居然在做爱。

我只能怪自己。如果我没有浪费时间在公寓里面乱逛，检查冰箱，数书桌抽屉里那个皮革盒子中的回形针。如果我没有拿起那个银框照片，转过来转过去，试图搞清为什么上面的人看起来这么面熟。如果我表现得专业一点，上帝啊，我就可以在这两位出现之前走掉，把那个资料夹锁在我的公文包里，去领那笔钱了。我早就出了那扇门，出了这幢大厦，而且——

慢着。

公文包呢？

肯定没和我一起待在衣柜里。是不是放在书桌旁，或是公寓里的其他地方？我不记得了。我带进公寓了吗？我开锁时放下或者把它夹在两膝之间了吗？

我很确定没有。唔，我跟着赫伯曼队长进入薄伽丘大楼时带着吗？我试着回想整个过程——乘电梯上来，跟12J的威克斯先生讲了几句话，然后冲下四层楼。除了想减掉的五磅肥肉之外，好像没有其他多余的负担，可是也不能确定。

会不会留在家里了？我记得提起公文包，但也可能又放下了。问题在于，我离开自己公寓时带了吗？

我确定答案是肯定的。因为我还记得今天晚上第二次招来迈克思·费德勒的出租车时，公文包还在我手上，而且他问我是不是有公务约会时，包就放在我的膝盖上。

会不会忘在车上了？我有他的名片，或者该说他给的那张中医师的名片，总之，上头有迈克思的电话。公文包里面没有任何我需要的东西。事实上，里面什么都没有。那个公文包很好，而且跟了我很久，难以割舍，但如果必要的话，就算没有它，我也照样可以过着丰富多彩的生活。

但如果迈克思打算把它归还——他在同一个地方让我下车又上车，知道我住在哪儿。我想我没提过自己的名字，要么就是自称比尔·汤普森，但他可以向门卫描述我的外貌，或者——

我到底在瞎操什么心？我在这个该死的柜子里已经快疯了。那不过是个空的公文包，里面既没有证件也没有任何足以让我吃官司的东西，如果能找回来当然很好，但就算没有也无所谓，谁在乎呢？

总之，我下出租车时还带着公文包。因为我还记得为了按雨果·坎德莫斯家的门铃，我把公文包换了手。这表示赫伯曼和我展开这趟乌龙任务时，公文包可能留在坎德莫斯家了，不然就是落在"威克斯福德城堡"，不过我想应该没有。我几乎可以确定是掉在了坎德莫斯家，这样我拿资料夹回去交差收钱时，就可以拿回来了。

如果我能离开这个衣柜。

从声音可以判断，外面的爱火已经燃尽。我想我可以直接走人，也许他们不会注意到。

对。

我很好奇鲍嘉会怎么做。

过去十五天，我看了三十部电影，全都是亨弗莱·鲍嘉演的。其中一些是人尽皆知的电影，比如《马耳他之鹰》《卡萨布兰卡》和《非洲女王号》，还有些没人听说过的电影，比如《无形的枷锁》和《男人是笨蛋》。我看这些电影时，坐在我旁边跟我分享爆米花的同伴似乎相信银幕上的鲍嘉可以告诉你人生所需的一切。我那时凭什么告诉她不是如此呢？

在眼下这种被动的状态下，除了鲍嘉，我没有更好的事情可想。也许鲍嘉会咬紧牙关，鼓起勇气做一些事，但我觉得这种时候他手里很可能有枪，而我却连该死的公文包都丢了。我的双手唯一能握住的,只有一个衣架。

门外,那两个人似乎又重新开始活动起来,不过不是之前那种。他们在走路,同时伴随着我听不懂的谈话。

然后传来一声巨响,有什么东西或人撞上了衣柜的门,然后是一片寂静。几秒钟之后,门打开了——感谢上帝,不是衣柜门,听起来像是前门。然后门关上了。更长时间的寂静。

然后,我终于再次听到了开启这整件事情的声音——钥匙插入锁孔。不管那人是谁,一定是走向电梯的途中又决定回来锁门。或许是他有序的天性使然,或许是锁门的人认为这样可以让那具尸体晚点被发现。

因为我之前经历过类似的场面。我曾经在某人意外回家时钻进衣柜,那是在格拉梅西公园大厦,公寓主人是克里斯特尔·谢尔德里克,我从衣柜出来时,发现她躺在地板上,心脏处插着一把牙科手术刀[①]。我年轻时被太多尸体绊倒过,也许你习惯了,但是我没有,也不太希望自己习惯。

又来了,我就知道会是这样。刚刚撞上衣柜门的东西就是那个——一具尸体,死得像肉酱罐头似的,在从垂直到水平的笨拙转变时撞上了门。如果我现在打开门,那具尸体会挡着路,我会在不知情的状态下动了证据,再试着

---

① 见《衣柜里的贼》。

从更适合拉菲兹进出的门缝里挤出去。

或者那人根本没死。说不定衣柜外面那个人只是被打晕了，甚至会在我走出藏身处的时候恢复意识。我衷心祈祷能有一个圆满的结局——如果非得有个人躺在那里，那最好是活的——但此刻我真的感受不到任何活人的气息。我匆匆向小偷的守护神圣狄司马斯祷告，让这个人活着，可是不要醒过来，我苦苦哀求着。如果可以的话，我心想，最好把此人搬去斯克内克塔迪①吧——不过或许这样的要求过分了点。

一个想法忽然掠过我心头，完全不由自主，抑制不住：换作是鲍嘉，就会摆脱这该死的衣柜。

我打开衣柜的门，当然，外面没有尸体。为了确定我还四处找了一遍——虽然尸体不是那种你希望遇上的东西，也不会刻意去找。没有尸体，公寓里面哪儿都没有。曾有两个人进来又出去，其中一个出去时绊了一下，撞在了衣柜门上。

之前铺得很整齐的床，现在皱巴巴的，乱七八糟。我看着纠结在一起的床单，为自己的偷窥行为感到难为情。那是非自愿的，天知道，而且我什么也没看到，也没搞清自己听到的是怎么回事。可是看着这一切，我还是觉得不安。

---

①斯克内克塔迪（Schenectady），美国纽约州东部城市。

除了床之外,其他地方看不出来有人来过的迹象。那个穿着制服的家伙,爵士年代的老罗斯福依旧在相框里露出牙齿傻笑。同样的衣服仍旧挂在衣柜里,同样的回形针依然躺在皮盒子里。

但资料夹不见了。

3

几分钟之后,我也不见了。我想不出任何理由继续逗留在那里。我匆匆又检查了一遍那个地方,想着万一那两个人并没拿走资料夹,而只是拿起来狠狠敲了对方一下呢?我确定资料夹并没有藏在梳妆台后面的地板上,或壁炉旁的一堆书里面,或者——任何地方。

然后我就离开了。在公寓里的时候我始终戴着手套,所以没有留下指纹,如果其他访客留下了指纹,那是他们的问题。我把所有东西恢复原状,打开门锁,硬逼着自己用那些小钩子做了他们之前用钥匙所做的事——出来后把门锁上。

我回到十二楼,按了电梯。现在快一点了,服务员是午夜十二点换班,但今夜显然不是碰运气的好时机。结果电梯服务员是个新面孔,但我宁可毫无必要地多爬四层楼,也不想让人怀疑我为什么坐电梯到十二楼最后却去了八楼。

他没跟我说半句话,也没多看我一眼,接待员也一样。门卫则一路盯着我,直到确定我不用他帮忙叫出租车。我走到列克星敦大道,朝上城方向而去,威克斯福德城堡还在原来的地方,看起来跟上次一样又脏又臭,丝毫没有好转。吧台前有六个醉鬼,他们对我的兴趣都不会超过那个接待员或电梯服务员,但谁能怪他们呢?

"差不多一个小时前,我来过这里,"我告诉酒保,"我不会刚好把手提公文包掉在这里了吧?有没有?"

"你是说像文件包的那种?"

"对。"

"差不多这么宽这么高,有个黄铜锁?"

"你没看到吧,有吗?"

"恐怕没有,"他说,"我不敢保证,可是我想你刚刚来的时候没带着。我记得你,你和另一个家伙一起来,他匆匆喝了杯双份的,好像急着要去赶火车似的,而你没点东西喝。"

"呃,此一时,彼一时。"我说。

"你要喝什么?"

"跟我那位朋友一样,双份伏特加。"

我出去闯空门时是不喝酒的,一滴都不沾,连啜口啤酒都不行。但今夜的活儿已经干完了——如果你想称之为干活儿的话。我更想称之为浪费时间,而且一点都不好玩。

他从同一个瓶子里倒出酒来，就是那个标签上有个戴着波斯羔羊皮帽的家伙露出野蛮笑容的瓶子。酒的牌子叫路德米尔，我没听说过。我拿起酒杯，一饮而尽，然后觉得自己简直快死了。

"天啊！"我说。

"怎么了？"

"居然有人喝这种东西？"

"有什么问题吗？如果你打算告诉我酒里掺了水，那就不要浪费你的口舌了，行吗？因为没这回事。"

"掺水？"我说，"如果这里头有加任何稀释的东西，我猜那会是甲醛。路德米尔，嗯？没听说过。"

"这玩意儿我们刚卖了一个月左右，"他说，"我不负责进货，不过老板命令我把这玩意儿拿来当招牌伏特加，你猜这意味着什么？"

"很便宜。"

"说对了。"他说着举起酒瓶，研究着标签。"产自保加利亚，"他念着，"反正是进口的。这里说是百分之百纯伏特加。"

"至少百分之百。"

"标签上那家伙看起来很快活，对吧？好像他要开始跳舞了似的，就是手臂抱在胸前、蹲着像要坐下、可是下面根本没椅子的那种。要是你我去做那种动作，会一屁股摔在地上。"

"反正我会摔。"我说。

"这酒是便宜的烂货,"他说,"可是我卖了这么久,你是第一个不喜欢的。"

"我没说不喜欢,"我说,"我只是说里面一定加了洗甲水①。"

"你刚刚说是甲醛。"

"是吗?"我想了想。"你肯定是对的,"我说,"唔,再给我来一杯怎么样?"

"伙计,你确定吗?"

"我什么都不确定,"我说,"不过再给我来杯一模一样的吧。"

第二杯比较容易入口一些,第三杯可能更容易,但我觉得还是不要去亲身实验比较好。我走出威克斯福德城堡时感觉比走进去时要好,而对于一瓶伏特加,你还想要求什么呢?

我来到雨果·坎德莫斯的褐石公寓,在门厅找到了他家的电铃,试着确定刚刚按铃时有没有把公文包换手。琢磨了半天,我觉得这要看我一开始是哪只手提着公文包的。如果是左手提,那没问题,我可以轻易伸出右手食指

---

① 一般洗甲水的主要成分为丙酮。

按铃。而如果是用右手提，我就得极度尴尬地将左手食指横过整个身子去按铃。因此——

因此没有结论。那个公文包可能在楼上也可能不在，我马上就会知道了。此刻我两手空空——没带着公文包，而且，可惜呀，也没有那个淡褐色皮面烫金的资料夹。我随便挑了一个手指头，按了电铃。

没反应。

我等了一会儿，再按一次。还是毫无反应，这时我发现自己充满渴望地盯着锁住的门。我知道打开这个锁不是问题，而且也不期待上面四楼的锁会构成什么挑战。我不明白坎德莫斯是怎么了，他是等我等烦了，跑到街角去吃炒蛋了吗？那我可以趁女招待给他的咖啡续杯的时候进去再出来。

在不惊动任何人的情况下取回我的公文包的想法确实很有吸引力。我早晚得跟坎德莫斯谈，告诉他发生了什么事，同时设法搞清为什么，但是没那么急。

我把手放进口袋，手指贴近我那一小串窃贼工具。

慢着，我想。如果他在家，正轻松地躺在浴缸里或正在款待访客；或者他出去了，回来时碰到我正在行动。"哦，嗨，雨果。我在薄伽丘大楼失手了，想花几分钟偷你的公寓。"

在这个问题上，我应该抵挡不了顺手牵羊的冲动。我既不是极端反社会分子，也不是窃盗狂，我不偷朋友的东西，可是雨果·坎德莫斯算朋友吗？他以前是埃博尔的朋友，或至少他是这么说的，我还挺喜欢他的，也觉得跟他意气相投，但那是在他送我出门、让我关在衣柜里、且两手空空地回家之前。这或许不是他的错，而且凭良心说，可能我动作不够快也是部分原因，但不管该怪谁，都会减损我们友谊的牢固程度。

此刻站在门口，我还可以保持冷静，我最不想做的事情，就是洗劫坎德莫斯的公寓。但如果我上楼，有什么特别的东西吸引我的目光、扯紧我的心弦，那我会有什么感觉？不是那张华丽的奥布松织花毯，那太大了没法偷，但那块西藏老虎毯呢？或是极容易包起来扔进手提箱的那些日本根付呢？或者，最具吸引力的莫过于甜蜜蜜且无法追踪来源的现金了。我或许把持得住，可是我很痛苦，而且刚才的任务失败了，我不想就这么算了，放过五千美元亮闪闪的钞票，而且我又喝了两杯路德米尔，而且——

哦。

我不能进去，能吗？我喝了酒，我是喝酒不开工、开工不喝酒的。

于是问题解决了。

我又按了一次门铃，别问我用的哪个手指。我不期待有回应，也没得到回应。我离开那幢大楼，走了一两个街区，让自己的脑袋清醒点，一辆出租车经过，我叫住了。

我几乎以为会三度遇上迈克思·费德勒，但没人会那么走运。这回我的司机是个年轻人,边开车边吃开心果,扔得前座满是果壳。他一路横冲直撞地把我送到家,差点没把我的骨头颠散。

回到自己的公寓,我收好工具和手电筒,脱掉衣服冲澡。我洗了很久,想就这样洗一整夜,但出了浴室,黑夜依然。我穿上浴袍,给自己倒了杯睡前酒,不知道喝过路德米尔之后再喝苏格兰威士忌会是什么感觉。

我喝了半杯,然后从皮夹里找出有雨果·坎德莫斯电话的那张纸条。现在打去会太晚吗?有可能,但我还是抓起电话拨了号码,响了两声之后,有人接了电话:"喂?"

听起来不像是雨果。

我没说话。沉默了一会儿,同样的声音又喂了一次,这回听起来有点暴躁。

肯定不是雨果。

我把听筒放回电话座上。

我又啜了一小口苏格兰威士忌,在心里列了一个单子。第一项:我的薄伽丘大楼 8B 之行结果很凄惨。第二项:应该在家里等着我带资料夹过去的雨果·坎德莫斯在我去找他的时候不在。第三项:一个小时后,别人接起了他的电话,此人绝对不是雨果·坎德莫斯,但奇怪的是声音听起来很熟悉。

赫伯曼队长？不，想了一会儿我断定不是。肯定不是赫伯曼队长。但很熟悉，肯定是我听过的。

哦。

我拿起电话，犹豫着，然后拨了号码。这回响了一声那家伙就接了起来，一开始什么都没讲，光是这样就几乎足以确定我的直觉。然后他说："喂？"之后又喂了两声。是他，没错。

我挂了电话。

"见鬼。"我大声说，拿起酒杯皱眉瞪着。我怎么会卷入这样一堆烦恼里？连续看了十五个晚上亨弗莱·鲍嘉演的电影，就会有这样的下场吗？

我该看劳莱与哈迪①的。

---

①劳莱与哈迪（Laurel and Hardy），长期搭档演出滑稽片的两位美国演员。

4

世上那么多城市中有那么多家书店,她偏偏走进我这家。①

那是两个星期前的事情,星期三下午三点钟。当时我在柜台后头,鼻子正凑在一本书上。那本书是《东方的遗产》,威尔与艾莉尔·杜兰特所著的十一卷本《世界文明史》中的第一本。多年来,"每月选书"俱乐部就好像基甸在宣扬《圣经》似的宣传这套书,藏书稍丰的人很少没有一整套,而且通常都保持在原始状态——蒙了尘埃的书衣还没被碰过,书脊完整无裂纹,里面的书页尚未被人类的眼睛接触过。

我从利泽尔先生那儿买下巴尼嘉书店时,存货里就有这套书,几年下来我偶尔会买一套,时不时还能卖掉一套。卖的和买的差不多,于是通常我总会存有几套,一套

---

① 这句是改了一下鲍嘉代表作《卡萨布兰卡》中的经典台词。

放书架上，其他则装箱放在后面。那个星期三，我总共有四套存货，因为我前一天下午才买了一套，不是想囤积，而是因为我买了一批旧书，其中包括一些状况良好的斯坦贝克和福克纳的初版书。星期二晚上打烊时，我已经把《献给未知的上帝》和《犹豫不决的战争》[①]卖给一个熟客赚回了成本，因此觉得这套杜兰特不是那么占地方，还决定也许自己也该看看他们是怎么算人类历史这笔总账的。

我的注意力正集中在那本书上的时候，她走进了我的书店，也走进了我的生命。

这是个完美的春日，是那种神奇的纽约午后，会让你想不通怎么有人会愿意住在别的地方。我的店门大开，所以她进来时上头的小门铃没响。我那只通常会迎接顾客、无耻地摩擦顾客脚踝以吸引其注意的猫儿拉菲兹，这会儿却躺在窗台的一角阳光下，展示它著名的抹布形象。

即使如此，我也知道来了顾客。我微微扫了一眼，然后她经过柜台前方，消失在一排书架后头，留下一抹香水味儿。

我没抬眼。当时我正看到第二或第三章，有关食人的部分。准确一点说，我正在看一些部落——我忘记是什么了，你可以自己买回去看，我会算你特价——那些部落从不举行葬礼，从来不需要在土葬和火葬间做艰难的抉择。

[①]《献给未知的上帝》为斯坦贝克早期小说，《犹豫不决的战争》是福克纳的早期作品。

他们会把死人吃掉。

我试着看下去,但心思却转到了全球化的现代世界的另一番景象。弗兰克·坎贝尔会是个承办宴会的服务商,而沃尔特·E.库克拥有一家大型连锁快餐厅。[①]皇后区的长岛高速公路沿线不是坟场,而是热狗摊,还有——

"打扰一下。"

我首先注意到的是她的声音,因为我还没抬头看到她就听到那声音了。她的声音低沉、沙哑,而且有欧洲口音。

那个声音引起了我的注意,接着我抬头隔着柜台看向她。我想我的心脏没有停止,也没有少跳一下,或者产生任何诸如此类让心脏专家可以有一番说道的变化,但她的确引起了我的注意。

你会怎样形容一个美女,写一堆烦人的形容词?我可以告诉你她的身高(五英尺七英寸),她的发色(淡棕色加几缕挑染的红色),她的皮肤(亮白、清透、完美无瑕)。我还可以认真地用医学分类词汇一一详述她的五官(高而宽的前额,挺拔的眉骨,位置适中的大眼睛,挺直而纤细的鼻子)。或者描述她如何让我神魂颠倒(皮肤好似象牙上带了一抹红,棕色眼睛深得可以淹死人,一张生来用于接吻的俏嘴)。抱歉,我做不到。你得自行想象。

[①]这两位都是美国政治家。

世上那么多城市中有那么多家书店,她偏偏走进我这家。

"我不想打扰你,"她说,"你好像在想什么事情。"
"我正在看书,"我说,"不重要。"
"你在看什么?"
"《世界文明史》。"
她抬起完美的眉毛。"不重要?"
"没有什么是不能等的。苏美尔人已经等了几千年,再等一会儿也没关系。"
"你正在看苏美尔人?"
"还没有,"我承认,"他们是这本书里的第一个文明,不过我还没读到。现在我还停留在史前时代。"
"啊。"
"早期人类,"我说,"他们的希望、恐惧、明天会更好的美梦,以及迷人的习俗。"
"迷人的习俗?"
我好像控制不了自己。"特别是这个部落,"我说,"或者可能不止这一个。"
"他们怎么了?"
"他们吃死人。"天哪,我怎么会谈起这个?她什么都没说。我的眼睛往下落到书页上,一个句子抓住了我的视线。"火地岛人,"我说,"比较喜欢女人而不是狗。"

"是指用来做伴?"

"指用来当晚餐。他们说狗肉的味道像水獭。"

"这么说水獭的味道不好?"

"不知道,"我说,"尝起来应该像鱼吧。"

"火地岛人。我从没听过。"

"现在听说了。"

"嗯,没错,现在听说了。"

"我也没听过,"我说,"我想达尔文写过他们,他们住在火地岛,位于南美洲的最南端。"

"现在还住在那里吗?"

"不知道。不过我跟你说,如果我去那儿拜访火地岛人,我会自带午饭。"

"还有你自己的女人?"

"我没有女人,"我说,"但如果有的话,我不会带她去火地岛的。"

"那你会带她去哪里?"

"要看她的意思了,我大概会带她去巴黎。"

"真浪漫。"

"要么就带她去看电影。"

"这也很浪漫,"她说,双唇弯出一个微笑,"我想买书,你能卖给我一本吗?"

"不要这本?"

"不要。"

"很好。"我说着合上那本《东方的遗产》，放到身后的书架上。她手上已经拿着一本书了，她把书放到柜台上，我看到是克利福德·麦卡提所写的《亨弗莱·鲍嘉的电影》，精装，三十年前由堡垒公司出版。我检查了衬页上用铅笔标示的价钱。

"二十二美元，"我说，"另外，我是个诚实的商人，所以我要告诉你，我们还有一本平装版。书名有一点不同，不过是同一本书。"

"那本我已经有了。"

"那本是大约十五美元——如果我的记忆力管用的话，通常挺管用的。"我眨眨眼，"你刚才是说，那本书你已经有了吗？"

"对，"她说，"那本书的书名是《亨弗莱·鲍嘉电影全集》，而且你的记忆力很管用，书价是十四块九毛九。"

"而你已经有了。"

"对，我想买一本精装。"

"我猜你是个影迷。"

"我太爱他了，"她说，"你呢？你喜欢他吗？"

"从没有人能和他一样。"我说。仔细想想，你会发现这句话可以用来形容任何人。"他很特别，不是吗？他有——"

"有自己的调调。"

"我正想这么说。"我的指尖放在那本书上,朝她的手指靠近。她的指甲修剪过,涂了厚厚的深红色甲油。我的则没有。我克制着不让自己的手指触碰她的,然后说:"嗯,我有一本乔丹·曼宁写的鲍嘉的传记。至少上次我看到时还在。"

"我看到了。"

"那本书已经绝版了,很难找。但我想你也已经有了。"

她摇摇头。"我不想买。"

"哦?那本书应该不错,但——"

"我不在乎,"她说,"我为什么要知道他的一生?我不在乎他生于哪里,或者爱不爱他的母亲。不管他娶过几个太太,喝了多少酒,或死因是什么,我根本没兴趣。"

"是吗?"

"我爱的是银幕上的他,"她说,"那个亨弗莱·鲍嘉。《卡萨布兰卡》里的里克·布莱恩,《马耳他之鹰》里面的萨姆·斯佩德。"

"《兰闺艳血》里的迪克森·斯蒂尔。"

她的眼睛睁大了。"每个人都记得里克·布莱恩和萨姆·斯佩德,"她说,"还有《碧血金沙》的弗雷德·多布斯,以及《长眠不醒》里的菲利普·马洛。可是谁记得迪克森·斯蒂尔?"

"我想我记得,"我说,"别问我为什么,我记得很多书名和作者,这一行的职业病,另外我想我也很擅长记角色的名字。"

"《兰闺艳血》。他在里面演一个编剧,迪克森·斯蒂尔,你记得吗?他必须把一部小说改编为剧本,可是他根本读不下去这本书,于是找了个衣帽间的服务小姐来讲故事给他听。后来她被谋杀了,他就成了嫌疑犯。"

"可是还有另一个女孩。"我说。

"格洛丽亚·格雷厄姆。是他的邻居,给他作了不在场证明,然后爱上他,替他打手稿、做饭。可是她发现了他暴力的一面,有次车祸,他揍了那个司机;另外一次,他的经纪人在他没完全定稿前拿走他的剧本,也挨了揍。她觉得他一定是杀害那个衣帽间女孩的凶手,于是打算离开他。他发现了,掐她的脖子。你记得吗?"

依稀记得,我心想。"记得很清楚。"我说。

"然后电话响起。衣帽间女孩的男友已经自首,承认犯下那桩谋杀案。可是对他们来说已经太迟了,格洛丽亚·格雷厄姆只能站在那儿,看着他永远走出她的生命。"

"你不需要买书,"我说,"不用精装本也不用平装本。你什么都记得。"

"他对我来说很重要。"

"看得出来。"

"我的英文是跟着他的电影学的。总共有四部,我一遍又一遍地放录像带,跟着他和其他演员说台词,矫正发音。可我还是有口音，对不对？"

"这样很有魅力。"

"你这样觉得吗？我觉得你才有魅力呢。"

"你很美。"

她垂下眼睛，从皮包里面拿出钱包。"我要买这本书，"她宣布，"二十二美元，对吧？然后这是销售税。"

"别管税了。"

"哦？"

"也别管那二十二美元了。行了，这本书是我送你的礼物，请一定收下。"

"可我不能接受。"

"当然可以。"

"我想付钱，"她说着放了一张五美元和两张十美元在柜台上，"请收下。"她说。

我把书放进纸袋，递给她，然后找给她三美元。我没在收银机上头敲出这笔买卖，所以我也没收她税款。不用告诉政府。

"你真好心，"她说，"可如果你这样送书的话，怎么赚钱呢？"她把手放在我手上。"我想你隐藏在外表之下没显露的内在一定很丰富。你知道我怎么想吗？我觉得你很像他。"

"像谁？"

"亨弗莱·鲍嘉。有人告诉过你吗？"

"没有。"我说,"从来没有。"

她昂起头,审视着我。"不是外表,"她说,"你长得和他不像,声音更是差得太远。但有种说不出来的什么,不是吗?"

"这个嘛,唔——"

"你有双重身份吗?"

"每个人不都有吗?"

"或许吧,"她说,"你会不会像迪克森·斯蒂尔那样,有隐藏的暴力倾向?"她抬起头又盯着我看了好一会儿,"我想不会。可是总有些什么,不是吗?一定是一种非常浪漫的东西,我只能说这么多。"

"是吗?"

"哦,是的。非常浪漫。"她的双唇漾出一个理解的笑容,"今天晚上带我出去。"

"任何地方都行。"

"不是去巴黎,"她说,"那会很浪漫,不是吗?我们这样相遇,今晚就飞到巴黎去。但我不要你带我去巴黎,还不到时候。"

"巴黎可以等。"

"没错,"她说,"巴黎随时可以去。今晚你可以带我去看电影。"

* * *

她离开之后,我走过去碰碰拉菲兹,确定它还活着。她在的时候,拉菲兹一直没有变换过姿势,很难想象它会没注意到她。我搔搔它的耳后,它晃晃脑袋,看了我一眼。

"你错过她了,"我告诉它,"回去睡觉吧。"

它打着哈欠伸了个懒腰,然后轻巧地从窗台跃下,匆匆去找它的水碟。拉菲兹是一只灰色虎斑猫,而我在这世上最要好的朋友卡洛琳·凯瑟则向我保证拉菲兹是一只马恩岛猫。后来我曾花了一些时间研究此事,倒不那么有把握。我只能说,拉菲兹身上唯一的马恩岛猫特征,就是没有尾巴。

无论是不是马恩岛猫,拉菲兹都是一只勤奋工作的好猫,自从它进驻后,我就不再有过任何一本书遭到老鼠的毒手。我忽然想到,自己亏欠它许多。如果有只老鼠啃坏了《亨弗莱·鲍嘉的电影》的书脊,那我就得把这书扔掉,或者放在三本一块的特价桌上。那么正如她静静地走进我的店一样,她也会静静地走出去,而我会继续读威尔·杜兰特的书,对整件事浑然不觉,如同拉菲兹一般。

我伸手拿起电话,拨到"贵宾狗工厂",那是卡洛琳白天工作的宠物美容院。"嗨,"我告诉她,"我晚上不能跟你在'饶舌酒鬼'碰面了。我有约会。"

"这太好笑了,伯尼。吃午饭的时候我问你晚上有没有事,你还说没有的。"

"那是当时。"我说。

"此一时，彼一时？怎么回事，伯尼？"

"一个美女来过我店里。"

"好运都被你抢光了，"她说，"整个下午唯一走进我店里的人，是一个牵着萨路基猎犬的胖子。为什么会有人这样？"

"你是指走进你店里？"

"我是指买一条跟自己不配的狗。他O形腿、胸肌发达，还有个突出的下巴，牵了条体形活像时装模特儿的狗，这像什么样子？他应该养英格兰斗牛犬。"

"也许你可以说服他换一条。"

"太迟了，"她说，"狗养了几天后，就会跟人黏在一起，彼此分不开了。不像人类的关系，因了解而分开。伯尼，这个美女是你以前就认识的吗？"

"完全是陌生人，"我说，"她进来买一本书。"

"然后带着你的心离开，听起来真浪漫。你要带她去哪里？剧院？彩虹屋餐厅？或者什么隐秘的小俱乐部吃饭？那种地方肯定很棒。"

"我们要去看电影。"

"哦，"她说，"第一次约会，看电影一向是个好选择。你们要看什么？"

"两场连映的，《喷射的爱情》和《东京风云》。"

"刚上映的吗？"

"不算是。"

"因为我没听说过。《喷射的爱情》和《东京风云》？谁演的？我听说过吗？"

"亨弗莱·鲍嘉。"

"亨弗莱·鲍嘉？就是那个亨弗莱·鲍嘉吗？"

"那是个影展，"我解释道，"在林肯中心两个街区外的牧歌剧院。今天是第一天，我六点四十五分在售票口和她碰面。"

"电影七点开始？"

"七点半，但她希望能有个好位子。她没看过这两部电影。"

"你呢，伯尼？"

"没看过，但是——"

"因为我也没看过，不过有什么大不了的？这两部电影我连听都没听过。"

"她是鲍嘉的影迷，"我说，"她重复看他的电影，学讲英语。"

"我猜她讲的每一句话都有'你这卑鄙小人'。"

"那是詹姆斯·卡格尼①。"

"'再弹一次，萨姆。'这才是亨弗莱·鲍嘉，对吧？"

---

①詹姆斯·卡格尼（James Francis Cagney, Jr. 1899—1986），美国电影演员，在电影史上留下很深影响，尤其以硬汉角色著名，代表作有《国民公敌》《玉女风流》等。上文提到的"你这卑鄙小人"（You dirty rat）是影片《出租车》（Taxi！）中的经典台词。

"很接近了。"

"'你可以为她弹一次,就可以为我弹一次。她受得了,我就受得了。'对不对?"

"对。"

"我也这么想。你说她学讲英语,什么意思?她在哪儿长大的?"

"欧洲。"

"欧洲什么地方?"

"就是欧洲。"我说。

"就是欧洲?我的意思是,法国、西班牙、捷克、瑞典或者,呃——"

"你提到的四个国家中,"我说,"我会投捷克一票。不过实际上我并不清楚,因为我们没谈到那个话题。"我把我们的对话转述给卡洛琳听,跳过了火地岛吃人肉的那一段。"很多事尽在不言中,"我解释道,"很多深情的凝视,很多微妙的地方,很多,嗯——"

"热度。"她建议。

"我想说的是浪漫。"

"那更好,伯尼。我最迷恋浪漫了。这么说,你要跟她在牧歌剧院碰面,然后连看两场老电影。我想那两部电影不是彩色的吧,对吗?"

"闭嘴吧。"

"然后呢?吃晚餐?"

"应该是吧。"

"除非你们俩吃多了爆米花。你们应该会在十点三十分或十一点左右出电影院,然后在那附近吃点东西。然后呢?去她家还是你家?"

"卡洛琳——"

"既然牧歌剧院离林肯中心只有两个街区,"她说,"那里离你家也不会超过两个街区,因为你家到林肯中心只有两个街区。可是说不定她家也离那儿很近。她住哪儿,伯尼?"

"我没问。"

"这么说,她住在纽约,没错吧?她来自欧洲,现居纽约,这两个信息都无法缩小范围。"

"卡洛琳,我们才刚刚认识。"

"你说的没错,伯尼。我真蠢。说不定我只是嫉妒,因为上帝知道,我的生命里也需要一个神秘女郎。总之,如果她是个神秘女郎,你对她一无所知,那样一定会更有趣。"

"我想是吧。"

"而且你已经知道最重要的事情了——她很美,而且喜欢亨弗莱·鲍嘉。"

"没错。"

"另外她来自欧洲,现居本市。她叫什么名字,伯尼?"

"呃……"我说。

沉寂片刻。"嘿,名字算什么呢,对吧,伯尼?你知道关于玫瑰的说法吧。嘿,说不定就是那么回事。"

"啊?"

"玫瑰。很多欧洲女人名叫玫瑰,就算不叫那个名字,她们闻起来也一样甜美。[①] 伯尼,要玩得开心,听到没有?明天午餐时我要听完整报告。或者不太晚的话,晚上打电话告诉我,行吗?"

"行,"我说,"没问题。"

[①] 出自莎士比亚《罗密欧与朱丽叶》第二幕第二场,原文为"玫瑰就算换了名字,香味依然如旧"(A rose by any other name would smell as sweet)。

5

两个星期后，又是星期三，也还是五月。接近下午一点的时候，我在门上挂了暂时休息的牌子，告诉世上的爱书人我会在两点回来。十分钟后，我带着两人份的午餐来到了贵宾狗工厂。

我打开装午餐的容器，把食物放进盘子里，同时卡洛琳锁上店门，在窗上挂着"休息中"的牌子。她坐在我对面，审视着她的盘子。"看起来不错，"她说，然后嗅嗅，"闻起来也不坏。这是什么，伯尼？"

"我不知道。"

"你不知道？"

"是今日特餐。"我说。

"你连问都没问是什么？"

"我问了，"我说，"那家伙也回答了，可是我不知道他说的是什么。"

"结果你就点了这个。"

我点点头。"给我两份，"我说，"要糙米饭。"

"这是白米饭，伯尼。"

"我猜他们只有白米饭，"我说，"或者他没听懂我的话。他说的我半个字都没听懂，所以我又怎么能指望他听懂我讲的每句话呢？"

"说得好。"她拿起塑料叉子，然后改变主意，选了筷子，"不管是什么，吃起来还不错。你在哪儿买的，伯尼？"

"'二人组'。"

"阿比让① 二人组？从什么时候开始吃非洲食物要用筷子了？而且我觉得这吃起来不像非洲食物嘛。"她又挑起一小口，送到嘴边时停住了，"何况，"她说，"他们的店倒闭了，不是吗？"

"两个星期前。"

"我也记得是这样。"

"昨天又开张了，换了新老板。现在不再是'阿比让二人组'，而是'金边② 二人组'了。"

"你再说一次，伯尼。"我照办了。"金边，"她说，"在哪儿啊？"

"柬埔寨。"

"那新店主还保留着旧招牌？"

---

① 阿比让（Abidjan），科特迪瓦最大的城市。
② 金边（Phnom Penh），柬埔寨的首都。

"嗯,把'阿比让'涂掉,改成了'金边'。"

"一定很拥挤。"

的确,新招牌上"金边"几个字母挤成一团。"总比换个新招牌省钱。"我说。

"我想是吧。还记得以前是'也门[①] 二人组'吗?再之前是来自另外什么地方的二人组,不过别问我是哪里。那地方一定风水不好,你不觉得吗?"

"肯定的。"

"我敢说,早在荷兰人拥有曼哈顿时[②],那里就有一家餐厅,名叫'鹿特丹二人组'。"她夹了一块肉放进嘴里,若有所思地嚼着,然后喝了一口布朗博士芹菜汽水。"不错,"她宣布,"我们在哥伦比亚圆环那边吃过柬埔寨食物,对不对?"

"吴哥锅[③],"我说,"百老汇大道和第一二一街或第一二四街交叉口那儿,就在那附近。"

"我觉得这家比较好吃,而且天哪,真是方便多了。我希望他们的生意能做下去。"

"我不敢指望。过几个月,搞不好那儿就成了'喀布尔[④] 二人组'了。"

"真惨,不过至少招牌上的位置还比较合适。你这芹

[①]也门共和国(Yemen Republic),位于阿拉伯半岛西南端。
[②]有文件史料记载,一六二六年,荷兰殖民者以六十荷兰盾买下了曼哈顿。
[③]这家餐厅叫"Angkor Work",明显取自柬埔寨著名的吴哥窟(Angkor Wark)。
[④]喀布尔(Kabul)是阿富汗的首都。

菜汽水是在二人组那儿买的吗?"

"不是,是在一家熟食店买的。"

"因为配着柬埔寨食物很棒,不是吗?"

"好像天生就是配这菜的。"

我们又吃了些今日特餐,喝了些芹菜汽水。然后她说:"伯尼,你们昨天看了什么?"

"《愤怒的二十年代》。"我说。

"又看了一遍?你们星期一晚上不是看过了吗?"

"你说得太对了,"我说,"我把这些片名都搞混了。"我合上双眼想了一会儿。"是《冲突》。"我说。

"《冲突》?"

"还有《兄弟帮》。"

"我一个都没听过。"

"确实。几年前我可能在电视午夜节目里看过《冲突》,觉得有点熟悉。鲍嘉爱上了他老婆的妹妹亚丽克西斯·史密斯。他在一场车祸中伤了腿,可是假装自己已经痊愈,好谋杀他的太太。"

"伯尼——"

"西德尼·格林斯特林特演的心理医生设了个陷阱抓住了他。看,就是这样……你不介意吧?"

"不是很介意。"

"《兄弟帮》非常有趣,主角是爱德华·鲁宾逊,他演一个黑帮老大,鲍嘉趁他在欧洲的时候接管了帮派。他回国后,鲍嘉的手下想谋杀他,结果他逃到修道院躲起来,以'奥奇兄弟'的名字在那儿住下,照管花木。"

"看完电影呢,伯尼?你们跑到修道院躲起来了?"

"什么意思?"

"你知道我什么意思。你们去喝咖啡了,对吧?电影院那个街区往前走有个小店,喝了两杯意大利特浓咖啡。"

"对。"

"然后你回了家,伊洛娜去她要去的地方。我从没遇到过叫伊洛娜的人。事实上,我唯一听说过的伊洛娜是伊洛娜·梅西,如果不是为了玩字谜,我也不会知道这个名字。提示是:'梅西小姐,五个字母。'她跟乌塔·哈根、乌娜·默克尔、依娜·贝林一样有个怪名字[1]。"

"别忘了还有依玛·霍格。"

"我连做梦都不会想到这个。你们两个看完电影后就分开了,对吧?"

我叹了口气。"对。"

"怎么了,伯尼?"

"看在上帝的分上,"我说,"这是九十年代,记得吗?约会变成全新的游戏了。人们不再像以前一样,第一次约会就急着跳上床。慢慢来,要先彼此了解,然后——"

"伯尼,看着我。"

---

[1] 伊洛娜·梅西为美国演员,一九五〇年曾主演电视影集《伊洛娜·梅西小姐秀》,字谜中提到的其他人均为美国女演员。

"我又没躲避你的眼睛。"

"你当然有,不过我不怪你。'人们不会第一次约会就跳上床。'那你跟这位小姐约会多少次了?"

"几次。"

"十四次有吧?"

"不可能那么多。"

"两星期以来,你们每天晚上都出去。你已经看了二十八部亨弗莱·鲍嘉的电影。二十八部!而你们最亲密的肉体接触,也只是拿爆米花时不小心碰到对方的手。"

"不是这样的。"

"是吗?"

"有时我们看电影时会握着对方的手。"

"那我更有把握了。这是那种柏拉图式的爱情吗,伯尼?你们是灵魂伴侣,没有真正的肉体吸引力?"

"不,"我说,"相信我,不是这样的。"

"那是怎么回事?"

"我不确定。"

"你是不是扮酷扮得过头了,等着她先采取行动?"

"不是,"我说,"第一天晚上,我提议去她家看看。其实心里除了想跟她吻别外,没有什么其他念头,但她拒绝了,自己叫了出租车,我也没坚持。我只是很高兴,省得我乘出租车穿越大半个纽约,然后再乘车回来了。"

"她住那儿?东区?"

"我想是吧。"

"你不知道她住在哪儿？"

"不完全清楚。"

"不完全清楚？"

"我说我住的地方只离牧歌剧院几个街区。她说我很幸运，她住得很远。"

"你没问在哪儿？"

"当然问了。"

"结果呢？"

"'哦，很远的一段距离。'她说，然后她就转换了话题。那我该怎么办？给她来个交叉质询？何况她住在哪儿真有那么重要吗？"

"反正你也没机会去。"

我又叹了口气。"第三或第四次约会，我忘了是哪次，我提议请她来我住的公寓看看。'改天吧，'她说，'今天不行，伯尼尼。'"

"伯尼尼？"

"她就是这么说的。你知道吗？我痛恨被拒绝。"

"那有什么稀奇。"

"我是说，我真的受不了被拒绝。她讲得很客气、很体贴，可是我还是觉得自己的要求很愚蠢。"

"所以你就没再试了。"

"当然又试过，几天后我又问了一次，再度觉得自己是个白痴。星期六看完电影后,我说我讨厌夜晚就这样结束,于是我们就去散步。"

"然后呢?"

"我们沿百老汇大道走到八十六街,然后又沿着马路另一边往市中心走,偶尔停下来,来几个热情的拥抱。"

"拥抱和接吻?"

"拥抱和接吻。走到哥伦布圆环时,我们又相吻,然后她往后抽身,看着我的眼睛,叫我送她上出租车。"

"她不让你跟着上车?"

"'咸在不荒便,伯尼尼。'"

"我不知道她的口音那么重。"

"当时她都热情得口齿不清了。"

"而她的热情促使她——"

"钻进出租车。"

"你看呢,伯尼?她是在挑逗你吗?"

"我想不是。"

"或是搭免费车,只想吊你胃口,看你能值多少。"

"那我一定值不了多少,"我说,"她自己花钱买票,出租车钱也自己付。"

"那看完电影的咖啡钱呢?"

"我们轮流请。"

"爆米花呢?"

"我买的。"

"好，答案揭晓了，她只是为了吃爆米花。或许她结婚了，你有没有想过？"

"我马上就想到了，"我说，"然后我问自己，一个已婚女人怎么可能每天晚上偷溜出去四个小时？"

"她可以告诉丈夫说她在新学院上一个保温筒花边制作课。"

"一星期上七天？"

"谁知道？也许她根本什么也不必说，也许她丈夫在调频电台主持晚七点到午夜的谈话节目。'好，各位听众，今晚的话题是：忠实的妻子和忠实的丈夫。赶快打电话进来吧！'"她皱皱眉，"问题是，她的行为对于一个已婚妇女来说有点反常，以往我犯傻交往的那些都只想上床。她们最不希望的就是出现在公众场合，更别说在街角亲嘴了。"

"我不认为她已婚。"

"是吗，她的说法是什么？"

"不知道。她好像对谈论自己并不怎么热心。我们约会四五次之后，她才告诉我她是从哪里来的。"

"我记得，那阵子你最多只能把范围缩小到欧洲。"

"我不是没问过她，这问题又不会不礼貌，对不对？'你来自哪里？'我的意思是，这又不是要求看她的退税证明或听她的性爱史，对吧？"

"也许在安纳特鲁利亚是个敏感的话题。"

"也许。"

"你知道吗,伯尼,我从没听过安纳特鲁利亚。"

"嗯,别难过。大部分人都没听过,你知道,那地方以前从未建国,现在也没有。我听过,只是因为我小时候集邮。"

"那地方以前从未建国,现在也没有,可是却发行邮票?"

"大概在第一次大战末期,"我说,"奥匈帝国和奥斯曼帝国崩溃,很多国家宣布独立,但只维持了大约十五分钟,其中一些国家还发行邮票和临时货币,以增加信用。第一套安纳特鲁利亚邮票是一系列土耳其语的套印邮票,很罕见,可是又不值那么多钱,因为套印邮票通常很容易伪造。然后在一九二〇年到一九二一年的冬天,出了一套真正的安纳特鲁利亚邮票,右上角有个小圈圈,邮票上是弗拉多斯一世的头像,同一套里每张邮票都有不同的图案,是在布达佩斯制版和印刷的。"

"慢着。布达佩斯位于安纳特鲁利亚?"

"不,位于匈牙利。"

"我也这么想。"

"那些邮票从未送到安纳特鲁利亚,"我解释道,"事实上,唯一曾经独立的安纳特鲁利亚政府,是个流亡政府,由一群分散在东欧的人联合组成。然后他们试图游说国际联盟,可是毫无成效。他们甚至把威尔逊总统放在他们的邮票上，希望能有好处。"

"为什么是威尔逊？他有亲戚在安纳特鲁利亚吗？"

"对一个追求自我认同的国家来说，他是个大人物。但那套邮票印出来时，美国总统成了哈定。我怀疑安纳特鲁利亚人有没有听过哈定，我很愿意打赌，哈定也没听过安纳特鲁利亚。"

"我也没听过。这地方到底在哪儿？"

"你知道保加利亚、罗马尼亚和南斯拉夫交界处吧？"

"大概吧。不过现在不再是南斯拉夫了，伯尼。现在是五个不同的国家。"

"嗯，其中一个国家的一部分就是安纳特鲁利亚，另外也包含一部分保加利亚和罗马尼亚。总之，伊洛娜就出生在那儿，可是她已经很久没回家了。她在布达佩斯住了一两年，或是在布加勒斯特。"

"或许两个地方都住过。"

"或许。她也去过布拉格，以前属于捷克斯洛伐克。"

"以前？那现在呢？"

"现在没有捷克斯洛伐克，分成了捷克共和国和斯洛伐克共和国。"

"哦，对了。你知道诡异之处在哪里吗？在欧洲决定成为一个大国家的同时，南斯拉夫决定自己要变成五个小国家。现在我们得说前南斯拉夫、前苏联，还有前捷克斯洛伐克了。就像'前任乔的店'，你还记得'前任乔的店'

吗？"

"怎么会不记得。"

"哦对了，我们不喜欢他们的食物，对吧？我猜很多人都不喜欢，因为他们没经营多久。在西四街和西十街的交叉口有个餐厅叫'乔的店'，倒闭好几年了，店就空在那儿。"

"我知道。"

"然后呢，终于有一家新餐厅搬了进去，店名就叫'前任乔的店'。现在这家店也关门了，事实上关门很久了，等到终于有人接管之后，他们的新店名要叫什么？'前任的前任乔的店'？"

"或者'安纳特鲁利亚二人组'。"

"我想任何事都有可能。你今晚会跟她碰面吗，伯尼？"

"会。"

"再去多看一些鲍嘉的电影？"

"嗯。"

"这个影展会持续多久？"

"还有十天或十二天吧。"

"开玩笑。"她瞪着我，"不会吧，那家伙拍过多少部电影？"

"七十五部，可是他们没法全部弄到。"

"真可惜。你们还要这样磨多久，伯尼？"

"不知道,"我说,"我还有点乐在其中。第一个星期,有时候我还想不透自己在干什么,然后整件事变成了另一个魔幻的世界,每天晚上我可以溜进去几个小时。"我耸耸肩。"毕竟,"我说,"那是鲍嘉呀。看他的电影永远充满乐趣,即使是一些从没听过的烂电影。而如果碰到我看过十几回的电影,唉,谁会对《卡萨布兰卡》和《马耳他之鹰》生厌?每多看一次就会愈发觉得好。"

"今天晚上的节目是什么?"

"《叛舰凯恩号》,"我说,"还有《摇晃你的小姐》。"

"我记得《叛舰凯恩号》。他在里头很棒,玩那些弹球。"

"我想应该是钢珠吧。"

"你说的应该没错。另一部怎么样,那个《摇晃你的同伴》?"

"是《摇晃你的小姐》。"

"我没听说过。"

"没人听说过,鲍嘉在里面演一个密苏里州的摔跤手经纪人。"

"你胡编的。"

"才不是呢,宣传单上说,里根在里头演一个小角色。"

"里根?前总统罗纳德·里根?"

"就是他。"

"哦,至少他只演个小角色。密苏里州摔跤,我敢说还有方块舞,不然片名为什么会叫《摇晃你的小姐》?"

"或许你是对的。"

"摔跤、方块舞和罗纳德·里根。伯尼,猜猜怎么着?我敢说你今晚要走运了。如果任何女人让一个男人陪她经历过这些,一定会奖赏他。"

"我不知道,卡洛琳。"

"我知道。"她说,"最好带上牙刷,伯尼,今晚会是你的幸运之夜。"

于是,在鲍嘉深具感染力地演出了奎格队长、以配角身份饰演巡回摔跤手经纪人艾德·海奇,在他的摔跤选手放弃事业娶了女铁匠、将余生消磨在打造马蹄铁之后,我们过街迅速喝了杯意式特浓咖啡,牵着手、交换长长的凝视。然后我们出来,我招了辆出租车,扶着门让她上车时,她投入我的怀抱,给了我一个吻。

"伯尼尼,"她喃喃说道,"跟我走。"

"跟你走?"

"跟我回家,现在。"

"哦。"我说。我正结结巴巴地准备胡编个什么借口脱身,突然灵光一现,想起了这十五个夜晚看过的电影。"今天不行,亲爱的,"我慢条斯理地说,"恐怕我得申请延期再去了。"然后我轻吻她的唇,送她上车关上门,看着她驶离我。

好个幸运之夜。

6

我醒来时,脑袋出奇的清醒,简直令自己感动,然后到市中心,赶在十点前开店。我喂了拉菲兹,把它的水碟装满,将三本一块的特价桌拉出来,然后坐在柜台后面读威尔·杜兰特。他向我保证,这个世界从来就是个险恶之地。我发现这话有奇特的安抚作用。

我关上店门,抵挡晨间的寒意,因此每逢门开,我都听得到门上的小铃叮当作响。上午有两个进来逛的,做了两笔生意,每笔几块钱。另外我还检查了毛克利[①]带来的那堆书。他是个怪人,看起来好像真是狼养大的——憔悴、眼神空洞,一丛乱发加上参差不齐的胡子。速度和酸质在他脑子里烧了几个大洞,他放弃了哥伦比亚大学的英语博士课业,过着流浪生活,从一个废弃建筑搬到另外一个,随遇而安。

---

①毛克利出自吉卜林的《森林王子》,是一个被狼抚养大的印度男孩。

他从学生时代开始收藏书，离开校园后，就不断变卖。等到发现巴尼嘉书店时，他的存书已经差不多卖光了，不过我还是买了一些书，包括一套状况很好、很干净的吉卜林。一年中大部分时间他都不见踪影，我猜他又开始吸毒了，变得对这个星球毫无感知，可是当他再度出现时，他的行为又恢复了正常，有点边缘人的味道。他现在把自己的化学探险限制在普通烟草和偶尔注射一剂有机麦司卡林①上，同时靠在街头市集、二手商店和跳蚤市场买书并转售给我这类人维持生计。

我挑了几本，其他的没要。他有几本状况不错的二十世纪五十年代平装本硬汉派侦探小说，大卫·古迪斯和彼得·瑞伯写的，但我的顾客不会用收藏品的价格买这类东西。"我猜也是。"他说，"我打算拿去卖给'伙伴和犯罪'书店的乔。不过猜你也许想看看。你不觉得这些封面很棒吗？"

我承认很棒。我挑了一本托马斯·沃尔夫的传记和一本马克·肖瑞尔写的辛克莱·路易斯传记，还有其他两本我觉得能卖出去的书，然后我们讨价还价，直到谈定一个我们两人都能接受的价钱为止。最后，我问了他一个平常收购书籍时常会问到的问题。

"这些书不是偷来的吧，"我问，"是吗，毛克利？"

---

① 一种迷幻药。

"不然还能是怎么来的？'财产即窃盗。'你知道这话是谁说的吗，伯尼？"

"蒲鲁东①。"

"给这位先生一支雪茄，的确是蒲鲁东。事实上，君士坦丁堡大主教约翰一世说过很多类似的话。但你不会猜是他，对吧？"他又说了几句，然后开口道，"我该怎么说呢，伯尼？这些东西没有一样是我偷的，我知道自己转卖能赚一笔，于是从萨莉·安的店里用两块钱买来，除非这也算偷。算吗？"

"如果算的话，"我说，"那我们两个麻烦就大了。"

下一次门上的铃响起，是两个耶和华的见证人②想跟我谈谈，我们进行了一段友善的谈话。蒲鲁东的名字一次都没再出现过，君士坦丁堡大主教约翰一世也没有。我不得不缩短谈话——如果不这么做的话，他们还会继续说下去——不过他们离去的时候还是很开心的。我又继续看威尔·杜兰特。几分钟后，铃再度响起，但这次我没抬头，直到听见一个熟悉的声音。

"好呀，好呀，"说话的人是金钱能收买到的最好的警察，"这不是罗登巴尔太太的儿子伯尼吗？每次碰到你时，

---

①蒲鲁东（Pierre-Joseph Proudhon, 1809—1865），法国政治家、哲学家和社会学家。这句话英文为"Property is theft!"，出自一八四〇年他的著作《什么是所有权？》。
②耶和华见证人（Jehovah's Witnesses）是一个兴起于美国的宗教团体，因经常挨家挨户传教而闻名，主张不参与任何政治活动，否认三位一体和地狱等概念。

你都把鼻子凑在书上,伯尼。这也难怪,你的屁股不就摆在书店里嘛!"

"你好,雷。"

"'你好,雷。'热情点嘛,伯尼。不然听起来好像你不是很乐意见到我似的。"

"你好,雷!"

"这回好点了。"他身子往前倾,一个胳膊肘撑在柜台上,"不过我每次路过来看你,你好像都很紧张,似乎在等着第三只鞋子掉下来。你觉得这是为什么,伯尼?"

"我不知道,雷。"

"我的意思是,你在紧张什么?可敬的生意人,你从未迷失在法律的界限之外,如果一个警察兄弟来到你店里,你应该会觉得松一口气才对啊。"

"兄弟。"我说。

"怎么样,伯尼?"

"我喜欢这个词儿,"我说,"一个警察兄弟。我喜欢这个。"

"好吧,那是我的荣幸,伯尼。想用就随时拿去,没关系。对了,告诉我一点事情,可以吧?"

"只要我知道。"

"你见过这玩意儿吗?"

原来他手里提着个公文包,在柜台下面。

"的确见过,"我说,"见过很多次了。这是我的公文包。你怎么会认识雨果，又怎么会替他跑腿呢？"

"你在胡扯什么，跑腿？"

"不然该怎么说？我告诉过他，不必急着还我的。"我伸手去拿公文包，雷缩回去不让我碰。我看着他，满腹疑惑。"怎么了？"我问，"你到底要不要把那玩意儿给我？"

"我不知道，"他说，把公文包平放在柜台上，大拇指按着小铜扣，"你猜里面有什么？"

"帝国大厦。"

"啊？"

"林白的孩子[①]。还要我猜几次？我不知道里面有什么，雷。雨果·坎德莫斯前几天离开这里的时候，里面有几幅他不希望冒险被弄皱的手工上色的版画，另外还有他路上买的几包东西。"

"我不知道你也卖画，伯尼。"

"我没卖，"我说，"别问我他在哪儿买的，我只卖给他一本诗集，五块钱外加税。"

"然后你就奉送了这个公文包，很慷慨嘛。"

"我借给他的，雷。他是个高尚的老绅士，也是个好顾客。换了其他人我不会这么做，但跟他相处很愉快，而且他每次来总是会买书。怎么了？这一切到底是怎么回事？"

[①] 一九三二年，著名飞行员林白仅二十个月大的长子被绑架并撕票，是美国历史上最为轰动的案件之一，被称为"世纪罪案"。

他啪的一声拨开锁扣，打开公文包。

"咦，看起来是空的，"我说，"表演得不错，雷，不过有点雷声大雨点小，你不觉得吗？"

"看起来是空的，"他说，"对吧？但其实不是。"

"里面有空气？这是怎么回事？给我上物理课？"

"我不需要物理学，"他说，"我准得像时钟一样。里面有你的印子，伯尼。"

"你说那些版画？"我往前凑，斜眼看着，"它们大概变透明了，我看不见。"

"不是那种印子。我指的是你的指纹。"

"我的指纹？"

"一整套。"

"哦，很好，"我说，"不过我并不太惊讶。这是我的公文包，我已经说过了。"

"没错，伯尼，惊讶的是，你居然会承认。"

"为什么不承认？这有什么可耻的？这不是路易·威登的昂贵名牌，不过也还是个值得尊重的包。如果你打算告诉我这是偷来的，诉讼时效也早就过了。我有这玩意儿至少十年八年了。"

他摆出一个类似罗丹雕塑名作"沉思者"的姿势，搜寻似的看了我半天。"你比人行道上的冰还滑溜，"他说，"我还以为拿这包给你看的话，你至少会抖一抖，但你没有，而且好像早就料到了。打电话的人是你，对吧？"

"你在胡扯什么？"

"少装蒜了，告诉你，我们一采到指纹，发现是你的，我就等不及要听你解释你的指纹怎么会在这个坎德莫斯的箱子上印得到处都是。我猜那会是个不错的故事。可是你编了一个更好的，居然有胆子说这是你的包。我喜欢这样，伯尼。真有想象力。"

"偏巧这是事实。"

"事实，"他酸溜溜地说，"什么事实？"

"你不是第一个问这个问题的执法人员了。"我告诉他，又问，"坎德莫斯怎么了？"

"有谁说他怎么了？"

"哦，得了吧，"我说，"你为什么没事去找个空包采指纹？你在他公寓找到这玩意儿，他可以告诉你包是从哪儿来的，所以我唯一的结论就是，他没说任何话。不是他不在那儿，就是他没法说话了。结果是哪一个？"

他又仔细打量了我一番。"我想没有理由不告诉你，"他说，"反正，再过两个小时你就会在报纸上看到。"

"他死了吗？"

"如果不是，"他说，"那他装得可真像。"

"谁杀了他？"

"我不知道，伯尼。我还指望会是你呢。"

"想想清楚，雷。记得吗？每次到最后都不是我。我不会杀人。那不是我的作风。"

"我知道,"他说,"认识你这么多年,你从来都不是个暴力分子。但现在这个年头,如果你闯进人家空门,主人忽然冒出来,谁知道会发生什么事?别跟我说你这阵子所有时间都在卖书之类的屁话。你是个彻头彻尾的小偷,伯尼。你改不掉闯空门的习惯。"

我想到一件有意思的事。"告诉我有关坎德莫斯的事情,"我说,"他是怎么被杀的?"

"有什么用呢?死了就是死了。"

"你怎么知道是谋杀?他又不是小孩,也许是死于自然原因。"

"不,是自杀,伯尼。他朝自己胸口戳了好几刀,然后把刀给吃了,弄得我们莫名其妙。"

"他是因此而死的,刀伤?"

"这是医生讲的。有多处内出血,也有很多外出血,把地毯搞得乱七八糟。"

我全身缩了一下,忽然为雨果·坎德莫斯和他的奥布松地毯感到很遗憾。我对雷说,希望他没受太多苦。

"肯定受苦了,"他说,"除非他被什么打得昏死过去。否则有人用刀往你身上戳两三次,当然会受苦。"他皱眉思索着。"据说被刺第一刀时会很痛,可接下来就没感觉了,我决定相信这个说法。但我可不想亲身体验。"

"我也不想。凶器没找到吗?"

他摇摇头。"凶手带走了,等法医室那边有了结果,就可以告诉你那把刀的尺寸和形状，还有制造厂商的名字和电话号码。现在我唯一能确定的是，那是某种刀。我可以猜测长度和厚度，不过只是猜测。"

"你怎么会接手这个案子，雷？"

"大约凌晨一点时有人打电话报案，两个制服警察去看，发现门被锁住了，于是到隔壁去找管理员开门。但门上有三道锁，管理员只有两把钥匙。这是你的错，伯尼。"

"怎么会是我的错？"

"要不是因为你们这种人，不会有人在门上挂三道锁。整个城市的人都在口袋里装着太多钥匙到处跑，造成这个原因的罪魁祸首就是纽约的小偷。有一回我碰到一个女人，她的前门有六道锁，六道！我看她的时间都耗在锁门开门上了。"他边想边摇摇头。

我说："那他们怎么办？把门踹开？"

"没理由这么做。他们只有匿名的线索，说四楼有打斗的声音。这事儿要是发生在下东区，你大概会考虑把门踹开，但在好地段不会这么做。他们找了锁匠。"

"不会吧。"

"有什么不对吗？一大堆锁匠提供二十四小时服务，而且不像医生，他们还提供上门服务。"

"这是好事。把门送去给他们是有点困难。"

"也不能对着锁喷点阿司匹林，明天早上再打电话给锁匠。不过，不是他们找来的那家伙不够好，就是那个锁太厉害，花了半个小时才弄开。"

"半个小时？你该打电话叫我的，雷。"

"如果我在场的话，大概会这么办。不过他们进去发现尸体后才通知我。我接到电话赶过去，正在仔细观察现场的时候，电话就响了。那是你，对不对？"

"我不知道你在说什么。"

"是吗，换句台词吧。两个电话，中间大概隔了五分钟。两次都是我接的，两次对方都没说一个字。别跟我说不是你，伯尼。那是浪费时间，我听得出你的声音。"

"怎么听？你刚才说打电话的人根本没出声。"

"对，不讲话的方式有很多，那个方式就是你的。别想骗我说你的方式有什么不一样。"

"随你怎么说，雷。"

"我立刻就知道那是你。当然，我必须承认我原先就想到了你。你知道尸体躺在哪里吗？"

"当然不知道，我又没去过那儿。"

"哦，你知道那个小圆桌吗？上面有个灯，看起来像一钵花。"

那是蒂芙尼百合灯，几乎可以确定是仿制品，放在一张有弧形腿的小圆桌上。"我怎么会知道，"我说，"我没去过他的公寓。我知道他住在上东区，说不定还把地址记下来过，不过一时想不起来放在哪儿了，而且我绝对、从来没去过。"

"是的是的，"他说，"你从没去过，可是你的包——"他敲一敲那个公文包，"倒是去过。我才不信呢，伯尼。我猜你去过，说不定就是昨天晚上。你打电话来的时候，我不知道这是你的包。可是我看到五美元的收据和零钱放在那个小圆桌上，上头印着巴尼嘉书店，日期是前天。"

"我已经告诉过你了，雷。他买了一本诗集。"

"叫作——"他查了查记事本，"普雷德。"

"就是那个诗人的名字。温索普·麦克沃斯·普雷德。"

他不以为然地摆摆手，表示对这个名字的态度。"这个普雷德死了，对吧？"

"早死了。"

"就像大部分诗人一样。所以管他呢，不是他干的，而且以我对你小子的了解，我知道也不是你干的。你怎么会想杀他呢？"

"我没有，"我说，"他是个顾客，所有的顾客对我都有好处。他是个好人，至少我这么觉得。"

"你对他了解多少，伯尼？"

"不多。穿得挺时髦的，这能帮得上忙吗？"

"帮不了他。他应该在衬衫底下穿件防弹背心，也许这样会有帮助。穿得挺时髦？是啊，我想是，可是谁会在家里穿西装？你一回到家，就想把领带扯掉，把外套挂在椅背上。我就是这样。"

"我相信。"

"是吗？我猜也是，我看这些都是废话。我只能告诉你，伯尼，还好你的名字不叫凯弗布。"

"是啊，的确不是，"我说，"从来就不是。你到底在说什么？"

"凯弗布。警钟响起没？"

"连个小叮当声都没有。这女人是谁？"

"你猜是个女的？我连自己念没念对都不知道呢，伯尼。这里——你自己看一眼，然后告诉我你怎么解释。"

他忽然把公文包翻转过来给我看。锈褐色的大写字母在浅褐色的人造皮公文包上格外醒目，有人在上面写着"CAPHOB"[①]。

---
①发音与凯弗布（Kay Fobb）相近，"凯"为女名。

7

在《死巷》中，鲍嘉饰演的帮派分子"娃娃脸"马丁，去拜访他位于下东区的童年故居，进行一趟感伤之旅。故事结尾时，他被母亲马乔里·曼恩赏了一巴掌，然后在火灾逃生口被乔尔·麦克雷射杀身亡。这部电影里还有很多好演员，包括克莱尔·特雷弗、西尔维亚·西德尼、沃德·邦德，以及将鲍厄里[①]小子演得活灵活现的亨兹·霍尔和里奥·高尔西。电影由丽莲·赫尔曼编剧，威廉·惠勒执导，但我最喜欢的是服装设计者，名叫奥马尔·基安。

在鲍嘉死的那一幕时，伊洛娜的手握住了我的手。

她一直握到电影结束，中场休息她从洗手间回来，双手握住了我的手。"伯尼尼。"她说。

"伊洛娜。"

[①] 鲍厄里（Bowery），纽约市的一个街区，到处都是醉鬼和流浪汉。

"我真怕今天你不来,担心了一整天。"

"你怎么会这么想?"

"不知道。昨天晚上搭出租车回家时,恐惧攫住了我的心。我心想:'我再也看不到他了。'"

"好吧,现在我在这里了。"

"我太高兴了,伯尼尼。"

我紧紧捏了捏她的手。

第二部电影是《乱世情天》,鲍嘉晚期的电影之一。他饰演一名美国飞行员,战争期间在中国为军阀李·J.科布工作。科布的手下杀了一位神父,鲍嘉最后穿着死去神父的衣服逃走,并假装神父的继任者主持一个聚会,有点让我想到《兄弟帮》里面的爱德华·鲁宾逊。

到了最后,一切都解决了。

我们到街对面喝卡布其诺,分享一份闪电泡芙。沉默许久后,她说:"我很担心,伯尼尼。"

"是吗?我知道他最后会跟那个护士在一起。原先以为他可能得杀了李·J.科布,不过设计得很好,让他们掷骰子。"

"我指的不是电影。"

"哦。"

"我还以为我失去你了。我还以为你会去找别的女人。"

"我没告诉你是个生意上的约会吗?"

"可就算不是,你也会这么说,不是吗?"她低头看着双手,"如果你和别的女人在一起,我也可以理解,我太……疏远你了。可是这几个星期来,我有好多心事。只有我们一起看电影的时候,才觉得自己还活着。其他时间我简直都没法呼吸。"

"怎么了,伊洛娜?"

她摇摇头。"我不能说。"

"当然能。"

"现在不行,下次吧。"她啜了一口卡布其诺,"告诉我你的生意约会,还是你得保密?"

"有人找我去看他的藏书,"我说,"通常我都会傍晚去,可是我们每天晚上都要去看电影。我以为把时间排在昨天晚上晚一点会比较安全。"

"因为我很难搞定,对不对?"

"呃……"

"你今天晚上要去看别的藏书吗,伯尼尼?"

"不用。"

"我有几本书,应该不值钱,但也许你可以过来看看。"她伸出食指,顺着我的下巴划,然后碰触我的嘴唇,"但也许你有另一个生意上的约会,那我就得一个人孤零零地回家了。"

* * *

她住在第二和第三大道之间的二十五街，五楼，没有电梯，一楼是家名叫"单纯愉悦"的店，卖水晶、香料和塔罗牌，橱窗里面贴着魔法和捆绑术课程的广告。

楼梯很陡，而且有很多级台阶。我可以想象赫伯曼队长爬这些楼梯的样子。

她住在建筑后方两户公寓中的一户，只有一个房间，里头只有一扇窗，望出去是一片空茫的墙，那是二十六街一幢高得多的建筑。她拧亮固定在天花板上一颗光秃秃的灯泡，然后等到小书桌上头那盏有绿锈的铜制读书用灯亮起，她就把灯泡关掉，再在角落一个老式镶铜边的衣箱上点了三根蜡烛后，又把读书用灯关掉。蜡烛的火焰照亮了一个自制小壁龛里头的手工艺品。是一些相片，有的装了相框有的没有，一幅圣母与圣婴的画像，一个留着胡子、眼睛凹陷的圣人，还有其他小东西，包括一块可能从楼下买来的水晶。

除此之外，公寓里的私人物品不多，两个塑料牛奶箱装着她的书，一张宽地毯，又脏又旧，盖住大约一半需要整修的地板。床和衣柜看起来是跟着公寓一起租的，不然就是旧货店买来的。墙上空荡荡的，只有一个挂在钉子上的"世界鸟类"的月历，还有书桌上方用透明胶带贴着的一张国家地理杂志的东欧地图。在烛光下无法看清，但也不太可能忽略用红色记号笔圈起的一个小小的锯齿形区域。

"这一定是安纳特鲁利亚。"我说。

她走过来站在我身边。"我的国家,"她说,声音沉重而嘲讽,"宇宙的中心。"

"你错了,"我说,"这里才是宇宙的中心。"

"纽约?"

"这个房间。"

"你真浪漫。"

"你真美。"

"哦,伯尼……"

到这里,如果你不介意的话,我要很古板地拉上帘幕。我们拥抱并宽衣解带上床,不过细节请你自己想象。总之,我们没做任何电视上看不到的事情——如果你家有有线电视而且你看过够晚的节目。

"伯尼尼?我做爱后有时会抽烟。"

"我相信,"我说,"哦,你是指香烟。"

"对,会妨碍你吗?"

"不,当然不会。"

"我的香烟放在床头柜的第一个抽屉,替我拿一下好吗?"

我递给她一包半满的无滤嘴短型"骆驼"牌香烟。她放了一根在嘴里,让我擦亮火柴替她点上。她像不吸就会死似的吸了一口,然后噘起嘴唇,就像洛伦·巴考尔[①]在给鲍嘉示范吹口哨一样。

"当然是香烟,"她突然说,"不然还会是什么?鲱鱼[②]?"

"那是不太可能。"我表示同意。

"抽烟是为了缓解忧伤。"她说,"跟你说件事,伯尼尼,第一次跟你约会那天晚上,我就想跟你做爱。但我知道那会令我忧伤。"

"我想我大概表现得不太好。"

"怎么这样说呢?你是个很棒的爱人,所以才会让我心碎。"

"我不明白。"

"看着我,伯尼尼。"

"你在哭。"

我伸手拭去她眼角的泪水,但新的泪水又立刻涌出。

"擦是没用的,"她说,"总是会有更多眼泪。"她又深吸一口香烟,是真的吸进去。"我一向如此,"她解释,"做爱令我忧伤。过程越美好,感觉就越糟。"

"那可真要命,"我说,"我简直是羞于承认,但是我感觉很好。"

"我也同样感觉很好。"

---

①洛伦·巴考尔(Lauren Bacall, 1924—2014),美国女演员,亨弗莱·鲍嘉的妻子,吸烟这一幕出自两人一九四四年合演的《江湖侠侣》(*To Have and Have Not*)。
②抽烟的英文是 smoke,这个词也可指熏制的食物。

"哦,那——"

"但在心底深处,是那种忧伤,所以我抽烟。我不喜欢抽烟,但为了解忧,我会抽,"

"有用吗?"

"没有。"她把香烟递给我,"帮我扔掉好吗?你可以用那个小盘子当烟灰碟,谢谢。现在可以再陪我一会儿吗?抱着我,伯尼尼。"

过了一会儿她开始说话。这个公寓很糟糕,她说,可是她只租得起这里。纽约太贵了,尤其是对一个没有固定薪水的人来说。而且这里地段很好,因为她常有机会从联合国接一些工作——翻译或校对文件——她可以直接搭公车到第一大道。天气好又有空时,她甚至可以走路过去。

她知道可以多花些工夫让这个地方更好一点。她可以粉刷墙壁,换掉恐怖的地毯,还可以买一台电视。也许有一天她会这么做,如果她还待在这里,如果没搬家……

她的呼吸频率有所改变,我断定她睡着了。此时我的眼睛也闭上了,感觉自己在半梦半醒之间。但"你可以再陪我一会儿吗?"不完全是让你在这里睡一整夜的邀请,她的床也没宽得能容下两人共眠。这张床做点睡前活动还可以,只要运动不过于激烈,可是到了要长时间呼噜呼噜的时候,床就有点嫌挤了。

我小心翼翼地溜下床免得吵醒她，拾起刚才匆忙间乱扔的衣服穿上。熄灭蜡烛前，我先走到门边把锁打开，免得等会儿得在黑暗中摸索。

然后我过去打算把蜡烛吹熄，结果被她的小壁龛吸引了。一张家庭照装在杂货店买的相框里，是一张姿势僵硬的快照，里面有父亲、母亲和一个女孩，那一定是伊洛娜，当时六岁或七岁。头发颜色比较淡，五官轮廓没那么分明，但我觉得她的眼睛似乎已经具有了那种自我解嘲的特质。

你恋爱了，我心想，也带着微微的自嘲。

我拿起那个水晶，在手掌上感觉它的重量，又放回去。我看着那些圣人画像，判定都确实颇有历史，但也许不是很值钱。我抚摸着一个军队或教会的勋章，那是个青铜大奖章，里头有一个头戴法冠的主教画像和斯拉夫字母的题字，从金色和深红色的丝带上垂挂下来。还有一个玛丽亚·特雷莎女王[①]的银币，以及一个白色金属的奖章，上头有个我不认识的国王的胸像，静静地躺在原始奖章匣里面的丝绒衬里内。

祖传遗物，毫无疑问。还有一个小小的动物展览，包括一只铸铁的狗和猫（上面的漆是手绘的，已经剥落了好几块），另外还有一只手绘的瓷狗，三只瓷企鹅（其中一

[①]玛丽亚·特雷莎（Maria Theresa, 1717—1780），曾为匈牙利与波西米亚女王。

只的翅膀尖不见了），一个雕刻得很棒却有点迟钝的木头骆驼。袖珍杯碟无疑是童年纪念品，或许是哪次扮家家酒时用来当茶具的。

正当我打算吹熄蜡烛时，另一张照片攫住了我的视线。照片框后面有支架撑着，待在相框里的是一对与我年龄相仿的男女。女人的头发很多，高高地盘在头上，使我想起路德米尔伏特加的标签。她穿着一件合身的外套，肩膀上披着银狐围巾。男人穿了一件有腰带的诺福克上衣、围着平滑的丝质围巾，一手环着女人的腰，另一只手扬起似乎在打招呼，朝着镜头茫然地微笑。

他让我想起某个我认识的人，但想不出是谁。

熄灭最后一根蜡烛时，我虽看不到他的笑脸，却仍努力在想。然后我想到别的事，比如我上次看到那扇门时，门在哪里。一抹微光从伊洛娜的窗透进来，几乎暗得像薄伽丘大厦的公寓。门底透进来一道窄窄的光，我设法不碰到任何东西，向门走去。

我踏入走廊，把门关上，想确定扣锁已经锁上。我真不愿意就这样离去，让她和这个危险的世界之间只有一道扣锁，但我身上没有工具。如果带了，我就可以把门好好锁上，不过或许就这样挺好，否则事情会变得很难解释。

傍晚时似乎要下雨的样子，但晚上天空又变得清朗柔和，此刻是适合外出的宜人天气。走路十五分钟就可以到我的书店，但如果现在去，那我就得提早九小时上班了。

　　做爱使伊洛娜忧伤，却使我焦躁，这让我们两个成了该死的性爱广告。我觉得自己好像可以一路走到圣路易斯，而且到那儿还可以朝哪个人的嘴巴来一拳。我走了八个或十个街区，招了辆出租车。我拖着双腿爬上后座时，脑袋里第一个念头是去威克斯福德城堡，看路德米尔是不是像我记忆中的那么难喝。第二个念头是承认第一个念头很白痴，然后叫司机载我回家。

8

次日上午大约十点半,我正在看《动手训练它》,这是一本很薄的书,教你如何训练宠物兔子。这书是我从特价桌上拿来的,打算在重新整理"宠物与自然史"那一区的书架之前,从威尔·杜兰特的书里出来喘口气。兔子的照片很可爱,不过里面的文字确定它们生来就爱啃东西,比如书和电线。"别担心,"我告诉拉菲兹,"我们不会买兔子,你的职位很稳固。"

它看了我一眼,表明这个问题从来不是问题,我揉皱一张纸扔出去让它追。卡洛琳进门时,它正在攻击途中。"嗨,拉菲兹,"她说,"训练得怎么样了?"

"它表现不错,"我说,"这只是热身而已,免得它的捕鼠技巧退化,对了,你来早了两个小时。"

"我没早,"她说,"我有别的事,今天没法吃午餐了,我跟牙医有约。"

"你之前没说。"

"我原来不必说,"她说,"是大约一小时前约的。昨天晚上晚饭吃到一半,填蛀牙的东西不见了,我觉得自己一定是把它给吞下去了。最糟糕的是,我忍不住总想去确认,因此总把舌头伸到那个蛀牙洞里。你能不能替我瞧瞧,伯尼?"

"为什么?"

"告诉我那个洞没我想的那么大。我发誓那个洞比大部分牙齿都大,都可以停进一辆车了,伯尼。还可以替流浪汉盖房子。"

她走过来,头凑到我眼前,张大嘴巴指着一颗后面的臼齿,"啊呃啊喔——"她说。

"别闹了,"我说,"我能看出什么?要适合的灯光,还有那种尾端有个小镜子的棍。反正,我觉得看起来挺好的。"

"那个洞成了月球上的火山口,"她说,"是个大峡谷。幸运的是,两小时后,它就要成为历史了。我的牙医会在午餐时帮我搞定。"

"那好啊。"

"嗯。"她臀部歪靠在柜台上,评估般地看着我,"结果呢?"

"什么结果?"

"结果昨天晚上怎么样?"

"哦,电影很棒,"我说,"第一部是拍摄于一九三七年,而——"

"我指的不是电影,伯尼。你跟伊洛娜怎么样了?"

"哦,"我说,"进行得还可以。"

"还可以?"

"很好。"

她继续审视着我,然后冒出一个笑容照亮了整张脸。

"你少来这套。"我说。

"少来哪套?我又没说什么。"

"我也没说,可你在那儿笑什么?"

"嘿嘿,你们最后去了哪儿?你家还是她家?"

我瞪着她,坚持不讲话,她也不说话瞪着我。"她家。"最后我说。

"然后呢?"

"然后怎样?我觉得很好,可以吗?你高兴了没?"

"我替你高兴。她很美,伯尼。"

"我知道。"

"而且显然为你痴狂。"

"这点我倒是不知道,"我说,"是什么让你那么确定的?说到这个,你怎么知道她很美?只是把我讲过的话又拿来告诉我吗?"

她撮唇吹了个无声的口哨,就像伊洛娜吹出烟雾一样。"只不过是个完完全全的巧合。"她说。

"什么巧合?我根本不明白你在说什么,可是我已经不相信你了。"

"我只是刚好经过牧歌剧院门口,"她说,"昨天晚上电影散场的时候。"

"你只是碰巧在那里?"

"每个人都得有一个地方待嘛,伯尼。"拉菲兹早就不管我扔给它的那个纸团了,此刻它正在摩擦卡洛琳的脚踝,寻常的猫咪动作。"嘿,你看看它在干什么。伯尼,你早上是不是忘了喂它?"

"它吃下的食物拿去喂一条蟒蛇都绰绰有余,"我说,"不要转移话题。你昨天晚上怎么会刚好在那里?"

"我刚好在那附近,"她说,"苏·格拉夫顿有本新书刚出版,我去侦探小说书店①买书。"

"跑那么远去买?"

"'同伴和犯罪'书店已经卖光了,'三条命'店里又还没有进货。所以我就跳上地铁啦。"

"侦探小说书店在百老汇大道和九十二街交会口那边。"

"我知道,伯尼。我昨天晚上只是刚好在那儿。"

"那里离剧院有二十几个街区。"

"这个嘛,我没吃晚饭。"

"所以呢?"

---

①指纽约百老汇一家专营侦探小说的书店,英文名叫 Murder Ink。

"所以我往市中心走,想找一家餐厅,可是没有一家店能引起我的兴趣。最后我在七十九街找到了一家咖啡店。你知道,我觉得我们最近大概吃了太多的异国食物,所以我坐在凳子上吃培根芝士汉堡、炸薯条和卷心甘蓝沙拉,点了个苹果派当甜点,又喝了两杯普通的美式咖啡,加奶精和糖。整顿饭带给我的感动充满了狂野的异国风情。"

"你吃过饭以后——"

"我吃多了,就觉得该走点路。"

"接下来你就到了牧歌剧院的门口。"

"好吧,我是有预谋的。这也犯法吗?"

"不算。"

"我到了那儿,离散场还有几分钟,就找了个可以看到出口的地方,有那么一会儿,我还以为会错过你。你们两个几乎是最后出来的。"

"我们喜欢等着看电影最后的演职员表。"

"她真是个大美人,伯尼。还有她挽着你的模样,看你的眼神。忘了亨弗莱·鲍嘉吧,我看你就像爱情文艺片里的男主角。"

"总之,你侦察了我们多久?"

"我不明白你为什么非得说这是侦察不可,"她说,"我的行为只不过是一次完全正当的友谊关怀行动。你也会为我做同样的事,不是吗?"

"我才不敢呢,"我说,"如果我在女同志酒吧外头鬼鬼祟祟,我会被逮捕的。"

"才不会呢,伯尼。被揍一顿倒是有可能,可不会被逮捕。总之,我也没有鬼鬼祟祟太久,你们一到对街喝咖啡,我就回家了。"

"然后看苏·格拉夫顿的新书。"

她摇摇头。"我要留着等牙补好。我吃芝士汉堡吃到最后的时候,蛀牙的填塞物不见了,我想一定是吞下去了。这样不会被毒死吧,会吗?"

"也许并不比芝士汉堡更毒。"

"我也这么想。那本新书上的广告词让我觉得这本一定很好看,但是我要等到周末再来享受。我现在正在重新看她早期的一本小说,大概已经看一半了,是有园艺背景的那本。"

"我应该没看过吧。"

"真的?我还以为你看过她所有作品呢。这本是有关一个中国园林建筑家被自己的辫子勒死的故事。"

"我不记得,一定是漏掉了。书名是什么?"

"《Q 代表庭院》[①],我看完了借给你吧。我得走了,随时会有一只西班牙猎犬来让我洗澡美容。她有没有替你做早餐,还是你们出去吃的?"

---

①苏·格拉夫顿的字母系列中并无此书。此处是作者故意乱编,且以 Q 形似蓄辫人头,以示戏谑。

"我没有留下来过夜。"

"说不定这样是对的。你了解我,我很实际,不会错过任何一个可能的机会。不过你打过电话给她,对吧?"

"没人接。我不认为她会花太多时间待在公寓里面。如果你去过她那儿,就会了解为什么。"

"今天晚上打算做什么?看更多鲍嘉的电影?"

"不然还能有别的事做吗?"

"看完了带她去你家。"

"或许吧。"

"伯尼?看着我,伯尼。你恋爱了吗?"

"我不知道。"我说。

"这表示'是'吗?"

"对,"我说,"我想是。"

此后一上午都平静无事。卡洛琳去补牙,我也懒得大费周章出去吃午餐,便匆匆到街角的摊子前站着吃了片比萨。我离开店不到十分钟,不过足够让雷·基希曼出现了。我发现他靠在我的特价书桌旁,翻着一本佛多尔的西非旅游指南。

"你的防盗设施太差了,"他说,"天冷,我就没那么诚实了,我可以把你这堆书全给偷光。"

"我不会有太大的财物损失,你倒是小心搬太重会岔了气,"我指了指桌上,"这上面的书都是三本一元。"

"连这本都是?"

"那是四年前的书了。"

"你有很多更旧的书都要卖一二十块,有时还不止呢。"

"你手上拿的是旅游指南,"我解释说,"它们可不会随着时间增加而增值,其实还贬值得挺快的,因为一般人计划旅游时,都希望有即时更新的资料。你喜欢大老远飞到加蓬①然后发现你想住的饭店一年前就倒闭了吗?"

"首先你就别想叫我去那里,"他说,"除非脑子坏了才会去那种地方。你躺在沙滩上,正在喝个水果鸡尾酒什么的,结果接下来就被他们苦迭打②。"

"被他们什么?"

"你知道,他们总在推翻政府,你还没搞清楚状况,就发现自己成了食人盛宴的主菜喽。"

他把那本佛多尔的指南扔回桌上,刚好擦过《丹纳生平与书信集》的第二册——只有上帝才能告诉你第一册和第三册怎么了——在桌子上滑了一下,掉到人行道上。

"我不知道我的力气这么大,"他说,"抱歉啦。"

我打开门锁,站着撑开门,眼睛示意人行道上的书。他拖了一会儿,才过去,弯腰,嘴里咕哝着,直起身,然

---

①加蓬共和国(The Gabonese Republic),位于非洲中部西海岸。
②雷本想说军事政变(coup d'etat)但说成了cootietah。

后把书放回桌上。

进门之后,我问他坎德莫斯的命案调查有什么进展。

"正在进行中,"他说,"现在有一组调查人员在弄,想找出'凯普·霍伯'(Cap Hob)是什么意思。"他是这么念的,"他们有个电脑,里头好像有全美国登记的电话簿资料,这样可以在几秒钟之内查出来。如果凯弗布(Caphob)是哪个人的名字,他们轻轻松松就能知道了。"

"如果凯弗布先生有电话的话。"

"这样才能找到他。电脑里也有城市名录,还有其他各种你能想到的东西。你不会相信他们用电脑可以做多少事情。"

"科学真伟大。"

"可不是吗。"他故意看看手表,然后往前靠,胳膊肘放在柜台上,"不过可能需要你帮个小忙,伯尼。"

"别告诉我你又把自己锁在车外头了。"

"可能得拜托你到停尸间去一趟,正式给那家伙认尸。"

我正等着他开口要我帮忙。他费神去捡起那本书时,我就知道会有这样的结果。

"我不知道,"我说,"我根本不怎么认得他。"

"我还以为他是你的好顾客呢。"

"不能说他是常客,只是偶尔见到他。"

"你跟他熟到会把你的供应箱借给他。"

"是公文包。"

"你知道我的意思啦。你把包给他,让他装一本五块钱买来的书,至少这是你的说法。"他站直身子,"说到这个,如果你不想合作,替我们指认那个可怜的死透了的家伙,那我们可以多复习几遍你的那套说辞。去局里花两小时,替你录个口供,让你跟几个不同的警察讲几遍,帮大家搞明白具体是怎么一回事。"

"很高兴我还有另一个选择。"

"是哦,你还有另一个选择,"他说,"你可以做该做的事情,或承受痛苦的后果,就看你自己了。"

"我当然想跟警方合作啦。"我说,像某个有奖竞答节目主持人似的,态度诚挚极了,"可是你为什么需要我呢,雷?那人有邻居,他们一定比我更认识他。"

他摇摇头。"行不通,"他说,"他们根本不认得他。我说错了,一楼的那个女人认得他,说他人很好。麻烦的是,她是盲人,大部分时间都在听录音书。二楼是一对姓雷尔曼的夫妇,但是不凑巧,他们十天前离开了,接下来的四个月都要在法国南部度过。他们是大学教授,跟另外两人交换公寓。法国人在新加坡度过春天和夏天,一个有中国姓的生意人住在雷尔曼的公寓,所以我想他是从新加坡来的。不管他从哪里来,也才刚到一个多星期,自称从没碰到过坎德莫斯。我们拿了张在验尸室拍的照片让他看,他根本一点印象都没有。

"那我们还能找谁？一对同志住在地下室，也才刚搬进那幢大厦，他们有独立的进出口，从没见过坎德莫斯。管理员住在隔壁，他要管三四幢大厦，而且才刚接这份工作两个月。坎德莫斯从没要求他做过任何事情，所以他们没碰过面。那家伙说他曾去找过坎德莫斯一两次想作自我介绍，只是想认识一下，要是你问我，我会说他指望坎德莫斯圣诞节包个大红包给他。可是那一两次坎德莫斯都不在家。他当然也没法替我们认尸。"

"那三楼呢？"

"三楼？"

"地下室是一对同性恋，"我说，"盲眼女人住一楼，雷尔曼住她楼上。"

"只是他们现在不在那儿，"他说，"看起来他们在法国，继续。"

"坎德莫斯住四楼，"我说，"那么谁住三楼？"

"现在这个问题可有趣了，"他说，"你知道，如果我是那种穿风衣的酷侦探，我就会忍到踏出门口一步才说'哦，对了……'，可是谁有那个该死的耐心啊？"

"雷，你在说什么啊？"

"我要说的是，你怎么刚好知道那幢公寓有四层楼而且坎德莫斯就住在四楼。我没跟你提过这个细节。"

"你当然提过。"

"嗯哼。"

"不然一定是他提过。"

"谁?坎德莫斯?"

"还会有谁?"

"依我看,"他说,"你是胡扯一通,我一直这么想。我昨天怎么说来着?我知道你去过那儿。伯尼,老实告诉我,你知道有可能会是谁杀了这家伙吗?"

"不知道。"

"你愿意合作去正式认尸吗?管他谁住三楼,他们就像其他人一样,什么都不知道。哥们儿一场嘛,伯尼,让我们彼此帮个忙。"

我皱皱眉。"我讨厌看尸体。"我说。

"真高兴你没从事殡葬业。怎么样?我要的不多,他们把尸体抬出来的时候,你可以闭着眼睛,只要发誓说那是他,没错就行。"

"不,我会看,"我说,"如果我去认尸,起码我会做到把眼睛睁开。你希望我什么时候去?"

"现在怎么样?"

"什么?叫我不做生意跑去认尸?"

"是哦,看得出来你生意有多好。这事情花不了几分钟。"他耸耸肩,"或者,你愿意的话,我就打烊时来接你。你是六点打烊,对吧?"

"这样不好,"我说,"我六点四十五分有个约会。但如果现在去,我就得关门又跑回来开门……我告诉你怎么办。四点四十五分过来接我,我提早一个小时打烊好了。你看怎么样?"

随着下午时间的消逝,我开始希望当场锁了门直接去停尸房。今天是星期五,天气又很好,于是只要可能,几乎每个人都设法提早离城去度周末。而且他们不会在中途停下来买书。

我这里并不比停尸间更有生气。这种时候,我就很高兴有一只猫做伴,不过此时此刻,它根本不是个伴。它睡在窗台上一会儿,等到觉得阳光太强,就在"哲学与宗教"那一区书架的高处找了个喜欢的栖身之地。甚至从我坐的地方都看不到它。

我打了两次电话给伊洛娜,没人接。我坐着看这期的《AB读书人周刊》,仔细看着上面列的书单,看有没有人在找我正好有存货的书。我不时会查阅一下这种东西,偶尔也确实发现手上有某个书商在找的书,但我很少会有进一步的行动。我只是觉得整件事好像太麻烦了,写个明信片,抄上价钱,寄出去,然后把书找出来留着,直到那个人确定要或不要为止。如果他要,你得把那鬼玩意儿包好,去邮局排队等寄书。

而这一切图的是什么,两美元的利润?或者五美元,或甚至十美元?

不值得。

当然,如果你有规律地做这种事情,发展出一套抄写、包装、寄送的系统,就可以为你的事业赢得利润。至少很多文章都向我这么保证过,我不得不假设他们说的是对的。

但好像还是麻烦得不值得去做。

看吧,这就是偷窃把人惯坏了。

之前有一阵子,这家店有一点微薄但稳定的利润。我原先只是想拿来当个体面的门面和消遣的差事,没想到书店开始能自给自足,而且甚至能够养得起我。在意识到之前,我就已经不再偷东西了。

但这种日子没持续太久。在一个贪婪房东的鼓动之下,我又重操旧业。为了洗干净来路不正的钱,我索性用来买下这幢建筑。巴尼嘉书店很安全,要怎么经营随我高兴。

而且我不必抠着钱过日子,或寄一堆写满价钱的明信片给在堪萨斯州普瑞特市和加州欧克利镇的买家。我匆匆到街角去的时候,可以把特价书的桌子留在外头,如果有人拿了本有水渍的第二版瓦迪斯·费舍的小说跑掉,我也不必冒着中风的危险去追。如果收支能平衡,那很好;如果入不敷出,我永远可以靠扯谎进入一幢大厦,找目标下手开锁,很快拿个五百块来解决我的麻烦。

当然,最近那一晚的努力没有任何收获。

谁说我的麻烦结束了?

* * *

快乐的念头促使我走到电话前，再试一次伊洛娜的号码。没人接。我放下电话，想着卡洛琳问我的那个问题，还有我给她的答案。我不知道那是不是真的，不过也很接近，足以让我心烦意乱了。

我的思绪又回到了位于东二十五街顶楼的那个可怜的小房间里。我发现自己在想着照片里的那个男人。见鬼，我究竟在哪儿见过他？

他不是那张僵硬家庭照里头的男人，这点我很确定。有一点很关键，照片中那个手臂揽着浓发女子的男人绝对不会那么僵硬，就算死透了都不会那么僵。他很习惯拍照，从他喜形于色的样子看，好像还很爱抢镜头。

我皱起眉，好像这样就可以让那张照片更清楚一点。那个女人，我记得，有个像美式足球中卫的肩膀，但这肩膀不是从足球场或健身房得来的。她的衣服有垫肩，垫得比最近一次的垫肩复活风潮还要夸张。

这年头垫肩不那么常见了，她脖子上那种头尾相连的银狐围巾也不常见了。据我所知，那些银狐围巾再也没流行过，我大概能想到原因。

或许是一张老照片。就算不管服装时尚的部分，我还是觉得那张照片看起来很旧。是因为当时的相机不同吗？影像会随着时间而变淡吗？或者只是不同年代的人有不同的面部表情，所以他们的脸才会像邮戳一样，盖上了永远不可磨灭的印记？

这位微笑先生，是个取悦众人的人。也是他的牙医的活广告。该死，我在哪里看过这个喜形于色的表情？如果他的嘴唇包好那些大牙齿，好好照张严肃的照片，看起来会是什么样？

他有张适合放在钱币上的脸。不是古罗马钱币，他不属于那种脸。而是比较近代的……

有了。

我不认为自己出了声，但或许我的耳朵竖起来了，因为拉菲兹从它位于"哲学与宗教"的栖身之处跳下来，过来察看发生了什么事。"不是钱币，"我告诉它，"是邮票。"

这个答案好像让它满意了；它做了一连串伸展动作，又快步跑去嘘嘘。我找到"游戏与嗜好"的书架，那里靠下方有一本《斯科特标准邮票目录》[①]，就在我上次看到的地方。这本目录已经过时四年了，不过放在书店里当索引很好用，所以没扔到特价桌上。

我把目录拿到柜台上，快速地翻看，终于找到了我要找的那张。我眯起眼看了看说明，再把眼睛闭上，将它和我记忆中的照片进行对比。

是同一个人吗？

---

① 由世界著名邮票目录出版商美国斯科特出版公司出版的《斯科特标准邮票目录》是当今世界各国集邮者的最佳工具书，从一八六八年开始出版，是全世界唯一每年更新的世界邮票目录。

我觉得是，但很难确定。目录上的邮票是黑白印刷，而且比实际尺寸至少小了一半。几年前美国通过了一个联邦条例，要求印邮票的图片时必须用一条水平白线划开，免得有人从书上剪下来，贴在信封上作伪。不过现在连十岁小孩都可以拿二十美元钞票去彩色复印，而且复印的钞票还能骗过一般的银行出纳，这个老条例就因不合时宜而被废除了。现在在书上把邮票印得多逼真都合法，而且还可以印等大的美国钞票。

比较新的书在用邮票当图片时不必印那条白线，但编目录的人懒得更新所有早期发行的邮票，我正在看的这张照片就是那种，一定是七十几年前发行的。我把书倾斜，尽量争取光线，斜着眼像在参加扮鬼脸大赛似的。最后还是走到后头的办公室翻抽屉，找到了放大镜。

即使透过放大镜，也还是没有把握。在那一套十五张邮票中，斯科特公司的人决定只印出其中四张。三张是风景，包括一座教堂、一座山和一个吉卜赛人用皮带牵着一头跳舞的熊。每一张邮票的右上角，伊洛娜那张照片里的男人都以不苟言笑的形象从小圈圈里面瞪着你。

第四张邮票是一百扎令的（该国的流通货币是扎令，每一扎令合一百丁克，最便宜的邮票是一丁克。真想不到从一本邮票目录中可以学到这么多，即使是一本过期的目录。资讯的价值是多么的低贱）。一百扎令的邮票是那套里面最贵的，有两个地方跟其他邮票不同。一个是比较大,大约是其他邮票的一倍半,而且是竖式的,高度比宽度要长。另一处不同是伊洛娜的那个伙计的照片不再高高局限于角落的小舷窗里,而是占满了整张邮票。

很难确定。如同我说过的,复制品留下了许多想象的空间。而且我身边没有那张照片,只有对那张照片的记忆,在一支蜡烛昏暗闪烁的光影中瞥过一眼。所以我不敢发誓,但看起来这确实就是那个人。

弗拉多斯一世,安纳特鲁利亚第一任——也是最后一任——国王。

有那么一会儿,我觉得自己好像卷入了什么事情里面。

天哪,我心想,全部都联系在一起了。伊洛娜不光是某个闲逛进来买书的人,这不是单纯的巧合,在全世界那么多城市的那么多书店中,她偏偏走进了我这家。这都是某件事的一部分——

什么事的一部分?

不是闯空门失败的一部分,也不是雨果·坎德莫斯之死的一部分。因为安纳特鲁利亚怎么会跟他的死有关,或者他的死怎么会跟安纳特鲁利亚有关?半点关系都没有。伊洛娜房间里有一张安纳特鲁利亚以前国王的照片,她房间里还有一张把这国家过去号称为领土的区域用粗红笔圈起来的地图呢。有何不可?她曾是安纳特鲁利亚人,也很可能非常爱国，虽然这其中不无喜剧的反讽感。

这会是巧合吗？我觉得其中必有巧合存在，但找不出在哪里。这个巧合让所有事情染上了一层戏剧色彩，至少初步看来，我花了大概十六个小时去搞清为什么那个笑容灿烂的家伙看起来有点眼熟。如果我第一眼就认出这个人，那我根本就不会想第二遍。"哦，这是弗拉多斯国王，走到哪里我都认得出来，即使是在他忠诚国民的公寓里。"

另外，如果我忽略了他的照片，没有因为认不出来而坐立不安，我就永远不会知道他是谁，也不会去想这件事情。

所以如果有什么离奇的地方（当然这是免不了的），那就是之前对斯科特目录的匆匆一瞥。我竟在潜意识里，把弗拉多斯的影像留在了心中。但这一点，该死，也不算离奇，因为一两个星期前，伊洛娜把她的出生地告诉我之后，我才看过这本目录，查了安纳特鲁利亚。这也是为什么我可以对那些历史资料侃侃而谈，让卡洛琳大为赞叹。

我用放大镜再仔细看看那位国王殿下。我确定，他绽放笑容时比一本正经时好看。对于像这样一个严肃的集邮场合来说，他的微笑也许不是很适当，但还是比一堆把自己的脸留在邮票和钱币上的欧洲皇家蠢蛋要高明。我好奇他得到安纳特鲁利亚王位的权力来源是什么，不知他跟其他的国王和王子是否有什么血缘关系。大部分的欧洲皇室都与维多利亚女王有关，也都几乎和她一样热衷于和王室来往。

那弗拉多斯的皇后，那个头发高高拢起、披着可怜小狐狸围巾的女人呢？做斯科特目录的人没收录她的照片，不过还算好，把她的名字刊登出来了。根据描述，她在这套邮票中出现过两次——三十五扎令邮票上的独照和五十扎令邮票上和她丈夫的合影。她是莉莉安娜王后。

斯科特目录没给安纳特鲁利亚的邮票估价，因为它们虽然非常稀有，但在集邮界的正统性可疑；这些邮票不是用来寄信，而是用来表态的。虽然有的邮票真的盖上了戳记，但邮政局长似乎只是出于对安纳特鲁利亚独立运动的同情，才勉强盖上了邮戳。

所以斯科特知道这些邮票有价值，但不想进一步记录其价格。没有太多样品可以待价而沽，更何况也没有多少想要收藏的人。如果我刚好偷到一套状况良好、有弗拉多斯国王肖像的邮票，我能找到办法脱手。只要做点研究即可——专门的目录、拍卖记录、去图书馆花点时间翻翻过期的《林氏邮票新闻》。出售的净利也许不如其他更受欢迎的东西那么高，但要拿个好价钱，也并不太麻烦。

不过目前我没有这些麻烦，因为我没有这些邮票。我只有一个安纳特鲁利亚女友，但安纳特鲁利亚早在半个世纪前就已经不再发行邮票了，那时她还没出生，搞不好她根本不知道祖国曾经有过这一页邮政史。

这能不能拿来成为我们交谈的话题呢？我可以从床头柜上拿起那张被供奉的照片，说："啊，弗拉多斯国王，还有他可爱的莉莉安娜王后!走到哪里我都认得出来。"这会让她觉得我很了不起吗?她会惊讶于我熟知她祖国的历史,感动于我对她的文化有兴趣吗?

或许。也可能她只会微微扬起眉毛,给我一个怀疑的嘲弄眼神。

我拿起电话,又拨了她的号码,结果并不比之前几次成功。

然后那个小家伙进门来,用一把枪指着我的脸。

9

我第一眼看到他时,他正要进门,当时我还心想,这孩子穿了他爸爸的衣服。他的身高不会超过五英尺三英寸①,而且从走路的样子来看,他的鞋跟已经加了点厚度。他的脸极窄,像是被自然之母拍了一下。鼻子长而窄,嘴唇薄薄的,头发和眉毛都是黑色,皮肤很白,几乎是半透明的。脸颊上有些色斑,气色看起来比较像是肺结核患者而非健康的红润。

他穿着一件石灰绿的运动衫,领子两端很尖,扣子一直扣到脖子处。裤子是很光滑的蓝色斜纹呢,棕色皮革编织的便鞋。他戴了帽子,是一顶草编巴拿马帽,帽带上有根羽毛,我想一定就是这顶帽子让他看起来像个装扮过度的小孩。没错,那帽子是点睛之笔。

"开个价。"他说。

---
①相当于一米六。

我没犹豫。"抱歉，"我说，"但恐怕这是不卖的。"

我想到的第一件事情——其实是唯一想到的——是他想买我的店。我并没有盲目地认为他研究过巴尼嘉书店，最后认为这是个金矿。相反，我猜他把这店当成了寻常等着拆毁的商业不动产，他可以给我钱，继承我的租约，再把我这块地卖给大型不动产开发商，在巴尼嘉原址开一个泰国餐厅或韩国美甲店之类对周围住户更有价值的商铺。我经常碰到提出这类条件的人，也许很奇怪，我一向不愿多费口舌去解释我拥有这幢建筑，因此我既是房东又是房客。原因之一是，这是个秘密；原因之二是，这样只会招来更多的询问。我只告诉他们这家店不卖，早晚他们会相信，然后离开。

但这家伙不按套路来。要命，他把手伸进口袋，掏出了一把枪。

那把枪很小，是一把扁平的镀镍自动手枪，母贝握柄，小到可以藏在裤子口袋里，也小到很适合他的小手。我不知道里面装的子弹是什么口径的——我猜是点二二或点二五——反正只要打对地方，都可以把你打死，而且他就隔着柜台站在我对面，近得足以让他爱打哪里就打哪里。

如果我想到这些，肯定会吓破胆。他正好是那种你常在电影里看到的小个子神经病，这种小爬虫类杀手好像杀人毫不犹豫，也肯定不眨眼。而现在他来到我店里，用一把枪指着我。

"你这白痴!"我突然大叫,"你是怎么回事?马上把那玩意儿收起来。"

呃,你知道,那把枪看起来像个玩具。像个,比如说,装了塑胶弹的那种枪,或者精巧的打火机。倒不是我真的认为那是玩具,我知道那是把真枪,但我想不到任何说辞来解释我的反应。我没有像一般人那样恐惧颤抖,而是很生气。这个、这个小家伙是从哪里跑出来的,在我店里拿着把枪晃来晃去?这个小混混是来找骂的吗?

"马上收起来!"我趁他犹豫时说,"你不明白那玩意儿会让你惹上麻烦吗?你知道现在几点吗?"

"几点?"

"现在是四点三十分,"我说,"有个警察马上就要到了,如果你站在这儿,手上拿着那玩意儿,被一个警察撞见,请问你有什么感想?你要怎么解释?"

"可是——"

"该死的,收起来!"

如果他没照做我就完了。"我……我很抱歉。"他说,脸颊上的斑点加深,其他部分好像更苍白了。他看着那把枪,好像它是个什么可耻的东西,然后放低,插回原来的裤子口袋,"我不是故意……我不想……我很后悔……"

"这样比较好,"我亲切地说,"好多了。现在告诉我,我能为你做什么,你要找什么书吗?"

"书?"他看着我,眼睛睁得不能再大了,"你知道我要找什么。还有,拜托,那把枪的事情我很后悔。我只是想让你当回事。"

"要想让我当回事,有很多更好的方法。"我说。

"对,当然,当然。你说的当然对。"

他讲话有外国口音,S音拖得特别长。我刚才没注意,我低头看着他那把枪的时候,那些微妙的口音就这样过耳即逝,没听进去。

"我会付钱。"他说。

"哦?"

"我会付个好价钱。"

"多少?"还有要买什么,我很好奇。

"你想要多少?"

"越多越好。"

"你一定知道,我不是有钱人。"

"那也许你付不起。"管他是什么。

"可是我一定要拿到手!"

"那我很确定你可以找到方法。"

他把窄脸往前凑,尖锐的下巴对着我。"你得向我保证,"他说,"这东西不能落到他手里。"

"谁手里?"

他皱了皱眉。"我非得说他的名字吗?"

"说了会比较有帮助。"我说。

"那个胖子,"他说,"查诺夫。"

"沙诺夫?"

"查诺夫!"

"对不起。"我说。

"他很危险。你不能信任他。不管他跟你说什么,都是在撒谎。"

"真的?"

"对,真的。另外我还可以告诉你,不管他打算付多少,我都会付更多。告诉我东西没落到他手上!"

"呃,"我老实说,"我可以告诉你,他没从我手上弄到。"

"感谢上帝。"

"为了保险起见,"我小心翼翼地说,"为了确定我们没有搞错,麻烦你告诉我那是什么东西。"

"那是什么东西?"

"就是你想跟我拿的东西。你想要,查诺夫也想要。那……你干脆直说那是什么东西吧。"

"你心里明白是什么。"

"啊,但我怎么知道'你'明不明白呢?"

"不!"他叫道,两手握拳捶在我的柜台上。我实在很讨厌有人这么做。"拜托,我求求你,"他说,"我现在神经绷得很紧,你不要逗我。"

"我再也不会了。"

"我需要那些文件。其他的你留下没关系,我只想要那些文件，而且我会付很多钱，只要合理，随便你开价。我是个讲道理的人，我相信你也是个讲道理的人，对不对？"

"合理，"我说，"是我的中间名。"

他皱起眉头。"我还以为你的中间名是'格林姆斯'，难道不是吗？"

"对，没错，你讲得很对。那是我母亲的姓。"

"那罗登巴尔呢？这也是你的姓？"

"也是，"我同意道，"那是我父亲的姓。我刚刚说'合理'是我的中间名，那是个习惯用语，一种表达方式，一种口语的说法。意思是说，我是个讲道理的人。"

"这话我刚刚才说过，不是吗？"他耸耸肩，"这种语言把我给搞糊涂了。"

"每个人都被搞得很糊涂。现在我就糊涂了，因为我不知道您贵姓。如果我打算跟一个人做生意，我会想知道他叫什么。"

"原谅我。"他说，手伸到口袋里。我抱起胳膊等着，但当他的手从口袋抽出来时，只拿着一个皮制名片夹。他掏出一张名片，犹豫不决地看看，然后交给我。

"提格拉斯·雷斯莫里安。"我大声念着。他应声挺直了身子，一定要说的话，双脚还用力并在一起。

"愿意效劳。"他说。

"嗯，"我快活地说，"我会留心的，如果碰到那些神秘文件，我会立刻想到你，同时——"

他脸上的色斑又变红了。"你把我当小孩耍，"他说。这句话里只有半个 S 音，所以我想不通他怎么会发出那么多嘶嘶声，但我发誓他肯定发了，"这么做非常不明智。"

他的手又往裤子口袋探。

他的手放在里头，眼睛瞟向刚刚打开的门。"啊，"我说，"刚好是我在等的人。雷，见过提格拉斯·雷斯莫里安。雷斯莫里安先生，这位是纽约市警察局的雷蒙德·基希曼警官。"

看起来雷斯莫里安没想到会听到这些话。他把手从口袋拿出来，却没伸向雷。他礼貌地向雷点点头，然后转向我。"我要走了，"他说，"我们刚刚讨论的那件事，你会考虑吧？"

"当然，"我说，"周末愉快。哦，别忘了你的书。"

"我的书？"

我转身从后头书架上抓了一本书。那是现代文库版的康拉德的《诺斯特罗莫》，上头有淡淡的褐色斑点，而且书脊松脱了。我看了衬页，之前我在那里写了个合理的价钱，四块五。我抓起一支铅笔，随意地在四前头加了个二，然后向他微笑。"二十四元五角，"我说，"不过算你二十。另外销售税当然免了，同行价嘛。"

他又把手伸进口袋，但这回是另一个口袋，而且掏出来的不是枪而是钱，让我觉得情势真是好转太多了。他抽出一张二十美元的钞票,我写了收据,小心地把他名片上的名字抄好。我收了他的钱,把收据夹进松松垮垮的封面里,然后把书放入纸袋。他拿了书,看了我一眼,又看了雷一眼,正要开口说什么,但又改变心意,然后匆匆掠过雷身边,走出店门。

"这瘪子长得真怪,"雷说,伸手拿起名片,"提格拉斯·雷斯莫里安。提格拉斯算什么名字?"

"罕见的名字,"我说,"至少以我的经验来说。"

"没有地址,没有电话。只有名字。"

"这就是所谓的名片,雷。"

"只有名字的卡片?如果你想打电话给他,那可麻烦了,这上头没印电话。他也是开书店的?"

"他是这么说的。"

"然后他拿这种名片做生意?没电话,没地址?而且你还因此给他打折,没收他税?"

"我心肠好嘛,雷。"

"还好你今天关门早,"他说,"否则早晚会赔光。"

二十分钟后,我站在一条灰绿色的走廊里,透过一扇玻璃看着一个没法回望我的人。"我讨厌这种事,"我跟雷说,"记得吗?我告诉过你我讨厌这种事。"

"你不会吐出来吧,伯尼?"

"不，"我坚定地说，"我不会吐。现在可以走了吗？"

"你看够了？"

"太够了，谢谢你。"

"怎样？"

"什么怎样？哦，你是说——"

"是的，那是他，对吧？"

我犹豫着。"你知道，"我说，"我正眼看过那个人几次？两次，三次？"

"他是你的顾客，伯尼。"

"不是熟客。而且一般人在书店里不会瞪着别人看，至少我不会。"

"不会吗？"

"不会。通常都是两个人同时看着正在讨论的那本书，如果他付支票，我会看他的支票和证件——如果我问他要证件的话。当然坎德莫斯都是付现金，所以我从没有理由跟他要驾照。"

"于是你就转而看着他的脸，就像一分钟前一样，你就是因此才能认出他的。"

"但我真的看过他的脸吗？"我皱皱眉，"有时我们虽然在看，但根本没有真的看进去，雷。我看过他的衣服，可以发誓他穿衣服很讲究。但现在他身上只盖着床单，而我从没见过他在古罗马长袍派对上穿成什么样。"

"伯尼……"

"想想那个你刚刚在我店里遇到的人。不到半个小时前,雷,你面对面看过他,可是你真的看进去了吗?如果有需要的话,你能描述这个人吗?"

"当然没问题。"他说,"姓名,提格拿兹·雷思莫里汉;身高,五英尺二;体重,一百〇五磅;头发,黑色;眼珠,绿色。"

"真的?他的眼睛是绿的?"

"没错,跟他的衬衫相配。或许这就是他挑那件衬衫的原因,那个愚蠢的小浑蛋。肤色,苍白;脸上有色斑,不过是天生的;脸形,狭窄。"

他继续描述雷斯莫里安系着一条鳄鱼皮的皮带,上头有个银扣,这个我完全没注意到;我一定看到了,但是根本没印象。"真是了不起,"我说,"你才匆匆看了他一眼,就记住了这些。名字有点错,但其他图像部分太完整了。"

"哦,我是所谓的训练有素的观察者,"他显然很得意地说,"偶尔我会把名字弄错,但其他部分,我通常都不会出错。"

"这证明了你是哪种人,"我说,"而我是另外一种人。我猜我对文字大概比对图像敏感,名字我都能记对,但脸就是另外一回事了。"

"我猜这是因为你天天混在书堆里。"

"那也不意外。"

"你没天天出去混在人堆里。"

"一定是这样。"

"所以呢?"

"所以怎样,雷?"

"所以你要指认这个死掉的浑小子还是怎样?"

"只是有这个可能,"我说,"我不能百分之百确定。"

"哦,天哪,你非得这么说不可吗?"

"不,让我说完。我认为认尸只不过是个流程罢了。"

"就是这样没错啊,伯尼。"

"你们大概已经从指纹和牙齿记录确认过他的身份了,只是需要一个人用眼珠子看看尸体,确定你们已经知道的事情。"

"到目前为止,指纹和牙齿记录没带给我们任何收获。但我们很确定他是谁。"

"所以这只是个流程。"

"我刚才不是这么说了吗,伯尼?"

我下定决心。"好吧,"我说,"这是坎德莫斯。"

"好极了,伯尼。因为记录需要,我得确认一下:你正式指认你刚刚看的那个人是雨果·坎德莫斯,对吧?"

如果是在电影里,此刻就该有不祥的弦乐响起,让你知道英雄正要步向厄运。不,你想喊。不,你这笨蛋,别这么做!

但他听得到吗?

"雷,"我说,"我心中毫无疑问。"

10

雷把我送到地铁站,我及时赶回公寓冲澡刮胡子,然后到牧歌剧院。我先到,于是就买了两张票,在大厅等。

工作人员开门让观众入座时,我还在等。我跟着大家进去,把外套丢在中间偏左的两个位子上,然后回头找收票员。他现在已经认识我了。怎么能不认识呢?过去两个半星期,他每天晚上都看到我。

他说他一开始没认出我来,因为他不习惯我单独出现。我告诉他,这正是问题所在。我把伊洛娜的票交给他,说她路上耽误了。他说没问题,他会让她进场,告诉她我坐在哪里。

我去买爆米花。见鬼,从中午到现在,除了那块比萨我什么都没吃。那感觉真奇怪,一个人坐在那儿,旁边没有人;伸手拿爆米花时也不会有碰到另外一只手的风险。

我环视剧院,惊讶地发现大部分观众看起来都很眼熟。我不知道有多少忠实的观众像我们一样,一天都没错过,但许多人来过不止一次。我猜只要你看过一部鲍嘉的电影，你就会去看其他的，或者尽量能看多少就看多少。

如果要归类，我不知道这群人算哪一类。有不少大学生，有些带着电影专业学生的那种认真表情，其他则是来消遣而已。还有些年纪较长的西区人，那种你在茱莉亚音乐学院的午后免费音乐会上可以看到的知识－政治－艺术分子，其中一些大概在这些电影初次上映时就看过了。有同性恋和异性恋的单身男女，同性恋和异性恋的年轻佳偶，有的看起来富得可以买下这家剧院，还有的看起来一定是在地铁站乞讨才能筹到钱买门票。各式各样的人，被一个死去已超过三十五年的不朽巨星吸引，齐聚一堂，我很高兴自己是其中的一分子。

但如果有伊洛娜和我分享爆米花，我会更高兴。

这个想法让爆米花鲠在了我的喉咙里，不过爆米花本来就挺容易鲠在喉咙里。我告诉自己，现在就开始自怜自艾未免为时过早，她随时可能溜进我身旁的座位。

灯光暗下来，我身旁的座位还是空的。我并不那么惊讶。我又吃了一把爆米花，让自己迷失在电影里。

看电影就该如此。

第一部电影《马赛之路》拍摄于一九四四年，在《卡萨布兰卡》之后不久，且显然受其影响，虽然电影版权说明本片是改编自诺德赫夫和霍尔合著的一本小说——你应该记得这两个人,他们写过《叛舰喋血记》。鲍嘉饰演一个名叫马特哈克的法国记者,电影开始时他在恶魔岛上坐牢,因谋杀罪被判终身监禁。之后他和其他四个人逃走,在海上被一艘法国货轮救了起来。当然这些囚犯想为法国作战——谁能比好莱坞电影里面的囚犯更有爱国主义精神?——但法国刚投降,西德尼·格林斯特林特想把船转交给维希政府[①]。他的反叛意图受到抵制,鲍嘉和他的兄弟们加入了在英国的一个自由法国轰炸机飞行中队。在一次任务中,他的飞机是最后返航的,着陆后他的机员把他带下来,他死了。

好吧,见鬼,他死于一个不错的原因,而且到死为止,他都跟克劳德·雷恩斯、彼得·洛、赫尔穆特·丹丁以及其他不太出名的嫌疑犯角色分享戏份。这不是他拍过的最好的电影,不过是典型的鲍嘉角色,顽强的犬儒主义之下隐藏着纯洁的理想主义,美丽的输家被击败,却有沉着的胜利姿态。她没看真是太可惜了。

灯亮起时,我去问领位员,他耸耸肩摇摇头。我又问了售票口,在大厅的公用电话试了她家的号码,都没结果。回到放映厅时,领位员问我要不要把那张没用的票退掉,我叫他留着,她可能还会来。

在饮食区,一个留山羊胡但唇上没胡髭的高个子男人

[①] 维希政府,第二次世界大战期间,德国占领下的法国傀儡政府。

说:"你今天一个人来。"

我几乎每天晚上都看到他和他矮胖的女友,但这是我们第一次交谈。"是的,"我说,"她说她得加班到很晚,但还是可能会来。"

我们聊了聊刚才看的那部电影,还有接下来要演的那部。然后我回到位子上,观赏《黑暗军团》。

这是一部早期电影,一九三七年首映,鲍嘉饰演一名三K党成员,不过他们称之为"黑暗军团",成员戴黑色头罩,上面有白色的骷髅和交叉腿骨图案。前两年我在美国经典电影台看过这部片子,不是太好,电影看到一半时,我知道伊洛娜不会出现了。我好像一直就知道会这样。

我想离开,不过最终还是留在原地专心看电影。里头有个很不错的意外转折。到最后,鲍嘉因谋杀罪被逮捕,结果这个兵团被一个黑社会帮派出于商业目的而陷害。也许他们阻碍了面罩和床单的生意。他们希望鲍嘉用正当防卫来抗辩,但为了顾全妻子的名声,他没有听从,而是坦白交出证据,毁掉整个黑色暗军,让真理和正义得以伸张。

即使如此,他还是被判终身监禁。可怜的浑球儿,他的律师一定是自派蒂·赫斯特[①]事件以来最糟糕的一个。

[①]派蒂·赫斯特(Patty Hearst, 1954—),美国报业大王威廉·赫斯特的孙女,十九岁时被恐怖组织共济革命军绑架,后参加了该组织并参与了一起抢劫银行的行动,引起广泛关注。她的律师称她在被绑架后受到拘禁、侵犯和洗脑,但结果仍被判终身监禁,后因卡特总统介入而于一九七九年获释。此故事曾被拍成电影《红色八爪女》。

　　　　　＊　＊　＊

别问我为什么，但我过了马路，以确认她没有叫一杯咖啡在那儿等我。当然她没有。我从门口扫视整个咖啡店，然后离开，回家。

我打电话去她家，没人接，我并不意外。我拿了专程回家要拿的东西又出了门，搭每天去上班那条路线的地铁，但比平常提早一站，在百老汇大道和二十三街交叉口下车。我刚好错过南北线的巴士，准备叫出租车，但我有什么可着急的呢？

我走过二十三街，在离她公寓两个街区外最后一次试了她家的电话。硬币掉出来后，我走完剩下的路，站到她那幢公寓对面的人行道上。一楼的那家"单纯愉悦"已经打烊，一片黑暗。四楼窗户没有透出灯光，但这也不能说明什么。她的公寓在建筑的后部。

我将手伸进口袋，触摸到我回家拿的那些小偷工具。我好像没有道德上的权利进入伊洛娜的公寓，但其实我也没什么道德感，这点我早就知道了。

我左右看看，然后过了马路——那是条单行道，不过你拿这话去跟骑单车送中餐外卖的人说吧——我再度看看左右，然后走上门前的阶梯来到那幢建筑门口。我要找一个上头标示着"马尔科娃"的电铃，却没找到，不过顶楼只有一个电铃，没标示名字，我想那一定是她的（顺带一提，这是错误的推论：卡洛琳在阿伯巷的电铃还标示着

"阿拉诺"呢，那房客早就搬走了，不过在纽约，想逃避房租管制的人，要比参加匿名戒酒协会的人还善于匿名）。

我按了那个没有标示的电铃，电铃要么是她的，要么是别户空着的公寓的，因为没人应门。

前门那道锁的麻烦之处在于那地方大家都看得到。任何房客进出都会看到你在动手；路过的人从街上就能看到你在干什么。在那把锁上花越多的时间就越容易被发现。

但前门的好处是，它们一般都不会太难开。通常都是弹簧锁——如果用那种非得靠钥匙才能开的栓锁，那楼上的人就不能按个键随时让人进门了——而且锁通常开关太频繁，就会松弛柔顺得像……呃，这么说吧，一种古老行业里很老的从业者。这个锁至少有个保护片，没法用信用卡或弹簧钢条顺利撬开，但除此之外，要弄开它实在没什么困难。凭这个锁，你唯一能指望挡在外头的人，就是丢了钥匙的房客。

事实上，我告诉自己，这道门不是卢比肯河①，我不必咬牙决定从此不回头。即使我正好在门廊撞见伊洛娜，我也可以解释为我发现门掩着，或者有别的房客开了没关上。她那户公寓的门，那才真的是另外一回事。

几分钟后，我站在她那户公寓门口。

---

①卢比肯河（Rubicon），位于意大利东北部的河流，为意大利和山南高卢的古代界河。公元前四十九年裘力斯·恺撒率部队跨过此河进入意大利，违背了将领不得率部越出自己行省的法律，以此使自己向罗马元老院和庞培宣战，接着发生了三年内战，结果恺撒取得胜利。因而"渡卢比肯河"有破釜沉舟之意。

没有人回应我的敲门声，门下方也没有透出灯光。前一夜我注意到门上有三道锁但她只锁两道，而且是用同一把钥匙打开的（没办法，我就是会注意这种事情。我想每个人都有自己的管辖区；雷·基希曼就会注意到提格拉斯·雷斯莫里安那条鳄鱼皮带上头的皮带扣）。我拿出那串小凿子开锁，动作很快——我可不想浪费时间——但也不必着急。我打开了一道锁，又打开另一道，然后进去。

我身上没有手套，就算有也不会戴上。我不担心指纹，天哪，我担心的是把自己搞得很蠢，而且在一段关系才刚刚开始之时就把它给毁掉。如果我干干净净地脱身，没有任何我造访过的法庭证据对我不利；如果她逮到我进门，戴多少手套也帮不了我。

我立刻把门关上，定定地站在漆黑的房间里，一开始连气都不敢喘，竖起耳朵听听看有没有其他人的呼吸声。然后我吸了口气，接着伸手到灯的开关处——我也还记得在哪儿——把灯打开。头顶上光秃秃的灯泡亮起，刺得我眨了眨眼，然后四处看了一圈。

我觉得自己仿佛是一个考古学家，刚闯入一个空荡荡的坟墓。

11

家具还在。窄窄的床在房间另一端安然靠墙放着,床没铺,床头有张摇摇晃晃的床头桌,旁边是那张二手店里买来的低矮的梳妆台。我数了一下那三把椅子——两把不成对的木头椅子,一把放在有一个抽屉的小书桌前,另一把放在床脚;还有一把弹簧外露的安乐椅,外头笨拙地重新套上了发亮的绿色天鹅绒布。地毯也还在,丑陋如昔。

除此之外什么都没剩,就像雪莱在其诗作《奥西曼提斯》中所说的。逝去的是塑料羊奶箱和里面装的书;逝去的是镶黄铜边的小提箱和原来放在上面的东西,还有蜡烛和水晶和画像和动物以及其他的一切;逝去的是伊洛娜和她父母僵硬的家庭合照,裱了框的弗拉多斯和莉莉安娜的照片也消逝无踪;墙上消逝的是那张东欧地图;墙上钉子上消逝的是那张鸟类月历。

书桌和梳妆台里面装的东西都逝去了;我检查了里面的抽屉,发现是空的。衣橱内不论装过什么都已逝去,除了三个铁丝衣架和一堆杂货店纸袋。逝去，逝去，一切皆已逝去。

床单还铺在床上，拧成一团的床单还残留着她的气味。

我走到书桌旁拿起电话，听到拨号音，如果电话上有重拨键，我可以因此知道她离去前的最后一通电话打去了哪里。然而我打了自己家里的电话，没人接，然后打到店里，想着拉菲兹听到铃响会有什么反应。我又拨到东七十六街坎德莫斯的公寓，让铃响了几声，不过这次那边没有警察，所以也没人接。

我把听筒放回去，坐在那张恐怖的绿色椅子上，小心翼翼地避开弹簧。椅子不是那么舒服，但还能坐。我得想一想，此时此地似乎宜于思考。

通常闯空门偷完东西后，我不喜欢待在人家家里不走。那是不必要的冒险，我宁可避免。但眼前我想不出更安全的地方。我就像毛克利，在废弃的建筑里冬眠。没有人住在这里，要花点想象力才能相信曾有人住过。

我可以慢慢想，因为不会有人回来了。

我进入伊洛娜的公寓时，没注意是几点，不过离开时午夜刚过。我走到第三大道，叫住一辆往北疾驶过十字路口的出租车，冲了二十码才追上。

"你可以跑了，"迈克思·费德勒说，"不可能是草药，怎么可能这么快就见效？那个中国人会制造奇迹，不过就算是奇迹，也得花点时间才行。我上次碰到你是什么时候？三四天前的晚上？"

"差不多吧。"

"不，是两天前。我知道的，没错，因为我第二次让你下车后，载到了一个带着猴子的女人。去哪儿？"

"七十一街和西端大道交叉口。"

"就在我上次放你下车又载你上车那儿。然后我们横穿中央公园的大道，我在哪儿放你下车来着——我想一下——"

"慢慢想，没关系。"我说。

"——七十六街和列克星敦大道交会口，"他得意地说，"对了还是错了？"

"答对了。"

"记性不错吧，嗯？"

"让我印象深刻。"

"银杏。"

"啊？什么？"

"银杏果，"他说，"是一种草药。从银杏树上摘下来，这种树城里到处都看得到，叶子小小的很滑稽，形状像个小扇子。我吃过这种药，我的中医告诉了我银杏的疗效，健康食品店就能买到。我以前记性像瑞士乳酪似的，现在我的记性像老鹰。"

"太棒了。"

"欢迎你考考我各州首府和历任总统。"

"算了吧,没关系。"

"或者纽约的街道,五个区都行。或者其他什么,尽管来,试试看能不能考住我。"

"好,有个很简单的问题。前两天我的公文包有没有刚好掉在你车上?"

"没有,"他毫不犹豫地说,"你想知道我记得什么吗?我脑袋里面有整个画面,你一跛一跛地下了出租车,每走一步,那个公文包就撞一下你的腿。"

"太惊人了。"我说。更惊人的是,我心想,有那么一会儿我竟然忘记我其实已经知道公文包的下落了。雷·基希曼昨天才拿来给我看过,侧边用血写着六个令人费解的字母。

"银杏,"他说,"我推荐你试试看。"

"也许我会弄一点。只不过偶尔的思绪混乱比记性差更加让我困扰。"

"对那个也有效。它能让你思路清晰!"

"那我可以用得上。"

"耳鸣也有用。"

"会让你耳鸣还是消除耳鸣?"

"当然是消除!"

"哦,很高兴知道这些,"我说,"虽然我不必担心耳鸣的问题。"

"只是目前还不必。"

"只是目前还不必,"我同意,"谈谈那个女人和猴子吧。"

他告诉我有关那个女人和猴子的事情,巨细靡遗,但我不知道这些能不能用来证明他的记性很好,或者证明银杏的疗效。这事情我没有亲身经历,希望我这糊涂脑袋能把这整段插曲记得够久。只能说——那个女人发育得很好("哈密瓜!"迈克思·费德勒说),但那只猴子却瘦得要命,那张酸苹果似的脸惹人厌。他们两个都该感到丢脸。

他们的故事跟着我们一路来到我住处所在的路口,他正伸手要把代表空车的小牌子扳起,我告诉他等一下。

"你刚才说起纽约街道,"我说,"五个区都行,你说过的。"

"怎么了?"

"阿伯巷呢?"

"阿伯巷,"他说,"纽约只有一个阿伯巷,就在曼哈顿。你指的是那个吗?"

"就是那个。"

"在格林尼治村,对吧?"

"对。"

"小意思,"他说,"我还以为你会出个很难的,比如百老汇巷或者波曼德道,可是你居然只想得出阿伯巷。我知道阿伯巷吗?当然知道,就算不吃银杏都知道。"

"你知道去那里怎么走吗?"

"怎么不知道?走百老汇大道,然后转哥伦布大道和第九大道和哈得孙街,然后转布里克街,直到查理街,然后——"

"很好,"我说,"上路吧。"

他一手放在座位后头,转过来,看着我。"你要去那儿?"

"不行吗?"

"你要我等一会儿,让你进去拿你去那里要拿的东西吗?"

"不,"我说,往后靠在座位上,"我们直接去市中心吧。"

"格林尼治村,阿伯巷。"

"对。"

"你说了算。"他说,然后驶离路边,"阿伯巷,上路了。你猜我怎么想的?我想我们在建立并完善一个模式。前天晚上我在百老汇大道和六十七街交会口载你来这里,十分钟后我在这里让你上车把你载到别的地方。今天晚上我在别处载了你来这里,这次我们去别处之前,你连车都没下。下次你猜怎么着?你可能干脆就跳过这个路口算了。"

"也许你没说错。"这段旅程大概会很漫长。"嗯,"我说,"我很好奇,你开车时有没有碰到过其他类似那个女人和猴子的事情?"

去阿伯巷的路上,听完了三个趣闻轶事,我不太相信那个有关两个水手和一个小老太婆的故事。就算有可能吧,但心里依然觉得非常离谱。不过至少可以消磨时间。

"阿拉诺"那个电铃没人应,我也没进门。我可以进去的,而且用不着那些工具,因为卡洛琳和我都有对方店里和公寓的钥匙。不过我想去找她会比较快一点,结果找到第二个地方时我发现了她,那是个叫"亨丽埃塔·哈得孙"的酒吧。我一踏进去,四周便射来大把从警戒到敌意等程度不同的眼光,然后卡洛琳看到我,喊了我的名字,于是其他女人松懈下来,知道不必管我。

卡洛琳正坐在吧台前喝苏格兰威士忌,听一个红发女人讲话,那头红发不太像真的。她名叫特蕾西,我见过她,也见过她的爱人吉恩,和她长得就像双胞胎一样,只不过吉恩是一头灰金色头发,也同样不像真的。你通常很少只看到其中一个而另一个不在场,不过她们其实经常吵嘴,这就是为什么此时特蕾西会一边一杯杯喝着野格[①],一

[①] 野格(Jaegermeister),一种德式酒吧饮料,有德国第一酒精饮料品牌之称。

边跟卡洛琳诉苦,而且这事经常发生。

卡洛琳介绍了我,特蕾西很有礼貌,不过等她确定了我不只是路过而已后,就很优雅地转身,加入另一边的谈话中。"过去一点,伯尼,"卡洛琳建议,"我们跟她们保持一点距离。"

"对不起,"我说,"我打扰你们了吗?"

"没错,"她说,"唉,我欠你一个大人情。她和吉恩完蛋了,她再喝一杯酒就要邀我和她一起回家,而我再喝两杯酒就会答应。你要去哪儿?"

"回家,"我说,"让你有机会继续你的人生。"

"坐回你的凳子上,伯尼。我最不想做的事情,就是跟她回家。"

"为什么?她长得那么美。"

"这点没问题,伯尼。她是个美人,吉恩也是。去年十一月,她们说要永远分手前,跟我诉苦、带我回家的是吉恩,结果不到一个星期,这两个又复合了,特蕾西好几个月都不肯跟我讲话。她们一年分手三次,最后总会复合。谁需要这个呢?这不是我想寻求的——愚蠢而迅速告终的蹩脚韵事。我想要有意义的、可能走向某个终点的关系。以你今天上午的说话方式来看,就像你和伊洛娜可能会有的那种一样。"我的表情一定显露了什么,因为她的脸色一暗。"糟糕,"她说,"我说错话了,对不对?如果我动一动脑子,就会先问问自己你为什么会在凌晨一点钻进女同酒吧。你那份真爱的课程怎么样了？进展得不顺吗？"

"没有进展，"我说，"我们不能找个地方喝杯酒吗？"

"我们现在就在一家酒吧里，伯尼。在这里就可以喝酒。"

"找个安静点的地方。"

"桌子那边比较安静，你要过去吗？"

"找个真正安静的地方，"我说，"而且不要那种全店只有我一个人拥有Y染色体的地方。"

"我看看。克里斯托弗街有家'奥弗拉斯'，去那里的每个人都有Y染色体。"

"不好吧。"

"不能去'炖肉酒吧'，那里都是大学生，吵得要命。哦，我知道了，里洛伊街角有个地方，没有同性恋人群也没有异性恋人群。没人去，那地方总是一片死寂。"

"听起来很完美，"我说，"我们走吧。"

店里只有我们俩和酒保。他给我们拿了饮料就离开了，我把今天午后发生的一切告诉了卡洛琳。

"伊洛娜的事情太奇怪了，"她说，"你最后一次看到她……"

"她睡得像只小羊似的。"

"之后你再也没跟她说过话?没有,你打电话过去,没人在家。然后你去她家,结果真的没人在。难以相信她搬走了,伯尼。你确定她没去楼下洗衣服?"

"她的东西都搬走了,卡洛琳。"

"呃,说不定每样东西都很脏。你知道有的人有拖延症,等到发现一件都没得穿了,才去洗。"

"那她肯定是把所有东西都送去洗了,"我说,"而且连鞋子也送去修鞋店了。"

"呃,好像是有点牵强。"

"而且把书全送去装订,所有照片送去裱框,还有——"

"我懂你的意思了,伯尼。我的猜测很蠢。"

"她唯一留下的,"我说,"是墙上的一小截透明胶带,之前黏着一张地图。或许上头还有她的指纹,但至少目之所及,她离开前把所有东西都清理得一干二净了。"

"她为什么要这么做?"

"我不知道。我想问你一个问题,她为什么要这样消失?"

"我不知道,伯尼。是你说了什么吗?"

"很好笑。"

"你知道我的意思,她做完之后怎么样?"

"忧伤。可是她说做爱一向令她忧伤。"

"马上就感到忧伤?我是到第二天早上醒来,发现自己跟谁回家之后才会。"卡洛琳回忆着,一阵战栗,连忙啜了口苏格兰威士忌。"如果做爱一向令她忧伤,"她说,"或许这可以解释为什么她花了两个星期才跟你做,但我还是不明白她为什么消失。"

"我也不明白。"

"你觉得她会是被绑架了吗?"

"我想过。不过如果要绑架她,为什么还帮她把所有东西都带走?"

"这样才不会留下任何痕迹。"

"什么意思?"

"这个月的最后一天是星期几?星期二?然后星期三绑架她的人就会打电话给房东,说他可以把那个房间租给别人,因为她不会回来了。于是房东就去看那个房间,发现除了家具什么都没了,你说你认为那地方是连带家具出租的?"

"那些家具看起来一点也不像是她自己挑的。"

"所以她走了,只带走自己的东西,房东可以再找个新房客,就这样。一点痕迹也不留。"

"可为什么不留着她的东西?这样根本不会有人知道她失踪了。如果她的衣服还在柜子里,其他东西也还在原来的地方,我根本不会知道她已经搬走了。"

"所以这意味着她是自己离开的。"

"我觉得是这样,"我说,"她带走了自己的东西,是因为她想留着。也许她付不出房租或者租约到期了，说不定这就是为什么她会突然离开，但一定没那么单纯。她为什么不打电话给我？即使她不跟我去看电影，为什么要让我白等？为什么不花一点电话费通知我？"

"也许她不知道该怎么跟你解释。"

"跟我解释什么？"

"如果她解释了，"她说，"我们就会知道是什么了。伯尼，她一定是自己收拾东西的，如果是其他任何人，肯定会把床单和毯子一起收走的。"

"然而她却把这些东西留下了，因为她认为这些东西很脏？"

"因为她知道这些东西是连带房子一起出租的，那种套房或分租的房子有时候是这样的。厨房用具呢？"

"那里有双头电热炉板，还有一个桌上型冰箱。我没看到锅子。"

"也许她都在外面吃。"

"据我所知，她只吃过爆米花，还有半个闪电泡芙。"我耸耸肩，"我没察看冰箱里面有什么。也许我该看看的。我午饭吃了片比萨，晚餐吃了爆米花。"

"太惨了，伯尼。"

"哦，我早餐吃得很丰盛，"我说，"至少我认为如此，不过不太想得起来吃了什么。"

"该替你弄点东西吃的。"

"该弄点东西喝。"我说,然后把我们的杯子拿去吧台。

过了一会儿,卡洛琳说:"伯尼,我一直在想,我应该告诉你不要借酒消愁。然后另一个声音告诉我,就让你喝个痛快吧。"

"第二个声音,"我说,"才是真实而合理的声音。"

"我不知道,伯尼。你往空胃里面灌了太多的酒精。"

"那里是个装酒的好地方,"我说,"而且我的胃也不算是空的。"我拍拍肚皮,"爆米花很占地方,要填满一个胃,什么也比不上爆米花。"

"爆米花都是空气,伯尼。"

"比空气重。如果都是空气,就不能装进桶里了,会飘走的。"

"伯尼……"

"我一个人吃了一整桶,"我说,"一般都称之为桶。有时候称之为盆。"

"我知道。"

"通常我只吃半桶,因为伊洛娜会吃掉另外半桶。告诉你一件事,她六点四十五分没出现的时候,我就知道她不会来了。早在买票之前,我就已经知道了。"

"你怎么知道的?"

"我就是知道,"我说,"有些事情你就是会知道。"我咀嚼着刚刚自己说的话。"某些事情你就是会知道，"我更正道，"但跟知道皮尔市是南达科他州的首府方式不太一样，我知道这个是因为戈佛斯太太逼我们把所有州的首府都背出来。"

"谁是戈佛斯太太，还有她为什么逼你们背这个？"

"她是我五年级的老师，她逼我们背，因为那是她的工作。"

"所有州的首府。你一直没忘掉吗？"

"我忘不掉皮尔市。其他有的可能忘了。如果我多吃点银杏，也许就可以告诉你我忘掉了哪些。不过我以前都记得的，我怎么知道什么时候忘记了什么呢？"

"真乱。"

"没错。"

我拿起酒看着。那是掺冰块的伏特加，但不是路德米尔，因为这家店没进那个牌子。我想，这个牌子说不定喝起来也一样。

"我早知道她今天晚上不会来，"我说，"我怎么知道的不重要。我就是知道。"

"没错，伯尼。"

"无论如何，我还是买了两张票。说不定我可以退掉一张，但我连试都没试。"我打了个响指，"来得容易，去得也容易。"

"没错。"

"而且我可以买小桶的爆米花而非大桶的,因为当时我已经确定她根本不会来了。可结果呢?我还是去买了大桶的。"

"来得容易,去得也容易?"

"你在学我说话。我有没有告诉过你,我是怎么从提格拉斯·雷斯莫里安那里弄到二十美元的?"

"你说过了,伯尼。"

"那就跟从小孩手里抢走糖果一样。所以何不拿来买爆米花呢?"

"一桶爆米花要二十美元?"

"不,当然不用。"

"很高兴不用,伯尼。不论你的胃里有多少爆米花,我想你已经开始感觉到酒力了。"

"我说话很大声吗,卡洛琳?"

"有点。"

"该死,"我说,声音转为耳语,"我不知道怎么会这样。"

"不必担心,伯尼。尤其是这里根本没人会听到我们讲话。"

"说得好。"

"你再多喝点说不定也不坏,也许这样可以帮你忘了她。"

"忘了谁?"

"天哪,"她说,"我没想到酒精见效这么快。"

"哦,伊洛娜?我忘不了她,卡洛琳。"

"你现在是这么想,"她坚定地说,"但我们是多年老友了,想想这些年来我们不得不忘掉的女人有多少。现在呢?全忘了,忘得一干二净。时间可以治愈所有伤口,伯尼,尤其是再借助一点苏格兰威士忌。"

"我今天晚上喝的是伏特加。"

"我知道,你以前不喝的,怎么回事?"

"为了赫伯曼队长。"我又拿起杯子,往下看着,然后举高一点,迎着天花板的灯凝视杯中物。"伏特加的坏处就在于,"我说,"看起来没那么好。如果你举起一杯琥珀色的威士忌迎向灯光,会觉得好像透过这杯酒看到了整个宇宙的秘密。可要是拿伏特加做同样的事,感觉就像在看一杯水。"

"没错,伯尼。我没想过这个,不过没错。"

"但是,"我说,"等你喝进去之后,什么颜色都没差别了。感觉一样好。"我倾斜杯子喝了一口,证明自己的观点。"卡洛琳?今天晚上我去你那里过夜可以吗?"

"当然没问题,"她说,"这是个好主意,这种夜晚,你自己独处不太好。"

"不是因为这个。"

"而且看你现在的状况,我也不希望你自己搭地铁去上城,或者搭出租车。"

"我也不想,"我说,"不过问题不在这儿。我明天早上想早起。"

"早起做什么?"

"那个案子。"

"哪个案子?"

"哪个案子?"我瞪着她,"我刚才都是在自言自语吗?你难道没听进去吗?有个人死了,一个资料夹不见了,一个美女消失了——"

"伯尼,"她说,"这些都没错,而且至少其中之一很可惜,但这些和你有什么关系呢?"

"我得做点什么。"我说。

"你在说醉话,伯尼。"

"不,"我说,"我说这话时很清醒。"

"听起来很清醒,"她说,"但我觉得是醉话。伊洛娜收拾东西搬走了,如果她想被找到,她知道要怎么跟你联络。如果她不想被找到,你还希望她怎么样?我知道你们俩的一切都很美好,但事实上她要么神经有问题,要么就是有另外一种生活,只要你一接近她,她就会逃走。我知道很多女人都这样,伯尼。虽然我认识的姑娘没有一个会这样突然消失,但其中一些处理事情的方式也差不多。"

"我得找到伊洛娜,"我说,"但这不是我的主要任务。我得破这个案子。"

"怎么破?"

"找出那个从我手底下被偷走的资料夹,再弄清查诺夫和雷斯莫里安这么急着想要的那份文件的内容,还有查出CAPHOB的含意,以及为什么这些字母会出现在我的公文包上。但最重要的,是要逮到那个在东七十六街犯下谋杀案的凶手。"

"伯尼,"她温柔地说,"你不觉得这是警方的工作吗?"

"不,不是,那是我的工作。"

"你为什么会这么想?"

"当你的搭档被杀害,"我说,"你就该做点事情,也许他不是太好的人,也许你不是太喜欢他,但这没有差别。他是你的搭档,你就应该做点事情。"

"天哪,"她说,"我从没这样想过。我得承认,伯尼,你说这话的时候听起来真是清晰有力,难以辩驳。"

"哦,谢了,卡洛琳。"

"不客气。'他是你的搭档,你就应该做点事情。'我得记下来。"她眼神锐利地盯着我,"慢着,这话是谁说的?"

"我说的,"我说,"一分钟之前才说的。"

"是哦,不过第一个说这话的是萨姆·斯佩德。在《马耳他之鹰》里头,迈尔斯·亚契被谋杀时,他说了这句话。也许不是每一个字都相同,但他就是说了同样的话。"

我想了想。"你知道,"我说,"我想你没说错。"

她伸出一只手,放在我的手上。"伯尼,"她说,"你想知道我的看法吗?我觉得你电影看得太多了。"

"也许吧。"

"你开始把自己和亨弗莱·鲍嘉搞混了,"她说,"这样可能很危险,那些台词很棒,不过不一定符合现状。"

"是吗?"

"雨果·坎德莫斯不是你的搭档。如果你们有什么关系的话,他只是你的雇主。他雇用你去偷那个资料夹,而且他根本没付你钱。"

"那倒是真的。另一方面,我也没偷到那个资料夹。"

"而且你们也不是搭档。我知道你今天下午给他认尸,看看他给你招来了多少麻烦。"

"我没有任何麻烦。"

"你跟我诉苦的时候,听起来可不是这样。你啰啰唆唆跟雷说了一堆废话,说你对人名的记忆力比对人脸的记忆力好。你刚才不是这么说的吗?"

"差不多吧。"

"所以如果他的脸轻轻骚动了你的记忆——"

"他的脸骚动我的记忆,"我说,"就像钻石割开玻璃一样。"

"但你说过——"

"我知道我说过什么,别告诉我我说过什么。"

"对不起,伯尼。"

"我也对不起,我不是故意打断你的。那些话只是鲍嘉的话,不是我的。"我抓起酒杯。伏特加已经喝光了,但冰块融化了一些,于是我喝了一口。"我在停尸间只看一眼就知道了,"我说,"我跟雷啰啰唆唆,只是因为我不想正式指认。"

"为什么?"

"因为那不是坎德莫斯。"

"不是?"

"对,那不是坎德莫斯。你说得没错,坎德莫斯不是我的搭档,但我指的搭档不是他。我指的是那个帮助我通过薄伽丘大楼门卫和电梯服务员那一关的人。"

"不会是赫伯曼队长吧?"

"没错,正是他,他是我的搭档,或至少称得上我在一次小小违法行动中的搭档,他的任务不是全世界最困难的,但他做到了,他一番努力所得到的下场,不应该只是躺在停尸间的一个冰柜里。"我吸了口气,"不管那些台词是我从电影里面学来的,还是自己想的,都不重要。反正两者都没错,他是我的搭档,他死了,要不要做什么事情,就要看我了。"

12

早餐时她说:"伯尼,不知道你还记不记得这件事,但你睡前说过,伊洛娜的失踪和赫伯曼队长被谋杀有关。可是你没说为什么,接着就昏睡过去了。"

"我记得。"

"真的?"

"昏睡过去的部分除外。"

"没想到你还有印象,我还以为你是喝多了胡言乱语呢。我很生你的气,因为我肯定整夜没睡,想找出其中的关联,然后接下来我只知道尤比和阿齐吵着要吃早餐了。"

尤比是一只俄罗斯蓝猫,阿齐是一只很吵的缅甸猫。

"我根本没听到它们叫。"我说。

"你睡得很死,伯尼。而且它们又没在你身上走来走去。总之,你说的最后一件事,就是到了早上会告诉我。现在是早上了,所以讲给我听吧。除非你不是认真的。"

"我是认真的。"

"所以呢?"

"我不记得告诉了你多少。你知道那张照片的事情吗?就是伊洛娜在前头点了蜡烛的那张。"

"什么多事国王嘛。"

"是弗拉多斯。"

"随便叫什么。你从邮票上认出他来,因为你父母小时候让你集邮。"

"你父母不准吗?"

她摇摇头。"太男性化了。我猜他们当时就有点感觉,于是试着把我引到另一个方向。他们没给我邮票,而是给了我故事书和娃娃。你知道,放在小纸盒里面,穿着她们的民族服装那种。"

"你做了些什么?打破她们的头?"

"开什么玩笑?我太喜欢那些娃娃了。"

"真的?"

"我觉得她们迷死人了。如果我有地方放的话,现在还保留着呢。我把娃娃给了我表哥的小孩,他家在长岛。'只是借给你们而已,'我告诉他们,'这些娃娃还是属于卡洛琳阿姨的。'以防哪天我搬到更大的公寓。不过永远不可能,万一真的实现了,我想从小孩手里拿回那些娃娃,就会有麻烦了。他们太喜欢那些娃娃了,尤其是杰森。"

"杰森?"

"对,他父母也因此有点紧张。'看看我变成了什么样子。'我告诉他。我一有机会,就搬到格林尼治村去,试着交往来自各国的女友,每个国家一个。"

"穿着她们的传统服装。"

"我想我从未拥有过安纳特鲁利亚的娃娃,"她说,"或者安纳特鲁利亚的女友,因为在你开始跟伊洛娜去看电影之前,我从没听说过这个国家。不过我有两个来自那个区域的娃娃,穿着宽大的农夫衫,裙子上好多刺绣,脸蛋也漂亮。"

"不要提醒我。"

"对不起,伯尼。对了,伊洛娜来自安纳特鲁利亚,她还拥有一张国王和王后的照片。这跟坎德莫斯和赫伯曼有什么关系?还有提格拉斯什么来着——"

"雷斯莫里安。"

"你说了算,还有萨诺夫。"

"查诺夫。"

"那又怎样?我还是看不出有什么关联。"

"我也看不出,直到昨天晚上才恍然大悟。我当时坐在出租车上,迈克思·费德勒正告诉我有关一个女人和她那恶心的宠物猴子的离奇故事。我没告诉你,对吗?"

"没有。"

"嗯,我现在也不打算讲。在此之前,他谈的是他的记忆力,一个劲儿地讲,说他的记性现在多好,也许这在我脑子里撒了颗种子,让我开始思考有关记忆的事情。我不知道。但出租车一到我那幢公寓,我就想起来了。这就是为什么我要他再把我载到市中心。"

"我还以为你是因为想找我。"

"没错,"我说,"但那样的话我可能会等到早上,或者我会先上楼,放下自己的东西,然后搭地铁去市中心。"我拍拍口袋。"我身上还带着工具和手电筒呢,"我说,"不过无所谓,我可能会用到。"

"伯尼,你想起来的事情是什么?"

"那张照片。"

"什么国王——"

"弗拉多斯,"我回答,"没错,我以为我是从邮票上认出他来的,但不是。"

"不是?可是你查了斯科特目录,他就在上头,跟真人一般大,只是丑了两倍。"

"一点也不丑,"我说,"他长得很好看,或者该说曾经很好看,因为他现在该有一百一十岁了。重点是邮票目录上的人像很大,那张照片很小,我得用放大镜才能确定是同一个人。"

"所以呢?"

"所以重点是,我是从另一张照片上认出他的,这就是启动记忆的关键。"

"什么另一张照片?伊洛娜和她父母拍的那张吗?"她

嘴巴张得大大的,"这不会是安纳特鲁利亚版的'真假公主'吧?伊洛娜是失踪多年的公主吗?伯尼!"

"什么?"

"你还看不出来吗?这就解释了为什么她会收拾东西消失。她爱上你了,伯尼。"

"好吧,可以这样解释。"

"不,"卡洛琳很不耐烦地说,"你还不懂吗?她不能嫁给你,因为你是个平民!"她眼中有种恍惚的神色,"也许她会放弃王位——就像温莎公爵一样——为了她心爱的男人放弃安纳特鲁利亚的王位。你为什么这样看我,伯尼?这有可能,不是吗?"

"不。"

"是吗?"

"我看不可能。我不认为她是公主,那户公寓也不是白金汉宫。伊洛娜的父亲看起来跟弗拉多斯一星半点都不像,他们是完全不同的两个人。"

"哦。"

"我说的是,"我说,"薄伽丘大楼里的那张照片。"

"薄伽丘大楼?"她恍然大悟,"你去偷的那幢公寓大楼。"

"想偷,没偷成。"

"那里有张照片,是个穿制服的男人。是他吗?换了衣服的弗拉多斯?"

"那张照片我没花太多时间看,"我承认,"当时我没太留心,就注意到了他的牙齿和发型——中分,两边往下梳得服服帖帖。"

"听起来像个梦中人物。"

"还有他的制服,"我说,"我注意到了他的制服,他看起来像隆伯格①的轻歌剧里面的宫廷侍卫。当时我还没去过伊洛娜的公寓,觉得这个家伙有点眼熟,但也只是心里想想,他的表情看起来就像老罗斯福总统和一个打扮风骚的女人约会被发现了一样。第二天晚上我看到伊洛娜家的照片,很确定我之前在哪儿见过。但我没有立刻想到薄伽丘大楼的那张。不知道,也许迈克思·费德勒说得对,也许我该开始吃点银杏。"

"如果你能记得要买来吃的话,"她说,"那你就不需要了。"

"说得好。总之,我星期四看到伊洛娜家的照片时,觉得似曾相识,却不知道为什么。昨天晚上终于想到了。"

"而且你等不及,就带着这个消息跑来市中心,怕不来就会忘了告诉我。"

"我还有一件事要告诉你。至于我急着跑来市中心的理由,是……呃,我不想走进自己那幢公寓。"

---

① 隆伯格(Sigmund Romberg, 1887—1951),出生于匈牙利的美国作曲家,他创作了一系列大受欢迎的轻歌剧,包括《学生王子》、《沙漠歌曲》和《新月》等。

"为什么?"

"我觉得可能会有人在那里等我。"

"谁?"

"我不知道。"

"你不会是指伊洛娜,你指的是某个危险的人物。"

我点点头。"我曾被一把枪指着,当时我狠狠地责备雷斯莫里安,让他小心点,把枪拿开,要是他没照办我就死定了。可是这种事情你能逃过几次?下一次他可能就会打死我。他怎么会知道去书店找我?天哪,他甚至还知道我的中间名。"

"他也是安纳特鲁利亚人吗,伯尼?"

"我不知道他是哪里人。雷斯莫里安听起来可能是亚美尼亚人,提格拉斯可能是亚述人。"

"亚述人?你的意思是来自那个地方?亚述是个国家吗?"

"现在不是了,"我说,"还记得'亚述人垮掉就像羊栏里有一只狼'吗?这是一首诗,不过我只记得这句。我想古亚述国王是提格拉斯·皮尔瑟,不过我也有可能记混了。"

"你从哪儿知道这些的,伯尼?这个提格也恰好印在邮票上?"

我摇摇头。"威尔·杜兰特写过他,但我忘了具体内容了。这些东西都是读时觉得很有趣,一放下书就全记不住了。我认为提格拉斯·皮尔瑟在古代杀过不少人,不过他们那个时代的人都这样。"

"而你觉得提格拉斯·雷斯莫里安的名字是为了纪念这个国王?"

"天哪,我不知道。或许他原本叫凯弗布(caphob)。也许他正计划要开一家名叫'尼尼微二人组'的餐厅。"

"尼尼微?"

"以前亚述国内的大城市,大概。"我站起来,"你知道麻烦出在哪里吗?这些鸡零狗碎的事我都知道,或者一知半解,从诗句的片段到南达科他的首府,但重要的事情我却半点都不知道,比如这到底是怎么回事。一个人被刺死了,另外我遇见一个美女并爱上了她,她却在几小时前消失无踪,而我却只知道一个亚述城市的名字,甚至不确定对不对。你干什么?"

"查字典,"她说,"这字怎么拼?没关系,我查到了。'尼尼微,古代亚述首都,位于底格里斯河畔,摩苏尔的对岸。'你要我查摩苏尔吗?"

"为什么要查?"

"我不知道。摩苏尔,摩苏尔,摩苏尔。你在哪儿,摩苏尔?啊!

"'摩苏尔,伊拉克北部的城市,位于底格里斯河畔,古代尼尼微的对岸。'也许提格拉斯的名字是由底格里斯河来的。"

"这就是整个问题的重点,"我说,"我们有几百万个问题,却在邮票目录和字典里找答案。我可不打算靠查书去找出那个资料夹里面的内容,我也不打算靠逛图书馆抓到杀了赫伯曼的凶手。"

"我知道,"她说,"但你总得有个起点,伯尼。不是吗?"

"我要从某个人身上开始,"我说,"但我不知道该怎么找出他们中的任何一个。伊洛娜消失了,雨果·坎德莫斯也是,赫伯曼死了。还剩下谁?"

"提格呢?"

"你是说雷斯莫里安?他给过我一张名片,不过上面除了他的名字什么都没有。"

"也许书上找得到。"

"什么书?邮票目录还是字典?"

"电话簿。"

"机会可真不大。"我说,不过还是把电话簿找来看了,上头没登记。

"说到胖[①]……"

"查诺夫,"我说,"那个胖子。但我不知道他的名字,只知道姓。"

"全纽约能有几个查诺夫?"

[①]上句伯尼说"机会不大",用的英语是"Fat chance",所以这里才会说起"胖"。

"说得好。"我说,然后查了。结果半个都没有,这样就省得一个个打电话去,还要通过电话猜他们的体重。

"我猜会有很多萨诺夫。"卡洛琳说。

"雷斯莫里安坚持是发'查'这个音,但也许他的名字应该是'札'开头。"我查了,结果也没有札诺夫。

卡洛琳说:"还有谁?那两个小偷?你不知道他们的名字,你说是一男一女,对吧?"

"他们还做爱。"

"那也还是一男一女,也许是住在那里的男人和他的女友。你想到了吗?"

"当然了。"

"你真这么想?"

"当然。这解释了他们怎么会有钥匙。也许他们根本不是小偷,也许那男的忽然半夜急着想看看他的资料夹还在不在。搞不好他就是那种人。"

"总之,他是谁,伯尼?"

"好问题。"

"坎德莫斯没跟你说?"

"坎德莫斯什么都没说。他说他跟埃博尔·克罗是好朋友,又说我会拿到五千美元,或者更多,只要去做一个小时的工作。他讲的差不多就是这些。你能相信我在只有这么一丁点信息的情况下,居然愿意冒着犯下重罪的危险吗?"

"坦白说，"她说，"不相信。伯尼，我们刚刚把名单查了一遍，除了空白什么收获都没有。我知道你想为赫伯曼之死做点事情——"

"他是我的搭档，"我说，"我应该做点事情的。"

"随你怎么说。现在的情况是，根本无从下手。"

"威克斯。"我忽然说。

"威克斯？"

"赫伯曼认识他，"我说，"这就是为什么我需要赫伯曼，因为他认得威克斯，他住在那幢大厦。威克斯跟这件事情无关，但也许他能告诉我关于赫伯曼的一些事情。"

我再度伸手拿电话簿。我不知道他的名，但我知道他家位于公园大道，那里不会有太多姓威克斯的人。结果他叫查尔斯。

我拨了他的电话，他接起后，我说："威克斯先生吗？我是比尔·汤普森，前几天我曾陪着赫伯曼队长跟你见过短暂的一面。"他花了好一会儿想弄清我是谁，但接着他想起来了。"我得跟你谈谈，"我说，"不知道可不可以麻烦你抽出十五分钟给我。"他犹豫着，然后说希望我不是要推销东西，或者卖保险，不管这些东西有多好。"我不会的。"我向他保证，"我现在有个难题，威克斯先生，你也许可以帮助我，如果方便的话，我到你的公寓去。好，差不多半个小时，或者四十五分钟，我会到你们大楼门口。很好，我是比尔·汤普森。"

我挂上电话。卡洛琳说:"比尔·汤普森?"

"晚点我会解释,现在我得走了。我看起来还好吧?"

"好得很。"

我摸了摸下巴。"刮个胡子也伤不了我。"我说。

"如果你用我的剃刀,那就会伤到了。你看起来很好,伯尼,你去找这个人又不是要去求职面试,不是吗?再说,你也没时间刮胡子了。我们走吧。"

"你不是要和我一起去吧?"

"我不要待在家里,"她说,"忘了你说过什么吗?当你的搭档被杀害,你应该要做点事情。所以呢,当你的好友身陷险境,你就该帮忙。"

"我想这样也没坏处,"我说,"我告诉威克斯说我会过去,可是没说还有别人一起去。"

我们一起来到走廊,然后她转身锁上门。"放心,伯尼,"她说,"我不会跟你去薄伽丘大楼,我也帮不上你,只会碍事。"

"那你要去哪里?"

"你的店,"她说,"还记得拉菲兹吗?总得有人喂它呀。"

13

"汤普森先生,"查尔斯·威克斯说,"我现在想起你了。那天晚上我只看了你一眼,不记得你的样子。刚才还不确定能不能认出你来,当然我现在认出来了。进来吧。告诉我你怎么会认识赫伯曼队长的,还有你为什么认为我可以帮你。"

我心中对他有一幅清晰的图像,但不知道如果在路上跟他擦身而过的话,我能不能认出他来。前几天晚上他穿着衬衣和吊带裤,戴着一顶小礼帽。今天早上他的帽子放在架子上,他身穿一件夏威夷衫,白色棉布宽松裤子,脚踏帆布便鞋。他的秃头就在我眼前,只有脑袋边缘还有一圈灰色的头发。我猜他前几天晚上也一样秃,不过被帽子盖住了。

"如果你早五分钟打电话来,"他说,"就找不到我了。我起床后喝了杯咖啡,然后出去散步一小时左右。回家路上我拿了报纸,边看报边吃早餐。我以前都是订报送到家，边喝咖啡边看，但发现这样就没机会出去散步走动了。今天早上你打电话来的时候，我刚打了鸡蛋。"

他一边不停地讲，一边拿眼睛看着我，我觉得他正仔细地打量我。"所以你时间抓得好极了，"他继续说道，"但据我所知，你打了不止一次，因为我没有答录机。我退休了，你知道，平常电话没那么多，有急事的更少。其中还有些令人沮丧的电话，一般是通知我某个熟人死了，这种消息不能留言给答录机，对吧？"他温和地笑了，"至少我办不到，虽然我相信很多人可以。我煮了咖啡，不过是有咖啡因的，另外我得警告你，我煮得相当浓。"

"我就喜欢这种咖啡。"

"马上就好。"

他去了厨房，把我留在那个摆放着传统家具的舒适房间，每样东西看起来都用过很久，但是并不破旧，我可以在这种房子里长大。一个旋转橡木书橱里有书，从历史到生物都有。墙上唯一的艺术品是一幅印象派风格的风景油画，裱着简单的画框。

咖啡就像他说的那样，浓得几乎可以在上面走路了。我表达了我的赞许，他满足地点点头。

"我的医生说，不希望我喝太浓的咖啡，"他说，"我告诉他，滚他的吧。我是个鳏夫，没有孩子，这辈子也活够了。喝点浓咖啡是我唯一称得上坏习惯的嗜好，如果要我戒掉，只为了能比其他老友多活几年，那我就去死吧。

你叫威廉·汤普森，或者你比较喜欢我称你为比尔①？"

"叫比尔就行。"

"如果我没记错，你曾说你就住在这幢大厦，虽然我不记得以前见过你。当然这幢大厦很大。"

"没错。"

"你刚才叫前台的那小子打电话上来报了你的名字，其实你可以直接上来，不必通知的，因为我正在等你。你真有礼貌。刚才在前台的是拉蒙还是桑迪？"

他眼中有警戒的神色。"我不知道，"我说，"我不住在薄伽丘里面，威克斯先生。"

"不过前几天你的确自我介绍说住在这里，不是吗？或者是我记错了？"

他的记性好得跟吃过银杏一样。"恐怕当时我并没有说实话。"我说。

"我没想到这种事需要说谎。你撒了谎吗？"

我觉得自己好像应该用肥皂洗洗嘴。"对，"我说，"而且当时我撒的谎可能不止这一个。"

"哦？"

"我不是赫伯曼队长的老朋友。在向你自我介绍不到一个小时前，我们才第一次见面。"

"你这么做是为了认识我？"

---

①比尔（Bill）是威廉（William）的昵称。

"不，先生。如果一切按照计划进行，我根本不必跟你碰面。赫伯曼和我离开电梯时，我应该在他按你的电铃之前就进了楼梯间的。"

"哪里出错了？"

"电梯服务员盯着我们看。"

"所以你必须装作是跟他一起来拜访我，但你其实在这幢大楼的其他地方另有事情要办。"

"对。"

"如果你不介意的话，请问是什么样的事情？"

"我是个安保技术工人，"我说，"有人花钱雇我去拜访一户没人住的公寓。"

"在薄伽丘大楼？我都不知道这里还有没人住的公寓。"

"那天晚上没人在。"

他想了想。"也就是说，住户不在家，而你有钥匙？"

"不完全是。"

"那你一定不需要钥匙。不必低头，拥有某种技能并不可耻，虽然很多人并不用在正途上。天哪，那就是赫伯曼队长来这里的原因吗？为了把你带进来？"

"我想他很高兴见到你，"我说，"但——"

"我真想不通这到底怎么回事，"他说，"队长不会骗人的，从来不会。他是那种单纯直率的人。"

"还喜欢香烟和伏特加。"

"确实。你们俩来之前一两天,我接到一个电话。一听是他,我很吃惊,因为我已经很多年没有他的任何消息了,也不知道他到底是死是活。"他停下来,眼睛探询着我的目光,"他说,他想来看我。我呢,这阵子什么都没有,就是时间多。我想跟他花上一小时左右叙叙旧。他提议星期三,晚一点,接近午夜时分。他说,他在纽约的时间有限,只有这个时间可以。我建议在外头找个地方喝杯酒,但他不愿意,说他可能会迟到,不愿意让我久等。另外,他还带了东西给我,希望带到我家让我看。"他抬起头,"我看这些都是为了要帮你进入这幢大厦的说辞。"

"一定是。"

"可真费了不少工夫。他给了我一个礼物,是只小老鼠。就在你左边的桌子上。"

那是一只一英寸多长的精致的雕刻品。"真美,"我说,"象牙的?"

"骨头。"此刻他的目光不再那么充满探询意味了,两眼仿佛看着远方,"我见过这个东西,刚刻好的时候是纯白色的,随着时间推移渐渐发黄。'我在一家商店橱窗看到的,'队长说,'于是想到你。几乎和那个老家伙刻的是一对。'我看,这东西跟老列申科夫的作品不只是一对,根本就是同一个。我一眼就看出来了,也不相信队长会在商店里发现它。他什么时候变成那种会看橱窗的人了?但也很难相信这么多年他居然一直留着这玩意儿。他到底是怎么弄到的?"他再次搜寻着我的目光,"你不知道我在说什么,对吧?"

"对。"

"当然,你怎么会知道呢?我们认识很多年了——赫伯曼队长和我。当然,还有伍德、雷尼克和贝特曼。我们五个在美国被称为'鲍伯和查理秀'。雷尼克和贝特曼的名字都叫罗伯特,昵称鲍伯,我们其他三个人的名字都是查尔斯,昵称查理。既然一起合作,我们就改了名字。为了押韵,雷尼克叫罗伯,贝特曼叫鲍伯。我还是查尔斯,伍德改名为查克,他小时候大家都这么叫他。我们就叫他赫伯曼队长。"

"因为他当时是队长?"

"哈!他唯一当过的队长,就是大学的足球队。他有那种领袖的气质,仅此而已。我们没有排名,又不是军队。对官方来说,我们甚至根本不存在。"他喝了口咖啡,"这些都是陈年往事了。现在这个时代,不知道还有谁会在乎。冷战都结束了,不是吗?我不知道我们赢了,但另一边似乎是输掉了,或至少离开战场了。"

"那是什么时候?"

"哦,很多年以前了。马萨里克[①]在捷克斯洛伐克遇刺是什么时候?你不记得,但我应该记得的。一九四八年?

[①]马萨里克(Thomas Masaryk, 1850—1937),捷克斯洛伐克政治家,一九一八年捷克斯洛伐克独立后的第一任总统。

我们的小小历险就从他被刺一年后开始。天哪,当时我只是个孩子,却自以为是个大人了,以为已经比自己的实际年龄更成熟,但其实我一定还乳臭未干。"

"当时你在捷克斯洛伐克?"

"你怎么会这么想?哦,因为我提到了马萨里克。不,我们在捷克斯洛伐克的东方或南方,基本上是在巴尔干半岛。我们会溜过边界,在咖啡馆和后巷里交换暗号。我们以为那是个游戏,而且我们相信我们所做的事情合乎国际利益。现在我知道,从两方面看,我们都错了。"

"你们做了些什么?"

"唤起人们的希望,拿他们的命冒险,也拿我们自己的命。"他沉默了片刻,思索着,"现在都不重要了,"他说,"这跟你上次的来访也没有关系,对不对?"

"我想是有关的。"

"天哪,怎么会?那几乎是半个世纪前了。那些人大都死了。"

"我想问你一个问题,"我说,"你是否听过一个叫安纳特鲁利亚的国家?"

"亲爱的基督啊,"他说,"那不是国家。在加里波底和意大利复兴运动之前,他们总说意大利只是一个地理名词。安纳特鲁利亚连那个都不是。"

"他们有个国王,不是吗?"

"老弗拉多斯?我不确定他是否曾经踏上过自己所号

称的国土。他们在《凡尔赛条约》签订的时候宣布独立，但我记得好像是在海外远程宣布的。我听说安纳特鲁利亚，已经是三十年后了，而老弗拉多斯就住在你认为他会在的地方——佛朗哥政权下的西班牙或萨拉查统治的葡萄牙，我忘记是哪个了。安纳特鲁利亚独立只是个想法，时机来了又走了。没有人理会，除了一小撮几代以来近亲通婚的种族优越论疯子。"

"那你们五个呢？"

"我们五个，鲍伯和查理秀，我们应该去煽动叛乱的。现在谁会觉得这是个好想法？或至少是个可行的想法？"他摇摇头，"几年以后我回到美国，退出游戏。匈牙利发生了暴动，学生们投掷汽油弹，想把苏联坦克赶走。兔子就死在那儿。"

"兔子？"

"鲍伯·贝特曼。我们都各有一个动物代号。我是老鼠，当然了。这就是为什么队长会带那个小雕刻品来送我，虽然他怎么弄到这玩意儿又是另外一回事了。贝特曼是兔子。他看起来有点像兔子，兔子脸、兔子鼻、兔子的懦弱模样，虽然在紧要关头他一点也不懦弱。我看起来不怎么像老鼠，但有个人说，我穿上老鼠颜色的服装时看起来很害羞。我不认为我害羞，但以前可能是这样。"

"赫伯曼呢？"

"他是公羊，低头往前猛冲。我估计他在大学打美式橄榄球时，每一次攻击都会冲过中线。罗伯·雷尼克有种狡诈的猫科气质，所以他是猫。最后你应该猜得出查克·伍德的代号了。"

"大象。"我说。

"大象？天哪，为什么是大象？"

"令人难忘，"我说，"永远那么大。我没见过那个人，为什么你觉得我能猜出他的代号？"

"哦，我一说出他的名字，就很明显了，不是吗？他的代号是唯一纯粹从名字而来的。他名叫查克·伍德，而他的代号是土拨鼠①，我看不出他长得像任何动物，但他对工作耐心而顽固。他会一直啃啃啃，直到达到目的为止。"

"那些雕像是怎么回事？"

"是一个名叫列申科夫的人替我们刻的。这是个保加利亚名字，他是个保加利亚人，跟那群人的绝大部分一样——称他是保加利亚人就等于在邀请他跟你决斗，他会坚称自己是安纳特鲁利亚人。列申科夫当时已经很老了，所以他应该死了很久。我们每个人都有一只动物，同一套里面还有其他动物。猪、山羊，还有些我想不起来了。你知道，某些安纳特鲁利亚活动分子也有动物代号。"

"那些雕像现在怎么样了？"

"留在安纳特鲁利亚——如果想这样称呼那个地方的

---

① 查克·伍德的英文是"Chuck Wood"，土拨鼠的英文是"woodchuck"。

话——或至少我相信是这样。我的小老鼠好像设法漂洋过海了,一只小老鼠要游过这么一大片海洋真是够远的了。"

"如果是同一只老鼠的话。"

"如果不是同一只,"他说,"那我会很惊讶。我扯得太远了,这是我生命中已然结束的一章,汤普森先生。现在,虽然我并不喜欢国际情报活动,但我想我会给你一个机会告诉我,我们在安纳特鲁利亚的活动怎么会把你和赫伯曼队长联系在一起,他又怎么会把你领进这幢大厦。"

"一位跟我约会的年轻女子,"我说,"是安纳特鲁利亚人,而且——"

"她叫什么名字?"

"伊洛娜·马尔科娃。"

"听起来是保加利亚人,也可能是安纳特鲁利亚人。"

"她说她是安纳特鲁利亚人,"我说,"她家墙上贴了一张东欧地图,把安纳特鲁利亚的领土用粗红笔圈了起来。还有一张弗拉多斯和莉莉安娜的照片放在公寓里一个很尊贵的地方。"

"莉莉安娜,"他说,"那是王后,没错,我都忘记她的名字了。你的朋友告诉过你莉莉安娜是怎么死的吗?"

"她连这两个人是谁都没跟我说过。莉莉安娜是怎么死的?"

"第二次大战爆发前一年吧,她在法国南部死于车祸。弗拉多斯重伤,但没死。安纳特鲁利亚独立分子认为,那部车子被 IMRO 的特务动了手脚。"

"IMRO？"

"内部马其顿革命组织①。天知道，这种事情的确是他们的作风，但他们会浪费时间去暗杀一个根本不存在的国家的神秘国王吗？我猜是弗拉多斯喝醉了，或者如果他有私人司机的话，就是司机醉了。"他看着房间里对面墙上的那张风景画，然后把目光移到我身上，"你怎么知道那是他们，弗拉多斯和莉莉安娜？"

"从邮票上知道的。"

"邮票？哦，当然！跟我们一起工作过的安纳特鲁利亚人曾谈到过发行邮票，好像在布达佩斯发行可以让他们具备合法性。我不知道他们之中有谁见过任何一张那些神秘的邮票。你该不会有一套吧？我知道这种邮票相当稀少。"

我解释了《斯科特目录》上的肖像。

"好吧，"他说，"你有个朋友是安纳特鲁利亚人，而且似乎自认为效忠于弗拉多斯。但一定有更多理由可以解释你为什么对此事有兴趣。"

"她失踪了。"

"这样啊，完全找不到？"

"一点线索也没有。"

---

①原文为 Internal Macedonian Revolutionary Organization。

"那又怎么会跟薄伽丘大楼扯上关系呢?你闯入这里的一户公寓,是她的主意吗?"

"不是。"

"哪一户?谁住在那儿?"

"8B,我不知道谁住在那儿,但也是个安纳特鲁利亚人。"

"你怎么知道?"

"他有一张弗拉多斯的照片。"

"你不是在开玩笑吧?哦,我看得出来你不是在开玩笑。同一张照片?我指的是,同一个姿势,而不是真的同样一张。"

"是另一张照片。这张是单人照,而且他穿了一套制服。"

"皇族一向喜欢制服,"他说,"尤其是当他们没有一片国土可以穿着制服去的时候。那么,你进过那户公寓。一定的,因为你看到了那张照片。"

"对。"

"那你拿到你要的东西了?"

"没有,我被打断了。"我说,然后叙述了我如何躲进衣柜里,出来时发现那个资料夹不见了。

"队长走的时候,你一定还困在那里。他根本没留下来。我本来期待这次造访会相当久,但从他进来到出去,我看还不到十分钟。我呢,也没有硬要他留下。他的出现带来了许多回忆，某些回忆我并不愿意去想。他的礼物也有同样的效果，就是那个老鼠雕像。我一直认为这是列申科夫最好的雕刻作品，但这也可能是因为它是我的。我的意思是，我的代号。现在这个雕像确实是我的了，不是吗，我很高兴拥有它，但我发现随着时间一年一年过去，我越来越不在乎拥有任何东西了。队长怎么了？"

这个问题让我有点意外，但我没有犹豫。我知道这个问题早晚会出现，也已经决定了怎么回答。

"他死了，"我说，"有人杀了他。"

14

"这个坎德莫斯,"查尔斯·威克斯问,"显然是他杀了队长,对吧?但他为什么把尸体留在自己的公寓里呢?"

我们坐在厨房的椭圆形餐桌边。既然我已经告诉了他有关赫伯曼的事情,其他的好像也没有必要隐瞒了。

"除非,"他继续道,"他不希望尸体被发现。"

"很难不被看到,"我说,"根据我所听到的,尸体就位于客厅正中央。"

"血流到地毯上。"

"对。"

"而且他把自己名字的缩写字母写在了你的公文包上。"

"对。"

"重点是,写在了你的公文包上头,虽然我想象不出还有任何其他地方可以挑。那很可能是他手边唯一可以写字的地方。我怀疑这起谋杀和包上的字母一样是冲动而为的。"

"你的意思是……"

"如果我是坎德莫斯,"他说,"你是赫伯曼队长,我想杀你,我会不会随便乱抓一把刀,并把你留在自家客厅的中央?但如果我不是计划好要杀你,只是突然有很强烈的动机希望你死,而且恰好能置你于死地呢?假设时间很紧迫,不管方便不方便,我就是没法再等了。"

"赫伯曼来过这里。"我说。

"只有十分钟,另外十五分钟在外面。"

"我离开的时候,他可能已经回七十六街了。我正打算直接把资料夹带过去,所以他一定希望我到的时候他能在那里。"

"但早在你到达之前,坎德莫斯就杀死了他。为了避免分赃,甚至在还没有赃物可分的时候就动手?"他摇摇手,忽略了这个问题,"我们不需要知道原因,肯定发生了突然而紧急的事件,让坎德莫斯觉得虽然另一个时间、另一个地点会更好,但还是不得不杀了他。就在他自己家里,而且是在你随时会出现的情况下,他把刀子插到了自己同伙的身上。"

"而且把他丢在那儿。"

"让他在那儿写下最后遗言,很像罗诺克岛上原始殖民居住点唯一的遗迹之谜。他们完全消失了,在树干上刻下CROATOAN这个词,一直没有人明白这是什么、这个词是什么意思。队长的CAPHOB又会是什么意思?坎德莫斯为什么会让他写下这几个字母?"

"如果杀他的另有其人,那凶手又为什么会就这样任他留下那个临终的信息然后离开?"我说。

"对,"他同意,"不可能是这样。但如果是坎德莫斯杀的,那他就有麻烦了。"

"我想也是。麻烦就躺在他家客厅正中央。"

"没错。他该怎么办?"

"他得摆脱掉。"

"怎么摆脱?队长的个子还挺大的。难道坎德莫斯是那种超级大块头,可以把队长往肩上一甩,扛到楼下吗?"

"很难,他顶多只能算中等身高,块头也挺小的。"

"也绝对不是举重选手。"

"不是。"

"好,那他会怎么办?如果换作是你,你会怎么做?"

"我?"

"对,就是你。假设你发现自己跟一具尸体在一起,这又不像墙上的一块污渍,可以靠涂油漆遮住。你会怎么摆脱这具尸体?"

"事实上,"我说,"这种情形我碰上过一次。"

"哦?"

"在我店里,"我很快地说道,"我什么也没做,但我同样必须把尸体弄走,于是我租了一辆轮椅。"

"真是聪明极了,"威克斯赞赏地说,"不过三更半夜要弄到轮椅很难,而且在一幢没有电梯的公寓的四楼,轮椅也没什么用处。"

"的确。"

"没有工具,那就得多跑几趟。"

"怎么说?"

"这话题不太愉快,"他说,"但也没有别的办法了,不是吗?你得分尸,切成可以搬运的尺寸,然后每次搬一部分出去,把它们丢在任何你可以想得到的好地方。"

"一只胳膊丢在这里,一条腿扔到那里。可是警方抵达时,赫伯曼队长的尸体很完整,否则我敢保证他们会提起的。"

"你的坎德莫斯先生还没开始行动,"他温和地说,"他需要工具,不是吗?而且除非他有干这类事情的习惯,否则他手边不会有这些工具。他需要一把锯子或斧头或两者都需要。普通郊区住户可能手边会有这类工具,但一般纽约的公寓住户不会有。"

"所以他三更半夜出门,找肉锯去了?"

"有可能。那个时段他不能期望有厨具店还开着。不过餐厅就不一样了。也许他有个厨师朋友会借给他需要的东西,而且不会多问。或者他家里就有一把大刀可以完成这个工作,只是出去买些厚塑料袋和封口用的胶带。他离开了公寓,可怜的队长就四仰八叉地躺在他公寓的地板上,而你还困在八楼的衣柜里。"

"然后警方出现了,盘问管理员,最后聚在外面等锁匠来帮他们开门。"

"警察怎么会找上门去的?有匿名电话?"

"雷·基希曼是这么说的,有人听到了什么声音。"

"嗯。我们假设,坎德莫斯回到家,看到他公寓里面有一群人,或者看到楼梯口有人在等锁匠,那他怎么办?"

"从自动取款机提走他银行里所有的钱,"我说,"然后跳上开往澳大利亚的船,重新做人。因为从此再也没有人听到他的任何消息。"

"这倒是真的,没人听过他的消息。他为什么不跟你联络?他会以为你是带着资料夹离开8B的,他不想要吗?"

"也许他试过,也许他派了别人来拿。"

"就是那个有奇怪名字的家伙?"

"这些人的名字都奇怪。"我说,"除了在罗斯·托马斯的小说里,我还没接连遇到过这么多名字奇怪的人。不过如果你指的是提格拉斯·雷斯莫里安,对,他很可能是坎德莫斯派来的。坎德莫斯不肯自己出现,是因为警方以为他已经被他们安置在停尸间了,事实上,雷斯莫里安来我店里的时候,我还没去认尸。"

"所以如果坎德莫斯自己跑去你店里——"

"我会以为自己见鬼了。也许的确是坎德莫斯派他来的,还有谁会知道我跟这件事情有关?"

"如果说我在那里学到了什么的话,"他说着手指向一个方向,我想一定是通常所说的欧洲的方向,"就是某些事情,知情的人比你预料的要多。要知道,消息总会走漏。人们会扮演多重角色,很少有事情能保密的。"

"坎德莫斯是星期二来我店里的。第二天夜里我非法进入民宅时,他则犯下了谋杀案。到了星期五下午,提格拉斯·雷斯莫里安就对我有了足够认识,知道要到我店里来用一把枪指着我。天哪,他甚至还知道我的中间名。"

"格林姆斯。"

"对。所以在这么短的时间里,消息是如何走漏的?唯一知道我与此有关的只有坎德莫斯和赫伯曼,而赫伯曼已经死了。"

"你是不是忘了那个女孩?"

"伊洛娜。"

"当然。"

过了一会儿,我说:"我也想过,她可能不是偶然走进我的店里,否则也未免太巧了。可我们唯一做过的事情,就是看电影,而我们唯一谈过的,就是刚刚看过的电影的内容。如果她想陷害我,那真是花了太多时间。然后,等到我准备要为她赴汤蹈火,或至少会为她跳火圈的时候,她消失了。我不明白。"

"的确令人费解,但安纳特鲁利亚人就是个令人费解的民族。"

"显然是。"

"坎德莫斯就在令人费解这方面很像个安纳特鲁利亚人。他有口音吗？"

我摇摇头。"他讲一口有教养的美式英语。我猜他是在这里出生的，不过不一定是纽约。他的名字也绝对不是安纳特鲁利亚的名字。"

"他听起来像是那种一辈子会用很多化名的人。坎德莫斯是英国名字，原意是指一个教堂的节日。如果我没记错，是过了主显节①，但离大斋节②还有一段距离。这个节日是纪念圣母马利亚涤净，并带着圣婴到神庙去。时间是在年初，可能是在两次弦月之间。雨果·坎德莫斯——说不定确实是他的本名，这种名字如果是编出来的就太奇怪了。"

"这些名字，"我说，"坎德莫斯、查诺夫、雷斯莫里安。我只知道一堆名字，却追查不出任何东西。也许我应该放下这件事。"

"有何不可？"他说，"你又没投资多少。只是白忙了一个晚上，我怀疑你做这行，这种事情偶尔会发生。"

"不止是偶尔。"我说。

"我可以理解你对那个女人的迷恋。但她好像是自愿

---

① 主显节（Twelfth Night），亦称"第十二夜"，指一月五日晚上，即圣诞节后的第十二夜。
② 大斋节（Lent），基督教徒在复活节前一段时间要吃斋、戒欲和忏悔，以纪念耶稣旷野守斋。

消失的。你有任何理由怀疑她陷入危险，或者需要你的帮助吗？"

"没有。如果她想见我，我并不难找。"

"没错。"他把身子往前凑，眼睛发亮，"你也不能期望这里面有赚头，不是吗？你不知道现在谁拿着那个资料夹，也不知道里面有什么，所以也不能指望那玩意儿能让你发财。警方没在追捕你，所以你不必为了洗清嫌疑而去破案。所以，你为什么不回去继续卖你的书，再继续闯空门呢？"

"我觉得自己有义务。"我说。

"没错，就是这样。你觉得有义务，无论多么不合逻辑，也不管后果如何。你全力往前冲，谁落后谁遭殃。"

"我想这听起来很蠢。"

"蠢？天哪，孩子啊，如果当时安纳特鲁利亚能多几个像你这样的人，结果可能就不一样了。"他坐直身子，双手搓了搓，"我有些想法，"他说，"好久没这么干过了，稍微有点手生，不过我对这类事情也不是完全没经验。"

他边谈边在笔记本上画线和圆圈，建议可行的途径，理清我们目前知道哪些、不知道哪些。我看不出那些线和圆圈有什么用，不过他的思路正中目标。

"太好了，"最后我说，"可我占用你太多时间了，而且——"

"我的时间？在找出结果之前，你还会占用更多呢。

如果你有义务，我也有。"

"可是为什么？我是说，这件事情跟你一点关系也扯不上，所以——"

"我不知道这样讲你能不能理解，"他平静地说，"但有那么一段时间，赫伯曼队长和我一起工作，就好像我们的性命彼此相连，也确实如此。我已经很多年没看到他了，跟他完全失去联络。可当他带着那个珍贵的老鼠雕像出现时，我们却没说什么话。无论以前我们在对方心目中的地位有多么重要，都已经是多年前的事了，现在也早已变成了逝去的流水。

"水，"他嗤之以鼻，"如果我们是亲人，我会说血浓于水，但我们不是。我们是某项事业里的伙伴，我就因此有了义务。我不期望你了解，听起来一定很老套。"他坐直了身体，提高了声音说，"可是当你的搭档被杀害，你就该做点事情。无论你对他的看法如何，也不管他是哪种人，只要他是你的搭档，你就该做点事情。"

我看着他。"威克斯先生，"我说，"这或许是一段美好友谊的开始①。"

"确实有可能，"他说，然后抓起我的手，"确实有可能。我们别再互称威克斯先生和汤普森先生了，好吗？我叫你比尔，也希望你叫我查尔斯。"

---

① 这句模仿了《卡萨布兰卡》中的最后一句台词。

"呃。"我说。

"有什么问题吗？"

"查尔斯，"我说，"还有件事情我忘了告诉你。"

15

"我觉得很好,"查尔斯·威克斯说,"任何人都需要一个人生目标,需要一个早上起床的理由。我想我们可以合作得很好。"

"你说得没错,查理。"

"真奇怪,为什么要这么久。"他说,伸手要按电梯按钮,我抢在了他前面。"这次按久一点,"他说,"说不定是因为接触不良。"

"也许在别的楼层耽误了,"我说,"电梯员在替人搬行李或者有人钥匙卡住了。我看,你没有理由陪我站在这里,我想他很快就会上来了。"

"哦,没关系。"他向我保证。可是过了几分钟,电梯还没出现,他换脚撑着身子,显然不耐烦起来。"如果你真的不会觉得我抛弃了你,"他说,"那我就回去进行我们的计划了。"

"好的,"我说,"这样浪费你的时间,我才有负罪感呢。"

他走进自己的公寓并关上门后,电梯仍未到达。我并不意外,电梯服务员要有超能力才会在这楼停,因为我刚才按电梯根本就是装的。我又等了一会儿,以防查尔斯·威克斯万一想起什么事情冲进走廊。确定他不会再出现后,我走楼梯下到八楼。

嗯,有何不可呢?我前一天晚上没回家,开锁工具还带在身上。我来拜访威克斯的时候,心里就想着也许结束拜访时可以下楼来看看。我没期望跟威克斯能谈出什么,也没想到他能告诉我多少关于赫伯曼的事情,只是利用他帮我进入薄伽丘大楼罢了。

结果他告诉了我很多,而且最后还成了我的搭档。这的确像是一段美好友谊的开始,我想我也可以告诉他,我想再去拜访住在四层楼之下的那个家伙,但我决定不说。否则这段美好友谊可能会宣告流产。因为我毕竟身在查理住的这幢大楼里,那些平时对于偷窃满不在乎的人,只要发现小偷开始接近他们家,态度就会倾向于严厉执法。毕竟,我第一次去见威克斯只是借口,目的是为了去8B。而我今天出现,又是披上了伪装的外衣,心怀同样的目标。我离开他家之前,几乎就要告诉他我是伯尼·罗登巴尔而不是比尔·汤普森了。

所以我暂时对这个小小的冒险保密。如果我找到什么重要的资料,可以挑个适当的时机告诉他我是何时何地弄到的。而如果我进入 8B 一无所获,就不必让任何人知道我去过。

我迅速而安静地下了楼,打开八楼楼梯间的门,看了看四周,确定走廊上没人,然后走到 8B 门前。

我没戴手套,也不在乎。我不会留下指纹,也不会有任何人去找指纹。我带着手电筒,不过大白天的也用不着。我也带了开锁工具,知道打得开 8B 的锁,因为前两天夜里用这套工具开同一扇门轻而易举。

结果我也用不着它们。

不过当时我不知道,当我疑惑地站在那户公寓门口时,工具就握在手里。我记得自己曾拿到过那个资料夹,只是后来又失去了,而且我还记得自己被关在衣柜里很久,还有大衣散发出的霉味。我不会妄想还有机会再拿到那个资料夹,但也许我至少可以发现谁住在这里,或许还有机会再看一眼那张照片,确定里头的人确实是弗拉多斯国王。

我把手放在门把上,开锁的凿子已经插进顶端那个锁的四分之一英寸,这才想起应该先按门铃。我理所当然地认为没人在家,但我提醒自己,按门铃是专业程序中绝对不能疏忽的一个小步骤,就像小偷指南一样,一定得照做。

于是我按铃,等了一会儿,因为这也是必要程序,因此你可以想象,当我听到门那边走近的脚步声时有多惊讶了。

我刚刚把可能让我吃官司的证据抽离门锁放回口袋，门就开了，出现了一个身高大约六英尺二英寸的年轻男子，宽肩窄腰，方下巴，开朗的俊脸。他脸上挂着个大大的微笑，也许完全不知道我是谁，但并没有因此就不高兴见到我。

"你好，"他热心地说，"天气真好，嗯？"

"好极了。"我同意。

"我能为您效劳吗？"

好问题。"啊，"我说，"我是比尔·汤普森，是美国髋关节发育不良协会的大楼代表。"

"你住哪幢大楼？"

"我住在这幢大楼，"我解释说，"不是这一层。我在华尔街工作，但替这个慈善机构当募款义工。做善事，我想你应该了解。"

"是的。"他说，同时一只手伸进牛仔裤的口袋。他穿了一条黑色的李维斯牛仔裤和一件马球衫，我会说衣服是蓝绿色，但某些邮购服装的产品目录上也许会说是孔雀蓝。"哦，当然，我很乐意捐款。"

天啊，也许我挑错行业了。"我连收据都没带，"我说，"我来拜访不是要募款的。我看看，你是詹姆斯·特里斯科，对不对？"

他笑着摇摇头。

"不对？怎么会呢？"我掏出皮夹，看看里头的一张纸——有人建议我将这张纸好好收着,如果我还想从中国洗衣店里拿回送洗的衬衫的话——然后再次看着他。"应该是奥里斯科,"我说,"你不是詹姆斯·奥里斯科,就是艾略特·布克斯潘。不然就是我找错人家了。"

"好像是你找错人家了。"

"是啊,有可能,这里是 8B 吗?"

"是啊。"

"那你的名字是——?"

"保证不是奥里斯科,也不是另外那个。你刚刚讲的第二个名字是什么?"

到底是什么?我自己都得想一下。"布克斯潘。"我说。

"布克斯潘,"他同意,"不,我也不是布克斯潘。"

"唉,要命。"我说,摇摇头啧了一声,"我想你应该比我清楚,你总不会不知道自己的名字吧。看来我是抄错了公寓号码,很抱歉打搅你。"

"没事。"

怎么才能问出他的名字?也许进去公寓里看一眼?我试探着问:"能不能借用一下你的电话?"

他又笑了,再度摇摇头。"真抱歉,"他说,"不太方便。我有客人。"

"哦,我明白了。"

"通常我是很乐意的,但是——"

"我了解,别这么说。"

"好吧。"他说。

"好吧,"我说,"再跟您重复一次,我叫比尔·汤普森,"——你这白痴,那你呢?——"很抱歉这样打扰你。"

"好了,不需要道歉。"

"您太客气了,"我说,"希望过两天我过来请您捐款时,您也能这么亲切。"

"啊。"他说着又去掏口袋,这次掏出一个山羊皮的钱夹,打开抽出一张二十美元钞票。

"您真是太好心了,"我说,"可是我没想到今天要募款的,所以身上没带收据。"

"不必给我收据,这样省得你下星期再跑一趟。"也省得他被打扰,只不过他没说出来。

"那……"

"请你收下。"他说。

我伸出手,可是没拿钞票。"我应该给你收据的,"我说,"可以塞在你的信箱里,另外还需要你的名字做记录。"

"没问题,"他说,"我叫托德。"

"幸会,托德。那请问贵姓?"

"不,不,我姓托德。"

"哦,看来确实不是特里斯科或布克斯潘,对吧?"我们大笑起来,然后我问他的名。

"迈克尔。"他说。

"迈克尔·托德。跟那个——"

"对,跟那个电影制片人同名。"

"我敢说一定常常有人跟你开玩笑,问你跟伊丽莎白·泰勒结婚是什么滋味。"

"倒没那么经常,"他说,"毕竟,这个名字不算少见。"

"要命,我的名字也是。我每次想到全世界有多少比尔·汤普森——"

"是啊,"他说,"现在我真的不能再多留你了,汤普森先生。"

"迈克尔,"一个女人的声音从公寓里传出来,"什么事情那么久?重要吗?"

"马上来。"他回道,然后对我窘迫地笑了笑。"你看,"他说,"现在我真的得说再见了。再次谢谢你。"

谢什么?但我点点头,在他关门前朝他微笑,然后又在那儿站了几秒钟,整理思绪,把整件事情想了想。然后我走到最近的楼梯,再度上到十二楼。忽然想到可能会碰巧在走廊上遇上查尔斯·威克斯,便试着想象该怎么向他解释。不能假装一直在等电梯,这样他会马上抓起电话,弄清楚薄伽丘大楼所吹嘘的白手套服务到底出了什么状况。

我决定告诉他实话,但得稍稍修改一下。我会说,我等电梯等了很久,中途决定去八楼看一眼。我该告诉他那个家伙在家吗？不，我要说没人在家，但我决定不进去，或者我应该说——

但我什么都不必说。电梯来了，门开了，服务员和我互相看着对方，然后我下楼出去。

天气真好，天哪，就像迈克尔·托德——不是那个电影制片人——说的一样。我往西走了两个街区来到公园，从小贩手中买了一个热狗和一个荞麦馅饼，找了张板凳坐下来。这似乎是个思考的好地方，有些事情我得好好想想。

首先，那个女人不是叫他迈克尔，听起来比较像"麦凯尔"。

其次，我认出了她的声音。

我步行穿过中央公园，在动物园看了会儿北极熊。它最近有点压力，因为有人发现它在池子里不停地以"8"字形来回游泳。这让很多人紧张不已，有人猜测它的行为是严重神经过敏的表现，可能是因为过度焦虑所致。各种专家总结出了各种原因——监禁空间过于狭小、饮食不调、对雌性同伴的渴望、被观察得过于仔细而苦恼、被观察得不够仔细而产生疏离感、身边事物缺乏吸引力。这些媒体关注的直接结果，就是这只北极熊的访客变得前所未有的多，而它也以不断地游"8"字形取悦众人。"它在游泳。"大家会宣布，然后它就不停地游，最后看的人终于离开，其他人则迅速补满空位。"它在游泳！"新来的人会喊，于是它又多游一会儿。

我看到了，非常确定它在游，也觉得它游得真他妈的好。如果要游出一个数字，我看当然只有选8。2、4、5都太需要技巧，现在连7都越来越复杂了，而且很多人喜欢按照欧洲流行的方式，在7上加一横。如果要日复一日地游泳，除了8之外的唯一选择是0，但那样又和普遍的绕圈游没什么两样了。

我不明白这些家伙还想要那只可怜的熊怎么样。在轻松一点的城镇——比如迪凯特[①]——一只熊只要能游出随便哪个数字，人们就会引以为荣，但纽约人的要求高得多。如果我们的熊开始游3.14159，人们会觉得这熊是智障，连 π 都背不出小数点五位之后的数字。

穿过公园，我在一个电话亭前停下来，试了两次卡洛琳的电话，先打到她家，然后打到"贵宾狗工厂"，都没人接。我走到西端大道和七十一街交会口，感觉后颈像昨天晚上那样刺痛起来。当时这感觉让我没下迈克思·费德勒的出租车，现在这感觉让我躲在远远一角的遮阳篷下，避人耳目地观察一番。

---

① 迪凯特（Decatur），美国阿拉巴马北部的一座工业城市。

十分钟后,我知道我的住处被人盯上了,虽然我不能确认。有辆车停在离前门五十英尺的地方,里面有两个人,大厅里我看不清楚,大概会有一个人坐在那里看报。不过也可能只是影子而已,就算是个人,也不一定是在等我。

不过,为什么要冒那个险呢?我绕过街区,来到后门——门锁着进不去。这幢建筑门禁并不严,门卫只负责收收包裹或看看小毛贼,不是什么马其诺防线。大楼内没有监控,没有电子防盗设备,用的锁虽然还算好,不过远远不是最新的。这个锁我已经开过好几次了,大都因为最近我跟一个门卫相处得不好,于是他值班的时候我就不走前门。前后持续了几个星期,其他住户也受不了他而纷纷投诉,他终于离开了,真是一大解脱。重要的是,后门这个锁我开得很熟练,而且开门时也不容易被看到,因此为什么不开呢?如果开到一半被警察抓住,也许会让我一时有点尴尬,但也不过仅此而已;毕竟,进入自己住的地方并不犯法。

因为疑神疑鬼,我搭电梯多上了一层楼,再走一层楼梯下来,然后看了一眼我的门。这扇门也不是马其诺防线,但几年来我换掉了原来的锁,并做了一些改良,所以应该很安全。

看起来好像有人动过这扇门。上面有一些新的刮痕,还有人在门框处用铁条撬过。什么都挡不了一个下定决心要进门的人———一个机灵的贼在面对一扇打不开的门时，会直接穿墙而入——但无论来找过我的人是谁，他都不愿意或没办法做这么极端的事。我用钥匙开门进去——当然是先确定了没有人趁我不在时跑进来——然后在身后锁上门。我检查所有的东西，为了保险起见，我还去看了我的秘洞，都没事。

我泡了个澡，出来擦干后想在床上躺一下。我甚至没意识到自己累了，但肯定是头一沾枕就睡了过去。我不知道自己睡了多久，因为我不知道自己是几点躺下来的，但我睁开眼睛时是六点十分，我茫然得必须检查手表上的日期，才能确定这是当天晚上而不是次日早晨的六点。

我打电话到卡洛琳家里和店里，都没联络上。我穿上干净的衣服，又扔了几件衣服和杂物到一个已经倒闭的航空公司送的手提包里，然后搭电梯到地下室。如果我在一楼大厅停一下，也许可以偷瞄一眼那个看报的男人还在不在，不过这样他也就有机会看我一眼，所以我想最好还是直达地下室。我走出送货出口，绕过这个街区以避过大楼门口的那群人，然后努力思考下一步该怎么办。

我饿了吗？几个小时前我吃了一个热狗和一个馅饼。我并不那么想坐下来吃顿饭，不过觉得想吃点东西，可是吃什么呢？

当然，还能有什么？

爆米花。

16

"我觉得太浪漫了,"卡洛琳说,"这真是我听过的最浪漫的事情了。"

"不浪漫。"我说。

"哦,行了,伯尼,你怎么能这么说呢?真是浪漫得不可思议。夜复一夜,一个男子来到剧院,孑然一身。"

"夜复一夜,什么意思?"

"昨夜和今夜啊,就是夜复一夜喽。"她惊奇地摇着头说,"每次他都买两张票,占两个位子,都在同样的地方。每次他都把其中一张票拿给领座员,说稍后一个女子可能会来找他。"

"而且每次他都买大桶的爆米花,"我说,"这点可别忘记。然后自己一个人坐在那儿吃。这不能叫浪漫。"

"伯尼,忘了爆米花吧。"

"但愿我做得到。我的门牙缝里塞了一个玉米壳,掏不出来,只希望它会自行分解。"

"你只是想用尖酸刻薄来隐藏自己有多么浪漫。"她捏起拳头,开玩笑似的捶了一下我的肩膀。"你这坏小子,"她不无赞赏地说,"我本来还不知道你今天晚上打算去看电影。"

"原先是没计划。"

"只不过电影快开演前,你碰巧在那儿。就像前两天晚上电影散场时,我刚好在剧院门口,所以碰巧有机会看到伊洛娜。"

"真的是这样,"我说,"我联络不到你,电影开场前半小时,我离牧歌剧院只有五分钟路程。我问自己想不想再去看两部鲍嘉的电影,而且我不得不承认,答案是想。"

"所以你买了两张票,因为这样很实际、很理性吗?"

"也许这是浪漫。"我承认。

"也许?"

"说实话,"我说,"我觉得有一点点可能,她会出现。"

"真的?"

"如果她想跟我联络,"我说,"这是一个方法。显然我不必留一张票给她,但我想反正我负担得起。我从她男朋友那儿拿了二十美元。"

"迈克尔·托德?"

"麦凯尔。"我用她的方式发音。

"伯尼,你确定伊洛娜在他公寓里?"

"不一定,她可能是在隔壁的公寓,透过墙上的一个洞喊他。"

"你懂我的意思。你确定那是她?"

"确定。"

"因为很多女人有口音,尤其是那种跟叫麦凯尔的男人混的。我的意思是,你到底听到她说什么?你又没听到她说'伯尼尼'。"

"对,她说的是'麦凯尔',我确定那是她。除非另外有个人也有巨乳和安纳特鲁利亚口音。"

"什么巨乳?你又没看到她,你怎么知道她的胸大不大?"

"我对这种事情记性很好。"

"不过麦凯尔公寓里的那个女孩——"

"是伊洛娜。相信我,好吗?我认得出她的声音、音高、音调、口音,全都听得出来。如果她来到门口,我就能认出她的巨乳和其他的一切了,这样说可以吗?"

"随你怎么说,伯尼。"

"我听到她的声音时,下巴没掉在地板上已经很了不起了。然而我只是收下他的二十美元,然后离开了那个鬼地方。"

卡洛琳皱皱眉,说:"伯尼,希望你没打算留着那二十美元。"

"有何不可?"

"那是你靠欺诈得来的。"

"我大部分的钱都是靠欺诈得来的,"我说,"这二十美元感觉还合法一些呢。这钱是他自己掏给我的。大部分时候,我都是从别人的保险柜里拿。"

"这不一样,伯尼。"

"怎么说?"

"这笔钱是捐款。如果你留着,你就不是从迈克尔·托德或随便你叫他什么的那个家伙那儿偷来的,而是从 AHDA 那儿偷来的。"

"从哪儿偷来?"

"美国髋关节发育不良协会。怎么了,你为什么那样看着我?"

"卡洛琳,"我小心翼翼地说,"那是我编的。我不想挑常见的疾病,因为据我所知,那幢大楼里头前几天刚有人去募款过,所以我挑了髋关节发育不良,觉得这样很安全。根本没有什么美国髋关节发育不良协会。"

"当然有。"

"哎哟,行了吧。"

"你说'哎哟,行了吧'是什么意思?美国髋关节发育不良协会致力于对抗犬类跛足疾病,他们赞助某些重要的兽医学研究。"

"你是认真的。"我说。

"当然是认真的。伯尼,我是做这一行的,不会拿狗的疾病开玩笑。而且我每年都捐款去对抗髋关节发育不良，不是一大笔钱，但在我能负担的范围内尽量捐。我是说，动物有这么多需要花钱的病。看看猫的白血病。"她长叹一声，我则在想不知道能在哪里查到关于猫的白血病，"我刚才很惊讶，你不是爱狗的人，却居然知道美国髋关节发育不良协会。结果你其实一无所知。"

"呃，"我说，"现在我知道了。"

"没错，而且你现在可以给我二十美元，让我替你捐出去，还是你想要收据拿来抵税。"

我拿了一张二十美元钞票递给她。

"谢谢，伯尼。我敢打赌，你现在感觉好多了，不是吗？"

"要赌多少？"

"好吧，反正你的心情会变好的。"她说，然后把那二十美元收起来，"现在告诉我，那两部电影如何？"

"电影？"我说，"电影很棒。《维城血战》和《龙凤配》，哪部你没看过？"

"《维城血战》，"她说，"听起来像西部片。事实上，如果仔细想一想，听起来更像西南部。那是什么电影？"

"西部片。"

"亨弗莱·鲍嘉演的西部片？"

"埃罗尔·弗林是英雄，"我说，"鲍嘉演一个混血盗匪。"

"饶了我吧,伯尼。"

"留着小胡子和鬓角。其实也算是西南部,因为故事发生在南北战争时期,有个内华达矿城的南军同情者,计划要运一批金块到南方去。"

"但埃罗尔·弗林阻止了这件事?"

"而且最后鲍嘉被杀死了——那是当然的。弗林不肯说出金子在哪里,因为他希望用这些金子来重建战后的南方。反正这是他的说法。我猜他是想自己留着当退休基金。总之,米丽恩·霍普金斯替他辩护,希望免除死刑,林肯总统替他减了刑。"

"谁演林肯?"

"我没看到演员表,不过不是雷蒙德·梅西[①]。"

"《龙凤配》的女主角是奥黛丽·赫本,对吧?她爱上了艾伦·拉德,但最后跟鲍嘉在一起了。"

"是威廉·霍顿。"

"她最后跟威廉·霍顿在一起了?"

"她一开始爱上了霍顿,但鲍嘉最后得到了她。"

"是吗?那艾伦·拉德怎么了?"

"他一定是去拍另一部电影了,"我说,"因为他肯定不在这部电影里面。"

---

① 雷蒙德·梅西(Raymond Massey,1896—1983),一位美籍加拿大演员,在多部舞台剧中扮演林肯。

* * *

现在我们在卡洛琳位于阿伯巷的公寓里面，之前我一直拿着航空公司的手提包看《龙凤配》的片尾字幕缓缓爬行。我到的时候屋里没人在，除非阿齐和尤比也算人。我进了门，跟它们玩了一会儿，煮了壶咖啡，刚喝了不到半杯，卡洛琳就回来了，看到我在，她松了一口气。

现在我们坐在厨房的餐桌旁，我已经不喝咖啡改喝依云矿泉水了，卡洛琳则喝威士忌。"我没那么想喝酒，"她说，"不过一天不喝就感觉怪怪的。跟运动一样，如果你想保持身体状况良好，就得天天做点运动。就算只是绕着街区慢跑，去游泳池泡泡，至少你每天都做了。"

"我想陪你喝，"我说，"可是我夜里可能得工作。"

"现在已经很晚了，伯尼。"

"我知道，我不认为我会工作，但有这个可能。这叫作保持开放的态度。在你保持每天喝酒的同时，我则保持开放的态度。"

"我觉得很棒，看起来我们好像只是坐在这里，手里拿着杯子而已，"她说，"其实我们对自己正在做什么都有一个合理的哲学理念。我很高兴看到你在我家，伯尼。一整天都没听到你的消息，我有点担心。"

"我打过电话。"我说。

"我们在电话上聊过吗？最好弄点银杏来，因为我什么都记不住了。"

"我联络不上你，"我说，"我打来这里又打去店里。至少两三次，你都不在。"

"哪家店，伯尼？"

"当然是贵宾狗工厂，你有几家店？"

"只有一家，"她说，"但你也有一家，我就在那儿。"

"在我店里？"

"没错。"

"巴尼嘉书店？"

"不，是罗德与泰勒百货公司①。你有几家店，聪明先生？"

"我今天不营业，卡洛琳。"

"那是你认为的。"

"你替我开店了？"

"哎，我得进去喂拉菲兹嘛。"她说，"然后我又想到，也许有人会想跟你联络，比如提格或坎德莫斯，或者你提过的另一个人，那个胖子，萨诺夫。"

"查诺夫。"我说。

"管他呢，伯尼。我猜这些人没法打电话到你家去，而他们也不知道你在这里，再说你家和店里都没有电话答录机，所以他们该怎么跟你联络呢？"

"联络不上，"我说，"这应该使他们要杀我变得更困

---

① 罗德与泰勒（Lord and Taylor）是美国历史最悠久的百货商店。

难。"

"哦,我不认为有人想杀你,所以决定在书店待一天。反正我也没别的事情做,我的店周末不营业的。"

"我的店也是。你怎么应付的?特价桌重得像个悍妇。"

"而我是这样一个弱女子?我猜到它会很重,就没搬出去。"

"真的?那张桌子可是个活招牌,让行人们知道他们正从一家书店门口经过。"

"伯尼,我不打算做什么大生意,我只是让店开着,以防任何人来传话给你。我卖了几本书,不过这不是重点。"

"你还真卖掉了几本书?"

"这有什么了不起?你坐在柜台后面,有人拿书给你,你看看价钱,加上税,然后收钱、找钱。这又不是核能物理学。"

"你进账了多少?"

"不知道,大概两百美元吧。管他呢,反正我都放在收银机里了。"

"没想到你竟然没捐给美国髋关节发育不良协会。"

"真希望我想到了。很多老顾客问起你,说你是不是生病了。我跟他们说,你一夜没睡又宿醉得快死了。"

"多谢。"

"大家喜欢听这种事情,伯尼。这是人性的瑕疵,他们在理解你的同时，却又觉得比你优秀。总之，我不想说你病了，免得他们担心。"

"你可以说我得了髋关节发育不良。"

"你觉得很好笑是吧，可是——"

"我知道，我知道，一点也不好笑。"

"没错，不好笑。"她又给自己倒了点苏格兰威士忌，倒了一半忽然停住，"毛克利带了一个购物袋来，里面装满了从二十六街跳蚤市场弄来的宝贝。他说他确定你会要，可是我说我不能收购任何东西。"

"他还会再来吗？"

"一定会。我给了他十美元订金，让他把书留下来给你看。如果那些书连十美元都不值——"

"不会不值十美元的。你做得对，否则他就会拿给别人了。还有什么人来过而我应该知道的？"

"提格·雷斯肥里安。"

"雷斯莫里安。"

"我知道，我只是闹着玩的。"

"你说这个只是想开玩笑，对吧？他并没来过。"

"当然来过。我想那本书把他搞昏头了，伯尼。他不知道该拿那本书怎么办。他穿得可时髦了，你说得没错，他也确实挺矮的，但你把他说成了一个侏儒。"

"对一个已经发育完全的成人来说，"我说，"他确实不是侏儒。"

"他比我高,伯尼。"

"那不一样。"

"有什么不一样?因为我是女人?为什么女人就不一样?"

"你说得没错,"我说,"这是不折不扣的性别歧视,我想一定有个你可以投诉的政府机关。他来做什么?"

"你说提格?他不肯马上讲,接下来他就没机会开口了,因为雷来了。"

"他又来了?提格一定以为他就住在那儿。"

"雷好像就是这么想的。他一进门就是一副回到自己家的样子,不是吗?他还记得提格,他那种人会健忘吗?雷跟他打招呼,喊了他的名字,不过当然叫错了,但提格也懒得纠正。然后提格忙不迭地跑掉了,让雷有机会做他打算做的事情。"

"什么事?"

"还不是老一套。开玩笑啊。'嘿,卡洛琳,看到你终于找了个跟自己身材相配的男朋友,真是让我开心。'这只是热身。我刚好很愿意接受挑战,有什么大不了?"

"哎,你知道他就是这样的人。"

"我很清楚他是什么样的人。"她气呼呼地说,"可我也不是毫无感觉,你没听到我在你店里回敬他的那些混账笑话。他要你跟他联络,说有急事。"

"他说为什么了吗?"

"没有,我也问不出来,可是听他讲得很认真,我就说你出门度周末了。"

"编得好。"

"我说不知道你去了哪儿,可是你提到过新罕布什尔什么的。伯尼,你觉得在你家附近晃来晃去的那些人是不是警察?因为他说他知道你不在家,如果不是有警察在那儿盯梢,他怎么会知道?"

"也许吧,"我说,"盯梢的人挺明显的,像是警察。但我不明白,他突然跑去店里不奇怪,他常常这样,我甚至不奇怪他留话说有急事,八成一点也不急。可是盯梢,这是为什么?"

"除非他们发现了赫伯曼的事情。"

"发现了又怎样?你看,我认尸的时候,努力让雷留下了这样的印象:我并不是百分之百肯定,让他以为我只是好心帮他罢了。如果他最终弄到了赫伯曼的指纹或其他什么,好吧,我知道他会因此想见我,至少抓我再去认一次尸。但他为什么要弄一个警察守在我公寓楼的大厅,另外两个坐在门口没有警车标示的车上?"

"你可以打电话问他。"

"怎么打?我在新罕布什尔。"

"你提早回来了。"

"我不想回来,"我说,"他会把我拖走,这是我最不愿意见到的事情。"

卡洛琳想了想。"好吧,你从新罕布什尔打电话给他,因为你打电话跟我说那儿有多美,于是我就把他的话告诉了你。这样就讲得通了,不是吗?"

"或许吧,但他可以追踪电话,就会发现我是从哪儿打的。"

"他会这样做吗?"

"有可能。"

"你要不要租一辆车开去哪儿打这个电话?新罕布什尔太远了,不过要是康涅狄格呢?这样他追踪电话的时候……忘掉我的话,伯尼。这么做根本没道理。"

"确实。"

"他说你任何时间都可以打去他家,你知道他家电话。"

"没错,我是知道。明天早上再说吧。这是什么?"

卡洛琳递给我一张名片。上面没有名字、没有地址,只有七个数字,前三个数和后四个数中间有一条短线。

"看起来是电话号码。"我说。

"很好,伯尼。"

"不过没有区号。"我用拇指掠过名片表面。"凸版印刷,"我说,"或者是用号码机打的?反正也没有任何字母。雷的电话号码我背不下来,可是我敢打赌这不是他的电话,除非他家改号了。不太可能是雷的,是吗?"

"不是雷的。"

"那是哪儿来的?"

"一个男的来店里找你,我说你没来。"

"这么做没错。"

"他说你有空应该打个电话给他,讨论一下有关共同利益的问题。"

"啊,那范围就缩小了。好极了,我有一张只有名字没有电话的名片,还有一张只有电话没有名字。真希望接下来另一个人给我一张没电话没名字可是有个地址的,比如说唐宁街十号或宾州大道一六〇〇号。"

"也许那人的地址就是其中之一。我想问出他的名字,可他的名字好像是国家机密。"

我因此灵光一闪,说道:"他该不会是六英尺二或六英尺三,三十七八岁,短金发,宽肩吧?是个帅哥,可能穿着黑色李维斯牛仔裤,一副满足的表情。"

"听起来像迈克尔·托德。"

"我形容的就是他。给你名片的是他吗?"

"一点也不像他。这个人可能一辈子都没穿过牛仔裤,他穿了一身白西装。"

"也许是汤姆·沃尔夫[①]。"

"不是汤姆·沃尔夫。这家伙六十来岁、大约六英尺高、蓝眼睛、铁灰色头发、浓眉、鹰钩鼻,下巴突出。"

[①]汤姆·沃尔夫(Tom Wolfe,1930—2018),美国小说家、新闻记者、社会评论家。

"太厉害了，"我说，"你唯一没讲的只有他的体重和他口袋里的零钱。"

"我的手没伸进他的口袋里，"卡洛琳说，"所以第二题的答案是不知道。至于体重，我猜是三百磅到三百五十磅之间。"

我把舌尖顶在牙齿后头发出声音。"查——"我说。

"查诺夫，我猜是他，伯尼。"

"你今天可真忙，"我说，"可是干得好，卡洛琳。"

"谢谢。"

"去书店开门营业真是个好主意，而且我必须说，很有收获。我不知道他们这些人想跟我要什么，或者我打算给他们什么，但知道他们在找我就很好了——至少我觉得如此。等我明天早上打几个电话，就会知道更多了。"

"我不知道雷想要什么，"她说，"我猜其他每个人都想要那份文件。"

"无论他们是谁。"

"也无论他们在哪里。"

"哦，我想我知道他们在哪里。"我说。

"真的？"

"嗯，我有点猜到了，别管了。"

"太棒了，而且你也有个搭档。我不是说我，我是说那个老鼠。"

"老鼠？哦，查尔斯·威克斯。我想我们是搭档吧。

这么说的话，我希望他自己要小心。"

"为什么？哦，如果他被干掉，你就得替他奔走了。"

"答对了。"我说，然后身子往后一仰，打了个哈欠。"我不行了，"我说，"雷可以等到明天早上，其他人也可以。我要上床了，或者上沙发，如果我能说服你——"

"我们别再为这件事争吵了。你不出门了吧？这样你至少可以喝点苏格兰威士忌。"

"我想，"我说，"明天早上醒来时，我应该不会后悔自己今晚没喝任何比矿泉水更有劲的东西。"

"也许吧，"她说，"可是你不能一天不运动还期望保持体型。这是我的理论。明天要我去替你看店吗？"

"我星期天从不营业。"

"这规矩是刻在石头上的吗？我去开店也没什么损失，不是吗？"

"是没有，但是——"

"因为我找到了一本书，正看到一半，说不定明天能看完。而且你不知道谁会突然跑来找你。"

"嗯，那倒是真的。你在看的是哪本书？"

"其实是重新看一遍，但是上次看已经是在刚出版的时候了。是一本苏·格拉夫顿早期的小说。"

"我的书店里没有她的书吧。哦，我想到了，是读书俱乐部的试读本，对不对？"

她点点头。"就是讲一个爵士乐手，把他不忠的妻子推到地铁铁轨上杀害的那本。"

"我没看过这本，书名叫什么？"

"《A 代表火车》①，"她说，"我看完可以借给你。"

"借？那是我的书。"

"没关系，"她说，"你还是可以借，不过得等我看完才行。"

---

① 苏·格拉夫顿字母系列的"A"为《A：不在现场》(*A is for Alibi*)，此处又是玩笑。

17

我夜里睡得很香,早晨醒得很早,穿了衣服出门,没吵醒卡洛琳。她蜷缩在沙发上,看起来很幸福,于是我没因占了她的床而产生过多的负罪感。我往市中心走,途中在书店停下来,匆匆喂了拉菲兹并替它换水,然后在联合广场搭上IRT线地铁,到六十八街和列克星敦大道交会口的亨特学院站。我往上城走了六个街区又往右走两个街区,途中在一个熟食店买了杯咖啡和一个硬面包圈。到了目的地之后,我找了个门廊躲在里面,啜咖啡啃硬面包圈消磨时间。我瞪大眼睛,终于看到此行要看的东西后,就按原路回去,但这次没去熟食店,而是直接到地铁站。

我搭了另外一班车,往市中心去,在华尔街那站下了车。星期天的早晨,商业的引擎暂歇,全纽约再没有比这里更平静的地方了。但这里不可能完全荒废,我看到有人在跑道上慢跑,一路跑远了,还有一些形单影只或成双成对的人在此享受这份宁静。

我是来这里打电话的。

别处有更方便的电话，包括书店和卡洛琳的公寓，但你永远没法确定对方的电话有没有装那种能显示来电号码的设备。我基本上确定，雷·基希曼在森尼赛德的家里应该不会有这类玩意儿，只因为他不会想每月多花一块九毛八，或者随便多少的额外费用。不过他有纽约市警察局的资源，说不定可以叫电话公司的人替他追踪。

如果他追踪到西格林尼治村的一个公用电话，就会猜到我在卡洛琳的公寓。所以我必须去别的地方，而华尔街好像是个比任何地方都好的选择。让他追踪这通电话吧，也让他猜猜我是不是想要闯空门去纽约证券交易所。

虽然如此，我还是把他留到了最后一个。

我的第一个电话打给了那个胖子，而我脑子里的第一个念头是，那张名片上的电话是假的，或者我拨错了号码。因为接电话的人听起来不肥。

我知道，我知道，买书不能只看封面（不过如果他这本书的封面有污渍，或者被水泡了，甚至干脆消失了，你大可跟老板砍砍价），也不能光凭声音就判断对方的身材，这对色情电话那一行来说是件好事。即便如此，我听到的声音依然不像出自一个重达三百或三百五十磅、有鹰钩鼻、穿了一套白西装的人之口。相反，这声音的主人听起来好像小学没毕业似的，说话时嘴巴几乎不动，大部分时间手里都拿着台球杆，不打球的时候，他也瘦得可以藏在球杆后面。

我要求找查诺夫先生,他问我有什么事。

"查诺夫,"我自信地说,"你不是他。告诉他,我是昨天不在书店的那个人。"

安静了片刻后,一个声音——浑圆、丰润的声音,把每个元音和辅音都咬得很清楚,而且每个音节都铿锵有力、余韵犹存——说:"事实上,先生,我们这儿没有任何人昨天去过那个书店,或者在任何时间去过任何书店。"

现在听起来比较像了,这是我心目中的那种声音,可以为《魅影魔星》做介绍的声音。

"我非常同意,"我说,"我们的书店是旧书店,先生,来的常客都是怀旧的人。"

"啊,"他说,"很高兴你打电话来。我相信你那儿有属于我的东西。希望你知悉,归还这件东西你将有一笔相当不错的酬劳。"

我问他可否形容一下这件东西。

"一个上有烫金的皮信封。"他说。

"里面呢?"

"里面有好几样东西。"

"酬劳总额是多少?"

"啊,我没说过吗,先生?丰厚,肯定相当丰厚。"

"先生,"我说,"我必须说,我很喜欢你的风格。如果我有你在找的东西,毫无疑问,我们可以达成交易。"

暂停了一会儿，不过不太长。"你用了虚拟语气，"他说，"似乎是在暗示，先生，你的答案是否定的。"

"我是故意暗示的，"我说，"暗示得非常明显了。"

"而且你话中有话，你还想说什么？"

这种对话真是愉快，不过也是一种负担。"我最诚挚的希望，先生，就是能够告诉您情况不是如此，告诉您那个东西在我手上，从而向您要求丰厚的报酬。"

"你希望，先生？"

"我希望，也期待。"

"先生，我想听到的远远不止希望而已，我想要允诺。可否请教，这个期望何时可以实现？"

"日后。"我说。

"日后，"他重复道，"这个字眼充满魅力，却不够精确。"

"的确。'不久'可能会比较精确。"

"恐怕我无法苟同，不过这个词比较令人振奋。"

"这就是我的意思，"我说，"今天晚些时候我再打电话给你，或者明天，我们碰个面。打这个电话能联系到你吗？"

"没问题，先生。如果我本人不在家，你可以留话给接电话的小兄弟。"

"我会再跟你联络。"我说完便挂上了电话。

* * *

下一个电话是打给我的搭档查尔斯·威克斯的。我告诉他,我一直等到他早晨的散步结束之后才打电话过去。

"你的预估差得很远啊,"他说,"恐怕到了我这个年纪,人就成了习惯的动物。我每天不必设闹钟,就会在同样的时间醒来,现在《纽约时报》周日版已经看了一半了。"

"那堆厚报纸。"我说,"我想在赫伯曼的事情上你是对的,是坎德莫斯杀了他。"

"那似乎是最可能的解释,"他说,"但坎德莫斯好像消失了,让我们干瞪眼,不知道该怎么办。"

"关于这一点,我有几个主意。"

"哦?"

"不过现在没法说,"我说,"我也不想在电话里讲。"

"嗯,我也觉得不好。"

"我能不能去你的公寓,就今天晚上,可以吗?晚一点,如果你方便的话,十一点怎么样?"

"我会煮好咖啡的,"他说,"不过那么晚了,你也许想喝无咖啡因的?"

我告诉他,浓咖啡没有问题。

没别的事了。我又花了二十美分打电话到雷·基希曼位于皇后区的家中。听到一个女人的声音后,我说:"嗨,基希曼太太,我是伯尼·罗登巴尔,雷在吗?星期天一大早就打扰你们真不好意思,不过我现在人在新罕布什尔。"

"我去看看他在不在。"她说。这句话总是让我纳闷,无论秘书还是老婆说都一样。我的意思是,骗谁啊?他们在不在家,她们不知道吗?或者她们以为我不懂这种事?

她的勘察行动耗时数分钟,但愿她的两腿真的动了。我手边有大把二十五美分的硬币,但我不希望一个录音的接线生插进来要我再投钱,再投一枚硬币也不会让我编的瞎话成真。

投入的钱发出微弱的声响,不过确实换来了人声。"新罕布什尔,"这是雷的第一句话,他对这个字眼投以十足的轻蔑,"位于猪眼①之内,伯尼。"

"我本打算去猪眼呢,"我告诉他,"不过所有汽车旅馆都客满了,所以我最后跑到了汉诺瓦。你怎么会知道的?"

"我唯一确定的,"他说,"就是你说你在新罕布什尔,就跟说你在新西兰一样假。"

"你怎么会这么确定,雷?"

"你在胡说八道,你这么告诉我老婆,为的是让她赶快叫我来接电话。如果你真在新罕布什尔,伯尼,告诉我老婆是你最不可能做的事情。不,我收回,这是你倒数第

---

① 指明尼苏达州首府圣保罗,别名猪眼市。

二件最不可能会做的事。"

"那倒数第一件是什么？"

"就是大老远打电话给我。你会等到回来再打。我看，你是跟那个矮个子拉拉耗了一夜，你们俩都捞到了好处。接着你想着最好打个电话给我，然后故意跑到别处以防我追踪电话，可我在自己家里接电话，能怎么追踪？"

"继续。"我说。

"我不得不猜想，"他说，"你是过了桥跑到布鲁克林高地去了吧。从你那儿看得见步行道吗，伯尼？"

"看得到，"我说，"在晨雾中看起来特别美。"

"今天是晴天，如果有雾，也几个小时前就散了。总之，我收回，如果是布鲁克林的话，背景会更嘈杂。这是星期天早晨，对吧？我猜你现在是在华尔街。你看不见步行道，但我赌一块钱你看得到证券交易所。"

"真高明，雷。我发誓我不知道你是怎么办到的。"

"这话听起来会让我以为我猜错了，但我想我是对的，因为我的直觉一向很准。伯尼，你真想知道我是怎么猜中的吗？只因为我们彼此认识太久了。想想我们曾经共同经历的一切，现在我这么了解你，也就没什么好意外的。"

"雾没完全散开，雷。有些钻进了我的双眼，让我喉头哽咽。"

"让你哽住了，嗯，伯尼？也许下面的事可以让你不哽了。前几天有两个穿制服的警察在下东区巡逻，碰到一个当地的小混混，带他们去皮特街和麦迪逊交会口的一幢废弃建筑。顺便说一声，是麦迪逊街，不是麦迪逊大道。"

"这就解释了为什么是在下东区。"

"是啊，但这解释了那些小混混要给他们看的东西了吗？让你猜三次，伯尼。"

"就算我不猜，"我说，"你也会告诉我。"

"一具尸体。"

"感谢上帝，不是我的。"我说，"但听到你关切的声音真好，雷，我没想到你会在乎。"

"你要不要猜猜是谁？"

"如果不是科雷特法官，"我说，"那很可能就是吉米·霍法①，对不对？"

"手表和皮夹不见了，"他继续，"这你能猜到，想想除了那些小混混，还有天知道其他什么人进出过那个地方。但这家伙的衣服底下藏着一条包钱的带子，只是里面的钱不多。"

"除非制服警员发挥自主精神。"

他用舌头和牙齿发出一个声音，不过我想并不是试图要说查诺夫。"伯尼，"他说，"你太小看纽约警察了，你

---

①科雷特（Joseph Force Crater, 1889—1937），美国高等法院法官，于一九三〇年神秘失踪，从此下落不明；吉米·霍法（Jimmy Hoffa, 1913—1975），美国工会领袖，一九五七年起任卡车司机、汽车司机、仓库工人和佣工国际工人兄弟会主席，一九六七至一九七一年间因企图贿赂联邦法官、诈骗和掠夺养老金基金而被监禁；一九七五年失踪，据猜测已被杀害。以上两件失踪案均曾轰动一时。

该为此感到羞愧。如果他们从那具尸体上拿走一个子儿，我也不会知道，所以我只能告诉你他们没拿走的东西有哪些。你看怎么样？"

"我觉得这样好极了。"

"首先是护照，上面有那个家伙的照片，所以你马上就可以看出护照不是别人的。他的名字也在上面。"

"护照上通常都会有名字。"

"是一定得有名字。根据护照上的资料，他名叫尚－克劳德·马莫特。"

"听起来好像是个法国人。"

"比利时人，"他说，"至少那本护照是比利时的。只不过无法确定护照是哪里签发的，但应该不是比利时政府签发的。"

"嗯？"

"护照是假的。"他说，"伪造得很好，他们是这样告诉我的。比利时那边根本没有这个人的资料。"

他又开始说，但录音的声音插进来，要我再投币或挂断。

"把你那里的号码给我，"雷说，"我给你打过去。"

我的回答是再喂一个硬币进投币孔。

"你这是为什么呢，伯尼？我都准备好要给你打过去了，我能有多少机会打电话给位于猪眼的人呀？"

"我能有多少机会听一个死在废弃建筑里的比利时人

的故事?"

"你没问他是怎么死的。"

"我连他是谁都没问。而且我迟早要去找你问问你为什么告诉我这些。"

"你或迟或早都不需要来找我。他死于头部侧面近距离中弹,事实上,子弹从耳部射入。点二二口径,从各个角度来说,手法十分专业。"

"在你们发现他的地方遇害的?"

"可能不是,但还不能确定,因为那些小混混把犯罪现场搞得一团糟。不管他是怎么到那个地方的,他死的时候都离比利时很远。离新罕布什尔也很远,但我们不是都离新罕布什尔很远吗?"

"哪里都不算远。"

"是啊,"他同意道,"我就是这个意思。他口袋里除了线头之外什么都没有。没有钥匙、没有地铁代币、没有指甲剪、没有瑞士刀。不过他穿了一套质料很好的斜纹软呢西装,结果外套里面有个秘密口袋。"

"秘密口袋?"

"我不知道还有什么其他说法,反正不在你认为会发现口袋的地方,背后靠近底部那儿。除非认真找,否则很难发现,口袋有拉链,我们发现时拉链是打开的,要不要猜猜我们发现了什么?"

"另一本护照。"

"介意告诉我你怎么刚好会知道的吗?"

"我说对了?我只是乱猜的,雷。我发誓真的是乱猜的。"

"这本护照是意大利的,上头的名字是瓦西里·苏斯利克。"

"听起来不像意大利人,"我说,"怎么拼?"他拼给我听,还是不像意大利人。"瓦西里是俄罗斯名字,或者斯拉夫名字。苏斯利克听起来好像是俄罗斯茶馆菜单上的东西。"

"我不知道,"他说,"我不去那种时髦的地方。总之,没什么关系,这本护照也是假的。比利时人从没听过马莫特,几内亚人也没听过苏斯利克。两本护照上的描述类似,而且也都符合死者。谁知道,也许这可以让你想起某个你认识的人。身高五英尺九英寸,体重一百三十磅,出生日期一九二六年十月十五日,白发,榛色眼睛。这是比利时护照上面的资料,跟意大利护照上的很接近。意大利护照上说他的眼睛是棕色,但也许他们没有形容榛色的字眼。窄脸,一点白胡髭——你想起什么了吗?"

"还没,为什么应该想起什么?"

"哦,事情是这样的,"他说,"你看,一旦我们在一边发现了一个秘密口袋,就会去查另外一边,你知道另外一边还有一个对称的口袋吗?"

"某些人甚至会怀疑上帝的存在。"

"这个口袋里面也有本护照,这次是加拿大的,但并不比另外两本合法。是在温尼伯签发的——上面用很老式很漂亮的美式英文这么说,只不过人家根本没发,是某个非官方的人做的。不过照片是同一个人,你何不猜猜护照上的名字是什么呢?"

"你告诉我吧,雷。"

"雨果·坎德莫斯,"他说,"现在你告诉我,这不叫天大的巧合叫什么?我是说,一般人活一辈子都不会遇到一个叫雨果·坎德莫斯的人,结果我遇到了两个,而且是在两天之内。两个人还都被某个疯子给宰了。"

"如果雷普利[①]还活着,"我说,"如果他还耍老花招说'信不信由你……'"

"伯尼,我们冻起来的那个人,看起来一点都不像坎德莫斯。"

"一点相似之处都没有吗?"

"连姻亲都不像。伯尼,你要不要解释一下?你在停尸间里盯着那具尸体看了半天,还指认了他,结果他第二天怎么又死了一次?"

那个声音又插了进来,要求我如果想继续通话就得再投币。这个声音每天每年将这句台词重复几千遍,哪次出

[①]雷普利是美国作家派翠西亚·海史密斯(Patricia Highsmith)笔下的著名犯罪小说《天才雷普利》中的男主角,性格阴郁诡诈,惯于撒谎。此小说曾两度被改编为电影。

现的时候受到欢迎了呢？我必须说，很少很少，但眼前就是那极少数中的一次。

我看着手上的那把硬币，放回口袋。"我去换零钱，"我说，"我会再打给你。"

"看在上帝的分上，伯尼，我知道你不在新他妈的罕布什尔。给我号码，我打给你。"

"号码被刮掉了，"我说，"我看不出来。你待在那儿别走，雷。我会再打给你。"

他东拉西扯地说着，但我没等到电话公司切断，就把电话挂了。

过了一会儿，我再打电话过去时，没机会跟他太太说话，雷自己接的，他一定就坐在电话旁边。"也差不多该打来了，"他说，"你这狗娘养的。"

我没说话。

他也憋了很久没出声，然后说："喂？"他试探着，然后我又等了好半天，才回答。

"喂，"我说，"你不高兴听到我的声音吗？忽然之间，我的声音对你的耳朵来说，是不是比局长或者哪个内政部的啰唆鬼要更受欢迎？"

"天哪！"他说。

"很抱歉让你等这么久，雷。你不会相信要换开一块钱得花多少时间。"

"是啊，星期天的华尔街，我知道你在那儿。"

"你太了解我了，"我说，"不过回到坎德莫斯——"

"对，我们还是谈他吧。"

"你记得在停尸间时我有一点不确定吧。"

"你跟我说你不喜欢看死人，我还以为是因为那个。"

"我认尸只是想帮你交差而已。但我要让你知道我根本没法确定那就是他。"

"嘿，伯尼，少来这套。如果他们长得像那还说得过去，可是这两具尸体半点都不像，除非其中一个的头不见了。你怎么能看着其中一个，说那是另外一个？"

我已经花了一点时间去编答案，这就是我刚才挂掉他电话的原因。"我是同时遇到他们两个的，"我说，"而且他们同时告诉我他们的名字。我没注意哪个名字该配哪张脸。老实告诉你吧，我根本没注意他们叫什么名字。但你们在皮特街和麦迪逊交会口发现的那个人，我想应该是坎德莫斯，因为他跟我买过书。"

"所以在停尸间……"

"在停尸间我看了他一眼，确实不是我记忆中那人的样子，但我的确认识。于是我猜测或许是我记错了，也许我一直以为是雨果·坎德莫斯的那个人，其实是另外一个人。"

"这两个中奖的人你都在店里见过？"

"没错。"

"其中一个跟你买了书,那另外一个呢?"

"没买。"

"他们是一起去店里的吗?"

"我根本没注意。我不认为他们是一起的,但也可能搞错。"

我知道他正在皱眉头,我能想象得到他的样子。"有点不对劲,"他宣布,"他们都去过你店里,都向你作过自我介绍,最后两个人都死了,陈尸地点相距只有几英里。不是坎德莫斯的那个人死在坎德莫斯的公寓里,另外一个死在皮特街,身上有三本假护照。其中一个坎德莫斯跟你买了一本书,你因此把公文包借给他带回家。伯尼,你竟认为我会相信你胡扯的这些屁话,我真不知道该骂你个狗血淋头,还是该奖励你惹上这种麻烦。"

是使出另一个绝招的时候了。"雷,"我说,"之前你太太来接电话的时候,我忽然想到那次我替你弄了件大衣给她,记得吗?"①

"你话题转得太硬了,完全离题。"他说,"不过你提到这件事,很滑稽,因为稍早时候我也想到了这档子事儿。"

"真的。"

---

① 相关故事请见《喜欢引用吉卜林的贼》。

"她最近总是说，这件大衣以前看起来漂亮多了，谁不是呢？她自己也不例外，只不过你不会想这样告诉她。反正大衣不会永保如新，但想想那个吓死人的价钱，实在应该永远不变旧才对。我觉得她就是想要一件新大衣，不过她太过分了，心里已经有特定的款式和颜色了。伯尼，最近我们得找一天坐下来讨论讨论这件事。"

"也许不必。"我说。

"你什么意思？"

"也许基希曼太太可以走进一家高级商店，比如阿尔文·泰尼鲍姆，然后为自己买件大衣。"

"很好笑，"他说，"她会有一件泰尼鲍姆的大衣的唯一原因，是你去偷了一件送给她。你以为我会让她走进那家店的展示间挑一件吗？我去哪里弄来那些钞票？"

"啊，"我说，"我还以为你永远不会问呢。"

18

为这事我得再打两个电话，打完之后，我搭东区IRT线，再度往上城走，这次在亨特学院的下一站下车，从七十七街出口出来。我往南走了一个街区，找到了整件事情开始的那幢建筑——我不确定自己是否喜欢这个说法。一切似乎很明显，整件事情在上星期三晚上之前就谋划好了，而且起点离这里还很远。

现在我站在雨果·坎德莫斯那幢大楼门前，他比较像我的雇主而非搭档，可是他也死了，看起来好像我该做点什么事情。我不确定他是在这里遇害的，但赫伯曼队长无疑是在这里被刺死的，我觉得是该回到犯罪现场的时候了。

在入口处，我先研究了那四个电铃，才按下最顶端标示着"坎德莫斯"的那个，为的是避免撞见警方的技术人员，说不定他们会因为第二桩谋杀案回到犯罪现场。我并不真的认为会有人在，事实上也没有，我等了很久，确定没人之后，便掏出那串工具，进入大楼。

看我出门都带着那串工具，你会以为那是我的美国运通卡，出门从不忘记。

上到四楼，坎德莫斯的公寓整个被黄色的犯罪现场封条围起来了，还有两张巨大的手写布告，"奉纽约警局的命令封锁，未经授权者禁止入内"。为了加强效果，有个人——也许是替警察开锁的那个笨锁匠——还在门和门框之间装了一个大铁扣，挂上了一把闪闪发亮的新挂锁。

看起来都不是打不开的。那个最结实的挂锁，还经不住一罐冷冻剂、一把锤子和强壮的手臂，只要用冷冻剂一喷，再用锤子用力一敲，就可以解开这个难题。这些工具我都没有，不过也不需要；这个牌子的锁我知道，出了名的好开。

我比较担心的是那张布告和黄色封锁带。任何人都可以通过，但肯定会留下痕迹。最理想的，当然是裤子口袋里有一卷专门用来封锁犯罪现场的黄带子和两张布告；那样出来时就不必设法恢复原状，只要重新布置就行了。

可是我没有这些装备，这个想法还是以后再说吧。我向那个挂锁投以渴望的一瞥，然后大步下楼。

路上我想起雷对这幢大楼里其他住户的评语——地下室住着一对同性恋伴侣，一楼住着瞎眼妇人，二楼雷尔曼家住着一个来自新加坡的生意人，三楼的住户身份不确定。"管他是谁住在三楼呢，"雷曾经说过，"肯定也像其他人一样,屁都不知道。"

到了前门,我找到三楼住户的电铃,上面标示着"吉尔哈特"。我试了一下,希望他们至少知道该出城去度周末。可是没有,没等我再试一次,对讲机里就传来一个男人的声音,问我是谁。

"我叫罗杰,"我开开心心地说,"我的朋友叫玛丽·贝慈,我们想跟你谈谈有关你的灵魂永生的问题。"

"滚你妈的蛋。"他说。

"哦!"我说,假装自己被吓着了,不过我看是浪费时间,因为他已经挂掉对讲机了。我立刻把目标转到下一个电铃,决定用不同的方法对付那个来自新加坡的家伙。他不太可能会欢迎一对城市传教男女,也不太可能会因为太过礼貌而不忍心拒绝我。我可以假装成是来找雷尔曼的。

不过用不着,因为他没应门。我再度进入那幢建筑——这回没用开锁的工具,因为我的脚一直卡在门上——然后往上爬一层楼,来到一扇门前。门上装了两道很像样的锁,一道是基本型的西格尔锁,另一道是警察锁,里头有新型的普拉德防撬圆柱体装置。

还防撬呢。

雷尔曼的住处挺好的,不过每种装潢都有点太多了——地板上的地毯太多,墙上的画太多,每个房间都塞了太多家具。壁炉上方的大理石壁炉台和窗户旁边角落里的格子架上都摆了太多小摆设。极简主义的室内设计师看了会毛骨悚然，我也不懂来自新加坡的中国商人怎么会把房间布置成这样，不过就专业的观点来看，我兴奋极了。

这真是让小偷感到贴心的装潢方式。你不会听到哪个小偷说少就是多①。小偷心知肚明，少就是少，多就是多。会把自己公寓塞得满满的人，假如不是柯里耶兄弟②那种收集狂，家里塞的也不是旧报纸，那他们就是有恋物癖。比起那种睡在薄垫子上、房里除了天花板上的投射灯之外一无所有的人，恋物癖的家中有东西值得拿的可能性要大得多。

四处看看应该会很有意思，但谁有那么多时间？我直接穿过客厅走到后方的大卧室，搬开一个书橱和一盆茂盛的鹅掌藤——花盆看起来像洛克伍德牌的——然后打开卧室窗户，爬进防火通道。我爬了两层，经过不快乐的吉尔哈特先生和他危险的灵魂，然后浪费了将近十分钟，试着想找出方法进入坎德莫斯家。他的窗子是对开式往内拉开的，用一个扳钮扣住，得从里面才能扳上或扳下。当然，从外头碰不到，除非把窗玻璃撬离窗框，自然就能让扳钮松开。如果手头有工具的话，其实没那么难。只要看看一个机灵的十来岁小鬼眨眼间就能打开一辆上锁的汽车，你就明白了。

---

①少就是多，原文为 Less is more，近年来流行的极简风格的标志性说法。
②指柯里耶兄弟综合征（Collier Brothers Syndrome），这是一种强迫症，患者会收集各种废物，即使家中堆得无处容身也不丢弃。

眼前的情形跟偷车并不完全相同，但需要类似的工具，而我手头没有。我试着不用工具进去，但每次都差那么一点点，我便不断地尝试。最后我才想到自己在火灾逃生梯上耗这么久太显眼了，于是当机立断，用工具串里的玻璃切割刀，割下一小块玻璃，伸手转开扳钮，进了屋。

我在里面待了好几个小时，一开始空气很闷，我打开了前面房间的一扇窗，加上后头被我切开的那块玻璃也有助于空气流通。我没花多少时间就发现了赫伯曼队长倒地流血而亡的位置。警方没用胶带或粉笔画出尸体的轮廓，现在不兴这套了，在移动尸体之前，他们会找犯罪现场摄影师来拍掉几卷胶片。不过他们也没处理血迹，一大片血渗进了地毯。

我站在那儿，瞪着血迹看。他死在奥布松地毯上，他的血对地毯的外观影响不大。就算坎德莫斯是从某个来路不正的人手里买来这块地毯的，也一定花了一大笔钱。地毯现在看起来糟透了，但总有一天，有人可以把血迹去除。现在有各种各样的化学物质和酶素可以把血迹从任何东西上去掉，甚至是甘蓝渍。

但不能让赫伯曼死而复生。

我在公寓里巡游，心里设想着当时各种可能的状况。赫伯曼把那个骨雕老鼠给了查尔斯·威克斯，结束短暂的拜访，回到这里。当然，他是搭出租车回来的，因为没我在旁边逼着他走路。他说了或做了什么，促使坎德莫斯杀了他。坎德莫斯抓起一个锋利的东西——比如一把拆信刀，或者厨房里那套塞巴迪菜刀中的一把，或其他更适合处死一位访客的器具。坎德莫斯刺下，赫伯曼身子一缩倒下，然后坎德莫斯跑出去，走到第二街，想去买大垃圾袋和电动肉锯。

然后呢？

之前，威克斯和我乱编了一个理论，说坎德莫斯回到家，发现警察在那里，便暗自咒骂："该死，又搞砸了！"然后转身便溜，隐没在夜色中。但现在他也死了，整桩事情看起来就不太一样了。赫伯曼在公寓里面流血的时候，坎德莫斯显然在外头遇到了别人，也许他找错了人帮忙，也许有人暗中在等着他。

也许就是那个打九一一把警察叫到七十六街的人。总之，警察来了。而以我的猜测，坎德莫斯脑袋中弹时，赫伯曼尚未断气。他受的是致命伤，但当时还活着，处于垂死边缘，动不了或陷入昏迷。中间他忽然回光返照，用自己的血当墨水，在我那个直至那时尚不曾沾染任何罪恶的公文包上写下六个令人费解的字母。然后，或许甚至就在那群笨蛋警察出去找锁匠的时候，英勇的队长咽下了他的最后一口气。

差不多与此同时，我站在楼下，不知道坎德莫斯遭遇了什么事，还考虑要来个小小的非法闯入。即使已经被路德米尔牌伏特加搞得有点头晕,我还至少分辨得出这个想法很愚蠢。想想如果当初我进去会发生什么事,就会觉得那天也没那么糟。我可以替纽约市省下叫锁匠上门服务的费用,但这么一来,我就得作一大堆解释,而最后大家发现那公文包是我的,我的任务就远远不会这么轻松了。

我认为新的剧本相当合理,而且比前一天早上查尔斯·威克斯和我琢磨出来的那个要合理得多。这让那个神秘的报警电话显得稍稍不那么费解,而且把赫伯曼的死前留言填进推定案发时间内了。

但对破解密码毫无帮助。

C-A-P-H-O-B。见鬼,这到底是什么意思?

我不断徘徊,暗暗思索着,打开抽屉东翻西翻,搜寻衣柜,在每样东西的前后左右、里里外外查看。我很高兴脑子里面有事情可以想,因为眼前是搜寻一个地方最糟糕的情况。

最好的情况是知道自己要找什么,也知道放在哪里。进去,拿了东西,出来。几乎同样好的情况是你知道你要找什么;你有系统地搜索一通,检查可能放置的地方,只要一找到,就可以回家了。

其次好的状况——或许是最愉快的——就是并没有想寻找特定的东西。这类任务小偷最拿手,无论是仔细筹划的郊区闯空门,计算社区警卫巡逻时间和警铃系统,还是完全偶发性的冲动型犯案,都只要踢开一扇门,希望好运等着你。如果你不知道里面有什么东西,也不知道放在哪里,你就得像金发姑娘①一样,睡了所有的床,吃掉所有的麦片粥,你永远不知道自己会找到什么,直到你找到它。

最后,还有一种傻瓜任务,就是我在这个美好的星期天所做的。我不知道自己在找什么,也不知道藏在哪里,甚至不知道它是否存在,是什么样子。我必须到处找,因为我不知道它的尺寸,也不知道它是否需要冷藏、干燥,或者置于通风处。

这真是令人灰心至极。如果你找到了什么,那会是你要找的吗?还会有更值得找的吗?反过来说,如果你没发现什么东西,你会一直找下去,直到某些东西出现吗?或者你应该回家,因为根本什么都找不到?

你知道这像什么吗?像没有高潮的性爱。那你怎么知道什么时候应该停下来呢?

所以我在找的时候,几乎很高兴有个 CAPHOB 让我思索。我的冥想不是很有收获,不过倒是有几个不错的想法。

一、假设 CAPHOB 是一个缩写,假设每个字母都代表一个词。当你的生命即将消逝,这个方法可以让你把大

---

①金发姑娘(Goldilocks),民间故事中的人物,她在森林里散步的时候看到一间房子,房子的门开着,于是便进去查看一番。

量资讯压缩成一串字母，写在手提箱的一角。只不过，这串字母所代表的意思很难讲，可能性太多了。有人能代打或触击吗？（Can Anyone Pinch Hit Or Bunt？），犯罪行为代价惨痛（Criminal Activity Pays Horribly On Balance.），取消结婚周年宴会——生个宝宝吧！（Cancel Anniversary Party——Having Our Baby！）没有一个是我自己会留给世人的遗言，但我又没有躺在那里流血，挣扎着把我那野性的狂叫涂在城市的屋脊之上。①

二、假设CAPHOB应该上下颠倒着看。毕竟，在安纳特鲁利亚的冒险岁月结束之后，我不知道这些年来赫伯曼是怎么过的。也许他有几年在卖保险，直到反着写字成为他的第二天性。为了验证这个假设，我把CAPHOB写下来，把那张纸上下颠倒，再左右相反，结果都得到一串毫无意义的字。然后我逐一把每个字母倒着写，好一点，因为其中四个字母没变，得到的结果类似CVDHOB——V其实是上下颠倒的A。我想我可以把这个步骤往下推，试着找出CVDHOB可能是哪些句子的缩写，不过凡事都该有所节制。

三、也许最明显的解释，就是真正的答案。他只是试着想写自己的名字。这的确不无道理，他身上没有任何证件，这表示坎德莫斯可能趁他躺在那儿等死时，拿走了他

---

①此处伯尼改了惠特曼《自己之歌》中的名句"我在世界的屋脊上发出野性的狂叫。"

的皮夹。或许赫伯曼不愿在无名墓碑之下腐烂，想让世人知道他是谁。即使是现在，他脚趾上的姓名条上还是写着"雨果·坎德莫斯"，只要想到这一点，你就会觉得他的考虑似乎不无道理。这种遗言真是令人不甘心，没有指出凶手，却指出了受害人，可是你能怎么样，难道附上驳回的条子退给赫伯曼？

四、也许，就像卡洛琳之前说的，赫伯曼有诵读障碍。他没把这几个字母的顺序写对。我把那串字母调换来调换去，没有得出比 HOPCAB① 更有意义的字眼。那倒的确是真的，因为从薄伽丘大楼搭出租车来这里只是很短的一段路，但这可能会是赫伯曼想传递给任何发现他尸体者的信息吗？看起来不像。如果我准备要跟世人永别，进入长眠，我至少会试着写点深奥的句子。比如"生命是一座喷泉"或"两个好球后把球击到右边"。

五、或许——想到就够吓人的了——CAPHOB 是一个词。词典上查不到，任何以前四个字母开头的词都查不到，不过可以假设这是一个名字。事实上，可以假设这是坎德莫斯的名字。其实它听起来不太像个名字，但会比苏斯利克或马莫特更奇怪吗？如果你看到这两个名字中的一个被用血写在你的手提箱上，你会怎么想？

六、说不定这几个字母只是胡编的呢？想想"荷兰

---

① HOPCAB 指出租车短程搭载。

仔"舒尔茨[①]著名的遗言,临死前的一场长时间独角戏被详细记载下来以供后世研究。那些确实是字典里有的词,某些句子甚至可以从文法上进行分析,但这位伙计讲的话半点意义也没有。也许这位队长面对一张小画布,是想用六个毫无意义的字母来表达世界的无意义呢?

诸如此类。

下午,我饿了。我正准备叫中餐外卖的时候,才想到不行;我不能打开门去接外送的东西,因为门上有警方的封条。可是我很想吃中国菜,于是我想请餐厅送到雷尔曼家,我下楼去等。我不知道自己怎么会觉得这样行得通,也许我想事情想得走火入魔,把CAPHOB当成了我的咒语。还好这个冒险行动尚未展开就被我终止,然后转而去厨房勘察。

我找到一些吃剩的中国菜,可是时间太长了,让人十分不想碰。我烤了两个英式松饼(面包放得太久了),在上面涂了花生酱和果酱(奶油酸了),然后配着速溶黑咖啡冲下肚里(牛奶的状况就别提了)。我心想,有一天,

---

[①] "荷兰仔"舒尔茨(Dutch Schultz, 1902—1935),禁酒时代的纽约黑帮首领,在一次内讧中身中数枪。临终前在医院将近两日,警方试图与他交谈,他不断说着没有人能听懂的话,语调时高时低,但大部分均毫无意义,当时警方速记员将他所说的话逐字记下。后来许多文学作品因此而生,众多语言学家、心理学家、犯罪学家也纷纷以他的遗言作为研究对象。

当这一切俱成往事，我要好好吃顿真正的饭，小餐馆里面丰盛饱人的早餐，和卡洛琳共享那些加很多香料的异族食物，在真正的餐厅吃真正的晚餐。但现在，我好像注定早餐只能边走边吃，午餐略过不吃或偷空随便吃点，然后大嚼爆米花。我的衣服既不太松垮也不太紧绷，所以我还不必节食。不过如果能像个人那样好好吃顿饭，一定很美好。

我喝掉最后一口咖啡，在水槽里洗了盘子，然后回去工作。

完工后，我有几个电话要打。我坐进厚重的皮质单人沙发里，双脚搁在脚凳上，抓起听筒凑近耳朵，然后又放下了。我怎么知道谁家电话装了那种可以显示来电号码的玩意儿？又怎么能确定我要打电话的这几个对象都认不出雨果·坎德莫斯家的电话号码？

没必要冒这个险。我让纽约市警局的封条保持原样，也没敢碰冰箱里那盒左宗棠鸡。我可不希望最终被什么现代通信科技的玩意儿给困住。

我干净利落地离开坎德莫斯的公寓，没留下任何来访的痕迹，除了刮了点花生酱和果酱，还留下了我的指纹（我擦掉了一些，不过没有仔细擦，反正警方已经采集过犯罪现场的指纹了）。为了避免公寓遭受风雨，我从一个皱皱的纸箱上裁下一片长方形硬纸板，又在厨房抽屉里找出一块塑料布罩在纸板上,然后再拿上一卷胶带钻到防火梯。我把窗子关上,伸手进去拴好,再抽回手臂,把那块厚纸板贴在被划掉的窗板上。然后我迅速而安静地经过吉尔哈特的窗子,进入楼下雷尔曼的公寓。

如果那位暂住的访客临时回家,事情就会变得更复杂了,但他没有。我在身后关上窗子,把鹅掌藤和书架归位——那个花盆肯定是洛克伍德牌的——然后选了前头房间的一部电话,在那里我可以听到并看到前门的动静。

我打了要打的电话。

打完电话后,我决定慰劳一下自己,逛逛这户公寓,除了一个巨大的齐彭代尔式高脚衣橱和一个空荡荡的柜子外,雷尔曼家的东西基本上都没被碰过。我只是看看,没动任何东西,比在上面两层楼时更留心不要留下指纹。

我没开冰箱。

当终于离开时,我还锁上了门,顺利地离开了那幢褐石公寓。一楼的盲眼妇人也许听到了我走在楼梯上的脚步声,对街的邻居也许看到我出现在门口,甚至可能在几个小时前看到我进去。但我没给他们理由注意到我。我来了又走,不留痕迹。

在《地下世界之王》中,鲍嘉饰演片名所指的角色乔·格尼。凯·弗朗西斯和约翰·艾德里奇演一对医生夫妇，艾德里奇留着小胡子，不幸地和鲍嘉在《维城血战》中的扮相一样。艾德里奇救了鲍嘉一个受伤的手下，鲍嘉因此把他当成黑道医生之一。后来他们的巢穴被端了，鲍嘉认为一定是艾德里奇告密，因此射杀了他。鲍嘉和手下逃走，但警方逮捕了凯·弗朗西斯。

然后，鲍嘉绑架了一名作家，逼他捉刀为自己写自传，打算等自传完成就杀了他，我觉得这个情节设计得很棒。一开始，鲍嘉劫狱想救出两名党羽失败，还因此受了伤，他找到了凯·弗朗西斯，她正在设法找证据洗刷自己的罪名。后来这个女人发挥了很大的作用，她跟警方合作，让鲍嘉的伤口感染，并用毒药水弄瞎了鲍嘉的眼睛。他在自己的巢穴里跌跌撞撞，追着她和作家跑，眼睛看不见却仍试图要杀掉他们。然后警方破门而入，将他射杀。

我坐在老位置观看这部电影，膝上和往常一样放着一桶爆米花，而且也和往常一样多买了一张票，交给收票员。排队买爆米花时，我和那个留着山羊胡戴眼镜的高个子男人眼神相遇，他笑了笑，然后赶快看向别的地方，不想再看一眼我这个形单影只的可怜窝囊废。他下意识地伸出手臂环住女友那不太成形的腰——那个皮尔斯博瑞面团般的女孩①。我猜他是想确保她不会逃走，深恐落得跟我一样的下场。

这反倒让我为他感到遗憾了。

---

①皮尔斯博瑞（Pillsbury），美国著名食品企业，旗下商品包括哈根达斯冰淇淋、绿巨人玉米罐头等，其标志是一个圆滚滚如面团做成的小男孩。

* * *

中场休息时,我仍坐在原来的位子上。我还有一大桶爆米花,也不想上厕所或出去抽根烟。于是就坐着等,休息了好一会儿后,灯光再度暗了下来,第二部电影开始了。

《战胜恶魔》,约翰·休斯敦导演,由他和杜鲁门·卡波特共同编剧。演职人员中包括吉娜·罗洛布里吉达饰演鲍嘉的太太;珍妮弗·琼斯饰演一个有撒谎癖的人,嫁给了一个冒牌英国贵族;彼得·洛也客串了一角,还有罗伯特·莫利和一群我永远记不住名字的伟大演员。

我坐在位子上,心想这回也许我可以看懂银幕上在演什么了。过去几年这部电影我看过至少三四次,始终弄不清头绪。片中每个人都想骗其他人,而当珍妮弗·琼斯以"老实说"作为一段台词的开场时,你就能确定她接下来全是谎话连篇。但除此之外,我完全不懂在演什么,也许这次会有所不同。

专心了五到十分钟之后,我感觉过道上有人出现。银幕上,莫利和洛的头凑在一起,我眼睛仍盯着银幕,却在努力倾听走近的脚步声。我不认为自己听到了她走近的声音,那更像是一种直觉,某种超强的感知,让我脉搏加快、难以呼吸。

然后她坐在我旁边,我的目光还是没有离开银幕。一条腿碰上了我的,然后又离开,一只手探进爆米花桶,擦过我的手,抓了一把爆米花。

我看着电影,听着咀嚼的声音。

然后传来一个紧张的耳语。"你是对的,伯尼。这爆米花真是好吃极了。"

后排的人开始咳嗽,嘘着要我们安静。我竖起一根手指放在唇上,看了卡洛琳一眼,她无声地向我道歉。

然后,我们肩并肩吃着爆米花,看那部电影。

出电影院时,收票员给了我一个灿烂的笑容,那个山羊胡则冲我竖起两个大拇指。"他们替我高兴,"我告诉卡洛琳,"很好心吧?"

"真棒,"她说,"这些温暖人心的纽约小插曲。想想看,如果他们知道过去两天你都是在我公寓过夜的话会有什么反应。"

"行了,"我说,"他们会好奇我什么时候能让你改邪归正。"

对街的人行道上摆了几张餐桌,这是个美好的夜晚,于是我们挑了一张坐下。我点了一杯卡布其诺,卡洛琳点了一杯卢克西亚·波吉亚[①]咖啡,听起来里面好像有可能下了毒,但结果是一杯招牌特调咖啡,成分包括浓缩咖啡外

[①]卢克西亚·波吉亚(Lucrezia Borgia, 1480—1519),西班牙历史上著名人物,其父为教宗亚历山大六世,曾因政治原因将她婚配三次,其兄为著名军事将领西撒雷·波吉亚,卢克西亚一生热心赞助文艺与教育事业,但野史上常将她描述为淫乱、富于野心的女人。

加一份意大利女巫香甜酒,上头盖着鲜奶油和巧克力碎片。她念出咖啡名,发音极漂亮,建议我试试看,我说算了。

"连尝一口都不愿意?这又不会让你喝醉。"

"跟原则无关。"我说,"咱们说到哪里了?"

"我得向你致敬,"她说,"喝这种东西确实会发胖,不过我觉得我的身材过于棒了。"

"什么意思?"

"我一直待在店里,直到看完《A 代表火车》,关门后只去'饶舌酒鬼'喝了一杯,我发誓我根本没感觉到酒力,之后去一家印度餐厅吃了顿饱饭,但即使如此,我还是得承认,我不太看得懂今天晚上的电影。"

"没人看得懂,"我说,"那可是《战胜恶魔》。我想这部电影一定是边拍边写剧本,而且我敢肯定他们没有规定工作时不准喝酒。也完全不担心身材。"

我们又聊了一会儿电影,我跟她讲了第一部电影《地下世界之王》的剧情,她很遗憾错过了。"不过我比较希望他最后没死,"她说,"你知道我这个人,喜欢美满的结局。"

"在《地下世界之王》里,"我说,"他死了才是美满的结局。不过我懂你的意思,也许这就是为什么每次他们都把比较旧的片子排在前面放,因为他越晚拍的电影,最后就越有可能活着,他后来越来越红了。"

"有道理。如果最终都要被杀,那当明星有什么意思?"她端起花哨的咖啡啜了一口,"我把你的航空公司手提包带来了。"

"我看到了。"

"雷到店里来过。他对我挺客气的,搞得我有点紧张。坐在你公寓楼下大厅的是他,但我想他自己跟你说过了。"

我摇摇头。"我没问。"

"哦,反正他不会再待在那儿了,所以我想,你大概会想回自己家睡觉,那这些东西你或许用得着。不过我不是要赶你走,伯尼。如果你想留在市中心,我把袋子拎回家就是了,或者我们一起回家。"

"我晚点还有个约。"

"哦。"

"如果坐在大厅里面的那个是雷,那外头车上的是谁?"

"我没问他。"

"或许是其他警察,也或许是对我根本没兴趣的人。"我皱起眉头,"也可能不是。"

"反正你要回我那儿过夜,何必伤那个脑筋。"

我拿起那个手提包,放在离我比较近的地上。"带着也好,"我说,"我拿吧。"

"可是你要睡我家,不是吗?"

"谁知道我会睡在哪里?"

"伯尼……"

"东二十五街有一个小套房,"我说,"地方很差,不过我知道,那里的床睡起来蛮舒服的。或者去地铁站,还有公园板凳,何况今夜如此美好。"

"你在胡扯什么啊?"

我头歪向一边,用大拇指和食指捏住下巴,让话从我的嘴角吐出来。"就像这样,亲爱的,"我说,"我会找到睡觉的地方。你不必替我担心。"

我付了账之后,她说:"凯弗布,凯弗布。哦,天哪!"

"怎么了?"

"有可能吗?有可能会是这样吗?"

"有可能什么?"

她抓住我的手臂。"你看会不会……不,你只会说我疯了。"

"我答应你不这么说。"

"好,我刚刚想到,也许凯弗布是那个雪橇的名字①。"

"你疯了。"

"我知道,但至少我让你笑了。伯尼,我唯一该担心的,就是你看了太多的电影。你随时会融入角色,或者我

---

① 卡洛琳在模仿电影《大国民》中的台词。

该说脱离角色？反正是脱离自己的角色，融入别人的角色，我的意思是这样。"

"别替我担心了。"我说，"要帮你叫出租车吗？"

"我去搭地铁，今晚天气很好。"

"所以你想在人行道底下享受夜色？"

"我是说，我不介意走路到地铁站。你明明知道我的意思。"

"的确。不过我要叫辆出租车。我要到城市的另一头去，不想迟到。"我举起手，一辆出租车几乎立刻就停了下来。我问卡洛琳真的确定不要搭出租车吗？她说确定。我打开车门，司机给了我一个灿烂的笑容，双眼因认出我而发亮。

"见到你真好。"我告诉他。然后对卡洛琳说："进去吧，这辆车让给你坐。"

"可是……"

"快点，"我说，"你能有多少机会搭到一辆司机知道阿伯巷在哪儿的出租车？"我替她扶着车门，弯腰，叫迈克思告诉她有关草药的事情。"可是别讲那个女人跟猴子的故事。"我补充了一句。

"慢着，"卡洛琳说，"女人跟猴子的什么事？我想听。"

我关上门，出租车开走了。我又招了一辆，问那个越南司机知不知道七十四街和公园大道交会口怎么走。

"我相信我找得到。"他冷淡地说。他名叫云叶·钟，英文讲得不错，对纽约也很熟。穿越城市的途中，他告诉我这个城市过去有多么伟大。"但被那些操他妈的柬埔寨人毁掉了。"他说。

19

到了十二楼,我走出电梯门,查理·威克斯正等在他家门前。"啊,汤普森先生,"他说,"真高兴你赶来了。"电梯服务员把这句话当成一个信号,表示我是住户期待的客人,于是关上电梯门下楼去了。

查理替我抵着门,然后跟着我进去。"我觉得我该告诉他们跟上次同样的名字,"我说,"这样省得麻烦。"

"我也省了麻烦,"他说,"我刚认识你时,你是比尔·汤普森,很难把你想成别人。不过你的朋友怎么叫你?伯纳德?伯尼?巴尼?"

"随便叫什么都行。如果你愿意,叫我比尔也可以。"

"哦,我不能叫你比尔,现在我知道那不是你的名字了。"他认真地打量着我,"你最喜欢的动物是什么?"他问。

"我最喜欢的动物?天哪,不知道。我没认真想过。"

"从没想过?"

他让我觉得自己好像浪费了一生，把该选一个最喜欢的动物的时间用来思考相对论、量子理论和辩证唯物论。"这个嘛，我的确没怎么想过。"我承认。

"你最喜欢哪个？"

"看情况。如果是吃的话，我应该是喜欢牛或羊。豆腐不是动物，对吧？不，当然不是，连鸟都不算。呃……"

"不是吃的。"

"好，那么，我想想。我得说，不同的动物适用于不同的状况。我店里有只猫替我工作，很好的捕鼠器。如果你开书店想养只动物，我想不出有什么比猫更好的。兔子很可爱，但书店里的兔子会造成大灾难。它们，呃，会啃东西，比如书。至于8字形游泳，我前两天看过，没有比北极熊更厉害的了。88888，好像循环小数，你会发誓它是负数的平方根之类的。"

他看上去已经快受不了了。"我是指你觉得自己像什么动物，"他说，"你认为可以代表自己的动物。"

"哦。"我想了想，"我一向认为自己是人类。"

"如果你是一种动物，你会想成为哪一个？"

"我想那要看我是哪种类型的。我知道，这完全是假设，可是我好像想象不出来。抱歉，这很重要吗？"

"不，当然不重要。忘掉这件事吧。"

"不，该死，"我说，"这样不对。我应该想出一个来的。"

"我是老鼠,"他耐心地说,"伍德是土拨鼠,赫伯曼队长是公羊。"

"而贝特曼是兔子,雷维克是猫。"

"雷尼克。"

"对,雷尼克。所以你觉得我也该有个动物代号?"

"这真的不重要,"他说,"我只是想找个话题罢了。"

"不,我很乐意有一个,"我说,"但这或许不是那种可以自己选的东西。如果你想挑一个给我……"

"嗯……"他说,指尖摩挲着下巴,"我想该是鼬鼠类的。"

"鼬鼠类的?"

"我想是这样的,水獭怎么样?"

"水獭?"

"不,"他说,"我觉得不好。不是水獭。虽然表演性很强,但水獭总的来说也太直接了,我看水獭不好。"

"很好,"我说,"那东西吃起来像狗。"

"你刚才说什么?"

"没什么。"

"要有点神秘意味的。"他说,手在胸前左右摆动了一下,"某种夜行动物,食肉的。某种,哦,夜贼型的。"

"夜贼型。"我说。

"不是狼,太贪婪了。貂也不好,我觉得不对。那獾呢?"他看着我,"獾不行,或许雪貂吧。"

"雪貂?"

"雪貂也不好。你猜怎么着?我看就鼬鼠吧,老实普通平凡的鼬鼠。"

"哦。"我说。

"你是鼬鼠,"他说着拍拍我的背,"来吧,鼬鼠,坐下来,舒服一点,我已经煮好咖啡了。"

"感谢上帝。"我说。

鼬鼠在厨房待了半个多小时,喝着咖啡,跟老鼠讲了一些事实和猜测,又听了一些二十世纪五十年代在巴尔干半岛尔虞我诈的回忆。故事很吸引人且颇具娱乐性,即使他告诉我的不是百分之百的事实,那我们也算扯平了。

接近午夜时,我放下咖啡杯,站起身,抓起我的布兰尼夫航空公司手提包。"我最好告辞了,"我说,"我有种感觉,我们可以谈出一些结果,但也许不必担心。如果是坎德莫斯杀了赫伯曼,我们就不必担心他逍遥法外了,因为他自己也死了。他不是我的搭档,而且当他变成一个凶手时,他也就丧失了我曾宣告的任何忠诚。弄清是谁杀了他,应该会很有趣,但对我没那么重要。"

"没错。"

"好吧,反正我们可以慢慢来,"我说,"看看接下来的发展。不过我太累了,想回家了。"

"我送你出去。"

我告诉他不必麻烦,他向我保证一点也不麻烦。接下来我们到走廊上等电梯,我小心注意着不要真的按下去。

要命。

我想过要卡洛琳在预计的时间打电话给他,好设计在适当的时间自己出来到走廊上等电梯。但后来我觉得行不通,仅仅要精确抓准时间就根本不可能。如果电话来得太早或太迟,整个计划就泡汤了。而且他的公寓在走廊尽头,站在电梯前面很有可能听不到电话铃声。

"还没来吗?"等了好一会儿,他说。

"可能要好一会儿。伙计,你不用穿着睡袍陪我站在这里。"

"我不会抛弃你的,"他坚定地说,"你知道,上次你来这里时这该死的电梯也这样。"他低笑,"也许你不会按电梯。"他说,然后自己伸手准备去按。

我抓住他的手腕。"我干脆跟你坦白了吧。"我说。

"嗯?"

"这幢大楼很难进来,"我说,"现在既然我在里面了,就不想浪费这个机会。"

"你是什么意思?"他用那双洞悉一切的眼睛看着我,"你不会又想再去访问八楼的那户人家吧?"

我摇摇头。"不管住那儿的人曾经有什么,"我说,"现在他都没有了,而且他家也没什么好东西。不过十九楼住着一对夫妻,丈夫在市中心有个债券经纪公司,太太娘家是大富豪。而且我碰巧知道,他们到长岛的奎古厄去度周末了。"

"哈!"他叫道,开心极了,"你是鼬鼠,没错。"

"当然,如果他们刚好是你的朋友……"

"不是,鼬鼠,完全不是。十九楼的人我半个都不认得,更别说什么债券商了。但你会小心吧?这样不是很危险吗?"

"一向很危险。"我说,厚脸皮地笑了笑,"也正因为这样才好玩。"

"哦,你真是个鼬鼠!就是没法不钻鸡窝。"

"不过我会小心的,"我向他保证,"我一个小时之内就出来,而这个——"我拍拍手提包,"会比现在重一点点。"

"然后你会直接回家?"

"我会走楼梯回到这里,"我说,"免得电梯服务员起疑。所以如果一个小时后你看到我出现在走廊这边,不要声张。"

"希望到时候我已经呼呼大睡了,"他说,"只要想到鼬鼠在六层楼之上努力工作,我就会睡得很好。"他朝我伸出手。"祝你狩猎愉快,鼬鼠。"

"谢了,老鼠。"

"动物名字,"他满足地说,"各有各的意义。明天见,我的好鼬鼠。"

"明天见。"我说，然后我们握手，各奔前程。他回到他的公寓，我走到楼梯间，然后假设我会去十九楼。

只不过我不是要去那里。

我的确爬了两层楼，然后坐在十五楼的楼梯间，好好整理脑袋里的思绪。（没错，我爬了两层楼，从十二楼爬到十五楼。你没看错，薄伽丘大楼没有十三楼，这就是为什么老鼠认为我的鼬鼠任务是在他的六层楼之上。）

他这样推测了，但不表示事情就会如他所想。

在十五楼想了好一会儿，我又原路返回，经过查尔斯·威克斯很快就会酣然入眠的十二楼，又经过八楼，迈克尔·托德可能在此安眠，可能有也可能没有伊洛娜·马尔科娃的陪伴。然后我一路下到五楼，5D外的走廊是空的，正中下怀。我边按电铃边想起上次在八楼几乎忘掉了这个步骤。如果这回有人在家，我真的会吓傻，但并没有。我放下手提包，拿出工具，挑开两个锁，进屋。

据我所知，十九楼住着一个债券经纪人，他娶了个大富豪家族的太太，而且去了奎古厄度周末，这是完全可能的。而且这个周末，薄伽丘大楼内有很多户公寓没人在，这也是毫无疑问的，里面的住户到汉普顿或马萨诸塞的南塔克或到属于罗得岛州界内的布拉克岛去了，留下值钱的东西。对于一只鼬鼠或是一个机灵的小偷来说，要拿到它们简直是轻而易举。

但我根本不知道他们住在哪一户，也不知道该如何轻易地查出来。我唯一有办法查到的，是今天下午在雷尔曼的公寓里打电话给一大堆房地产经纪人，得知薄伽丘大楼里面至少有三户公寓要出售。其中一户的现任屋主还住在里面。另一户目前高价出租，等八月底租约到期就可以出售了。

第三户，5D，则是空的。

向我介绍5D这户公寓的是科克兰房地产集团的弗瑞特太太。我用比尔·汤普森的名义跟她约好星期三下午来看房子，但我决定不用等那么久，所以现在我就出现在这里了。

我一锁好门，就迅速参观了一遍，用手电筒弥补窗外透进来的光线的不足。这户公寓面对公园大道，没有窗帘、没有百叶窗，也没有软百叶窗，总之万一外头有人刚好望向这里，没有任何东西能够模糊他的视线。当然我可以把灯打开——一名男子在一户空荡荡的公寓里踱步，也没那么可疑——但你永远无法预测什么事会让好事鬼打九一一，或穿过马路来向门卫告状。

这户公寓空得不能再空了，地板上什么都没有，墙上什么都没有，柜子里和厨房碗橱里也什么都没有。墙壁散发出微微的油漆味儿，拼花木地板上有打过蜡的味道。弗瑞特太太向我保证，这户公寓随时可以搬进来，屋主已经搬到了亚利桑那州的斯科茨代尔，而且价钱可以商量，不过弹性不大。"他们拒绝过好几个人。"她说。

他们不会有机会拒绝我。我不想买他们的公寓，连偷都不想。我进来已经是非法了，这点确定无疑，所以我可以跨过犯下重罪的那条界限，偷点东西，但我的动机其实很单纯。

我只想找个地方，睡七八个小时。

可是我挑的是什么鬼地方！如果能坐在一把舒服的椅子里一定很棒，但这里没有椅子——舒服或不舒服的都没有。如果能在一张有顶盖的四柱大床，或大大的铜床，或一个软软的长沙发上伸展四肢，一定很棒，但这里都没有，地板上连个旧床垫都没有。

如果能泡在澡缸里一定很棒。公寓里有两个设备完善的浴室，其中一个有崭新的现代淋浴设备，另一个有传统爪形撑架的巨大澡盆。我开始想象自己洗澡的情景——前面二十秒，水流出来都是锈红色的，但接下来既顺畅又清澈。然后我想到没有毛巾。无论如何我无法想象自己在浴缸里洗了个舒服的热水澡之后，站在那里等身上的水自然蒸发。我的手提包里有一些有用的东西，有可以明早换上的干净衬衫，有刮胡刀、牙刷、梳子，但我确定没有毛巾。

我放弃洗澡的念头，再四处看看。感谢上帝，留下了卫生纸，但据我所知，这是唯一没跟他们一起去斯科茨代尔的东西。

我不怎么困了,如果环境舒服一点的话,我会困的。上帝知道,这一天我真是累坏了。但现在看来,我应该还能清醒好几个小时。

至少我有东西可以阅读。我收拾行李的时候,在袋子里塞了一本沃德豪斯①的平装小说,我和卡洛琳后来都没动它,所以书还在里头。我可以把书拿去浴室,窝在澡盆里面,关上门,打开灯,很安全。

每个步骤我都做了,可是去开灯时,什么反应都没有。我又去另外一间浴室尝试,得到了同样的结果。好吧,是这样的,既然没人住,为什么还要付电费?幸运的是,我还有手电筒。这当然不是全世界最佳的阅读灯光,就像厕所马桶不会是理想的阅读座位一样,但眼下还过得去。

然后这一切都运作理想,直到我读到第六章,手电筒光线渐弱,成为柔和的黄色微光,这种光线很适合——比如说,做爱吧,但用来看书可不够。如果我是那种天生做事周到的人,袋子里面就会有几节备用电池,但我不是那种人,袋子里面没有,于是今夜我的阅读只能到此为止了。

够了,我到另外一个房间——客厅,或者是另一个卧

---

①沃德豪斯(P. G. Wodehouse, 1881—1975),英国作家,以幽默短篇小说闻名。

房,谁知道,谁在乎——然后在地板上摊平。我知道有的地板比较硬,我很幸运能睡在木头地板上,而不是水泥地。话是没错,可是休想说服我。我并不觉得睡在钉床上会比现在更痛苦。

衣柜里面没有衣架——那些浑蛋,真是搬得一干二净——所以我把裤子和外套搭在原来应该挂浴帘的杆子上,至于浴帘,也被拿走了。我脱掉鞋子,和衣而睡,用手提包当枕头。既然要用地板当床,那我的手提包也完全可以充当枕头。

可不能睡过头了,不过我当然没带闹钟。但我不认为这会是个问题。

我真的非这样不可吗?难道我不能去别的公寓?这是假日的周末,薄伽丘大楼的许多住户一定出城去了,最早要到星期一晚上才会回来。

假设我去开另一扇类似的门,如果没人在家,我就可以进去睡觉。就算有人在家,又有什么大不了?我偷过那种主人已入睡的公寓,甚至还在睡着的人的卧室里爬来爬去。没有人会说那是轻松的工作,但是面对这种状况,你只能说:至少你知道主人在哪里,不必担心他们突然回家吓你一跳。

现在状况不同,可主人睡在卧室,我就不能睡在客厅的沙发上吗?我确定自己会醒得比他们早,就算出事——他们发现我在壁炉前面睡着了,难道我不能编个说辞脱身？我会说，哎呀喝醉了，迷迷糊糊地耸耸肩。走错公寓了，真奇怪，走了什么运，我的钥匙正好开得了门。非常抱歉，保证不会再有这种事情，我马上回家。

这样的情形我完全不能接受吗？我应付得了，不是吗？

不，我坚定地告诉自己，不行。

我翻来覆去，试图找出一个最舒服的姿势，直到我沮丧地发现，刚才那个就是最舒服的姿势。我深深叹了口气，闭上眼睛。我就像一只小臭虫躺在光溜溜的地板上，而这并不是语言上的隐喻。这将会是一个漫长的夜晚。

这是漫长的一夜。

每过一个小时左右，我就会醒来一次——算是醒吧，然后看看表。接着我会再度闭上双眼睡觉——如果那也算睡的话，直到我再度醒来。

不断重复。

到六点半，我放弃了。我起身往脸上泼点水，用卫生纸擦手，穿上裤子和鞋子。我袋子里面有干净的衬衫、袜子和内裤，但我看算了，等有机会洗澡再换吧。

天亮了，于是我可以看书了。我回到那本小说的故事里，主角说的和做的每件事情在我看来都合理极了，我觉得这是个坏兆头。

到了七点半，我探了探走廊，有两个人在等电梯。我无声地关上房门，两分钟后，又看了一次，那两个人走了，可是又有其他人在等电梯。看来这种豪华大厦的假日早晨，电梯还挺抢手的，显然薄伽丘大楼的住户们很上进，不赖床。说不定他们跟我一样睡在地板上，所以才会像我这样急着起床干活儿。

我第三次打开门时，走廊里还有一个人，不过看起来是个清洁工，刚从电梯里出来，往另一头的公寓走去。我走出来，把门带上，没有像往常那样费事去上锁，麻烦够多了，懒得花那个闲工夫。这户空荡荡的公寓接下来会有好一阵子只有个弹簧锁护身，意思就是，任何人拿信用卡就可以进去，和那卷卫生纸亲密接触一下。

就这样吧。我轻快地走到楼梯间，把防火门在身后轻轻关上。

目前为止一切正常。

我爬了七层楼，边爬边告诉自己，很多人在健身房的机器上做同样的事情，还得花好多钱。我承认，途中我停下来休息了一两次，不过我还是爬完了。

到了十二楼的楼梯间，我停下来喘气，直到呼吸正常为止，花的时间比我愿意承认的要久。然后我把门拉开大约一英寸半，往外看，我挑对了楼梯间，从我站的地方恰好可以清楚地看到他的房门，虽然视野窄了点。

我蹲了下来，有好些年，我以为只有在西部片里才有机会看到蹲着的人。后来才知道，任何地方都可以蹲着，就算在公园大道的豪华大厦里也不例外。这样长时间保持同样的姿势不容易累，而且我也不容易被人发现；一般人只会看到自己双眼水平视线范围内的事物，现在我躲在走廊尽头一扇微开的门后，视线比平常低了一半，这样不太显眼。

我看看手表，还有十七分钟就八点了。看起来我的时间还很充裕，但待不了五分钟，我就开始担心自己错过他了。

根据他的说法，他是个习惯动物，每天早上在同样的时间离开公寓，出门例行散步。前一天早上，我曾在大楼门口的马路对面一边喝保丽龙杯里的劣质咖啡，一边等着他出现。他在八点十分的时候出来，而如果今天他遵守日常行程的话，应该是在七点四十五分到八点半之间离开公寓。

除非他并不遵守这套行程。

如果他比昨天晚，我等着就行了。我又不赶火车，也不是要去赴一个拖延已久的牙周病预约诊疗。但如果他提前了，比如早过七点半，那我在这里等他离开的这段时间内，就会看到他回来。

不妙。

要想神经过敏，自我折磨，只消花一点点时间斜视那扇关着的门，等它开启就行了。我没法阻止自己继续胡思乱想。我告诉自己，我犯了个大错，在那户空公寓里面浪费了太多时间。我以为我错过了他,以为正当我像个便秘的傻瓜蹲在这里的此刻,那户公寓其实根本空无一人。七点来会好一点,六点半就更好了。

另外,我能在这个楼梯口蹲多久?不会有人出现,问我他妈的为什么蹲在这里吗?楼梯间似乎不太可能挤满人,不管是住户还是工作人员。我也不认为会有很多人来来去去,但只要有一个心怀好奇的人,那么接下来我能期望的最佳状况,就是马上被请出这幢建筑。

时间慢慢地过去。换了鲍嘉会怎么样?我知道有一件事情他会做,就是抽烟。到了八点十分(这是他昨天出发的时间,见鬼,他现在到底在哪里?),楼梯间会有一堆烟屁股和烟灰。鲍嘉会很冷静地把烟屁股扔掉,狠狠地踩扁,毫不考虑地踢下楼梯。他会发疯似的猛抽,好一管烟枪,但到了采取行动的那一刻,上帝作证,他会面对一切。

但如果我直接过去,不顾一切地按门铃呢?此刻,再也不能空等下去了。如果他早走了,我就直接进去,不必在这儿待一整天浪费时间。如果他还在家,就会来应门,好吧,反正我总能编得出一些说辞的。

比如呢?

他的门打开时,我正在思索该讲些什么,而且认真想了半天还是想不出个头绪。然后他出现了,看起来很整洁,穿着法兰绒长裤和碎格子外套,戴着我第一次看见他时戴的那顶帽子,就是他替赫伯曼队长开门后看到我也在场,很惊讶地眨眨眼睛的那天晚上。

等电梯等了很久,但他非常有耐心,让我很想效仿。电梯门开启时,一对年轻男女从E户或F户公寓出来,男的喊了一声叫住电梯,让女的锁门。然后他们加入威克斯的行列,进入电梯,一起下楼去了。

我松了一口气,看看表。八点十五分。

三分钟之后,我进了他的公寓。

20

在他回家之前,我估计自己有一小时的时间可以干活儿。如果想保险一点,我只要在九点以前离开他的公寓就行了。

结果,远远没花这么长时间我就找到了想找的东西。我八点四十就离开他的公寓,然后很快就离开了那幢大楼。

我说不定还有时间冲个澡。

你知道,我考虑过。我可以脱掉衣服,在热水底下冲上几分钟,然后从他那堆松软的薄荷绿毛巾中抽出一条,迅速擦干身体。我可以把那条毛巾塞进我的手提包里,带走证据。他就没机会发现了。

但我没有。我也没有偷喝一杯残余的咖啡。他说不定会发现,天知道,我真需要喝杯咖啡,不过我是个好小偷,根本没碰他的咖啡。

进去,又出来。来到街上时,我四下看看,没看到他。我拦了辆出租车,把地址告诉那个种族不明的司机,然后膝上放着那个布兰尼夫航空公司的手提袋,往后一靠。我觉得全身脏透了,而且忍不住直打哈欠。

我的公寓大楼门前没有可疑的车子,我也不必担心会在大厅里碰到雷·基希曼,不过现在似乎不是冒险的好时机。我付钱给出租车司机后,刚好有个穿格子西装、系着条难看领带的男子从我打算进去的那扇门出来。"别关!"我大喊,他照办了。于是我不必费神挑开任何锁就进去了。

这种事情奇妙吧?我从来没见过这个家伙,所以他应该也不认得我,结果他倒是开门让我走进了这扇本应锁着的门。

我几乎想跟他谈谈,我觉得这是应该的。毕竟,我住在这幢大楼里,我最不希望看到的事情,就是无权进来的人在里面闲晃,危及住户——包括我在内。我曾用虚张声势、微笑、甜言蜜语进入过无数大楼,我知道这一套很管用,但我希望这一套在我住的地方行不通。

但是我管住了自己的舌头,下回再说吧。此刻,我还有很多事情要做。

首先是冲澡、刮胡子,两件都是紧急要务。然后换上干净的衣服,搭上去往市中心的地铁,在联合广场一家咖啡店好好吃了一顿丰盛的早餐。又是美好一天,是连续几天好天气的最后一天,也为阵亡将士纪念日的周末假期画上了句号。我喝了第二杯咖啡,然后吹着口哨走到书店。

拉菲兹给了我一个皇家欢迎式,它似乎是想知道摩擦我的脚踝能制造出多少静电。我马上喂了它,与其说是怕它饿死,倒不如说是防止它被我踩着。然后我把特价书的桌子拖到门外——我考虑过给这张桌子装上轮子,不过我知道,如果真装了,哪个低能儿就会来把桌子推跑,从此不见踪影。我把特价桌放在外头,不是因为想多卖几本赚钱,而是因为我需要这块空间。如果一切按照计划进行,今天下午我会有满屋子的客人。

第一个进门的人是毛克利。"哇!"他说,"伯尼,这么努力想发财呀?老兄,今天是假日呢,怎么不去海边玩?"

"我怕鲨鱼。"

"那书的事情怎么样了?真没想到你来了。昨天和前天都是卡洛琳在看店,现在你居然亲自过来了。你看过我上次给你的那些书了吗?"

当然没有,现在也没什么时间看,但我在柜台后面找到那堆书,迅速浏览了目录。是好货,有两本早期的《绿野仙踪》,里头的彩色卷首插画很完整。我们同意以七十五美元成交,扣掉卡洛琳之前给他的十美元订金,我在现金抽屉里面找到四张二十美元递给他。

"我没钱找呀,"他说,"你是想给我六十美元,另外五美元欠着,还是可以让我欠十五美元?我当然比较希望这样，不过也许你不想。"

"我看这么办好了，"我说，"你帮我搬一些家具，这样你就一毛都不欠我了。"

"搬家具？老兄，要搬到哪儿？"

"就在屋里，"我说，"我想腾出一个小空间，放几把折叠椅。"

"伯尼，你会有一大群客人上门吗？"

"不能说是一大群，大概六到八个吧。"

"对这里来说就是一大群了，我看这就是你要把东西搬开的原因。有什么节目？诗歌朗诵会吗？"

"不算是。"

"我不知道你还玩这套。以前我在路德罗街那边的一个小地方朗诵过自己的诗，那个店叫什么来着？双轮诗咖啡店？"

"黑色的墙壁和天花板，"我说，"黑色蜡烛插在猫食罐子里。"

"嘿，你居然知道！知道那个地方的人不多。"

"要找听众得花点时间。"我说，回想起有天晚上有人把艾米莉·迪金森①的诗配上《得州黄玫瑰》的调子，还有漫长得像永远念不完的俳句朗诵，尽量不让自己因为回

---

① 艾米莉·迪金森（Emily Dickinson, 1830—1886），美国诗人。生前只发表过十首诗，默默无闻。死后近七十年开始受到文学界的关注，被现代派诗人视为先驱。与同时代的惠特曼一同被奉为美国最伟大的诗人。

忆而战栗。"不过今天下午没有诗歌朗诵会，"我补充道，"比较像是私人销售会。"

"像拍卖吗？"

"差不多吧，"我说，"还有些戏剧性元素。"

他觉得听起来很有趣，我告诉他如果愿意的话可以留下来参加。他帮我把几张椅子从后面房间搬出来，这时卡洛琳出现了。她的贵宾狗工厂里有两把折叠椅，毛克利跟着她去拿。

他们一走，我就接到一个电话，等他们回来时，我又打了个电话。然后还真有几个顾客上门，其中一个问起一套八册的笛福作品集，我同意减价十五美元后，他就掏出皮夹，付了现金，这让我不禁怀疑，这些年来每逢星期天和假日一律公休，是不是个错误。

十二点半，卡洛琳到街角的自由斗士熟食店给我们三个人买了午餐。每人一个泽辛斯基三明治，裹在杂粮面包里，还有一瓶奶油苏打水。我们各坐一把椅子，再用另外两张拼起来当桌子放东西。吃完后我把椅子归位，往后站，看着眼前的成果。

卡洛琳说看起来很好。

"这部分简单，"我说，"不过你觉得会有人来吗？"

毛克利双掌合十微微躬身。"你建造起来，"他故意憋出低沉而响亮的声音宣布道，"他们就来了。"

一个小时后，他们果真陆续都来了。

＊　＊　＊

最早来的两个人，我以前从没见过，但即使如此，我还是立刻就认出来了。高个子那个胖得要命，大鼻子大下巴，还有显眼的眉毛。他穿着白西装，里面是有翻边袖口的白衬衫，白配白，袖扣是一对价值五十美分的金色廉价货。黑色的贝雷帽戴在那头铁灰色的浓密头发上，搭配得十分合适。

他的同伴是个瘦子，下巴窄小，犹疑不定的两只小眼睛靠得很近。他的那种苍白，好像是睡在棺材里的人才可能有的。阴郁不悦的嘴角叼着一根点燃的香烟。

胖子看看我们，礼貌地向卡洛琳点点头，再看看毛克利和我。"罗登巴尔先生，"他对我说，"我是格列高利·查诺夫。"

"查诺夫先生，"我说，跟他握手，"您能来真好。"

"我们好像来早了，"他说，"准时是我的缺点，先生，太过准时的人常常会遭受失望的待遇。"

"希望你今天不会失望。"我说，"我还没见过你的——呃——朋友，但我相信我们在电话里讲过话。"

"正是。威尔弗雷德，这位是罗登巴尔先生。"

威尔弗雷德点点头，没伸出手，我也没伸。"幸会，"我尽可能诚挚地说，"呃，威尔弗雷德，恐怕我得请你熄掉香烟。"

他看了我一眼。

"烟味会薰着书。"我说,其实还可以补充说会污染空气。威尔弗雷德瞥了查诺夫一眼,查诺夫轻轻点点头。于是威尔弗雷德把香烟从嘴上拿下,我还以为他会扔在地上,不过没有,他把门打开,熟练地弹到街上。

"糟糕的习惯,"查诺夫说,"但这位年轻人有其他的特质,让我离不开他。要我放弃他,就好像要他戒掉尼古丁一样困难。不过我们不都是某种事物的奴隶吗?"

我非常同意,然后引导他坐到我的大椅子上,说他会发现这张椅子最舒服。他庞大的身躯落在上头,椅子似乎还能承受这个重量。没了香烟的威尔弗雷德依然很阴郁,他挑了主人旁边的一张折叠椅坐下。

"我想,"查诺夫说,"我们可以从守时的酸涩苦果里面制出爽口的柠檬水吗?先生,我在这里,你也在这里,我们就此达成协议,让迟到的人一边凉快去,你说怎么样?"

"啊,但愿我做得到。"

"你的确做得到,先生。只要用行动达成愿望就行了。"

我摇头。"这对其他人不公平,"我说,"而且这么一来,会留下一些很重要的事情没有交代。况且,其他人随时会到。"

"我想也许你是对的。"他说,然后朝门点点头,门口有个两手提了一堆袋子的女人正设法腾出一只手来抓门把手。

是那个嬉皮士,麦琪·梅森,她满怀期望地喘着气说:"真想不到你们今天会开门,拉菲兹怎么样?它也工作吗?或者你今天放它假?"

"它一直在工作,"我说,"其实我倒是没在工作,我们今天不营业。"

"是吗?"她看看周围,"真奇怪。看起来你在营业,而且店里很多人。"

"我知道。"

"是啊,当然,你当然一定知道,不是吗?可是你的特价桌摆在外头呢。"

"那是因为今天下午店里摆不下。"我说,伸手去拿"停止营业"的牌子,挂在橱窗上,"我们今天下午有个私人拍卖会,明天老时间会照常营业。"

"私人拍卖会!我可以参加吗?"

"抱歉——"

"我是个非常冲动的买家,真的。记得我上次来吗?本来只是进来看看拉菲兹的,结果看我买回家多少书。"

我记得很清楚,做我这行的谁忘得了?一笔两百美元的交易,完全是意料之外。

"拜托,罗登巴尔先生,真的拜托你好吗?"

老实说,我还真犹豫了一下,脑子里想象着她眼睛亮闪闪地坐在那儿,准备出价击败所有人。一切尘埃落定后,她又多了一打艺术书和那套皮面精装的巴尔扎克。

"很抱歉,"我不情愿地说,"这次拍卖真的只是私人性质。不过下次我会把你列入邀请名单,你看这样好不好?"

至少已经好得可以把她送走了。我转身回去面对客人,正要说话时,毛克利向我示意,我走到门边把门打开,迎进提格拉斯·雷斯莫里安。

今天他穿了一件系带的军用大衣,里面的衬衫不是叫柿子色就是南瓜红,就看你喜欢哪个邮购目录的说法。他还是戴着那顶巴拿马草帽,但我发誓他换过帽带上的羽毛,好让颜色跟衬衫搭配。"罗登巴尔先生。"他进门时说。然后他看到了穿白西装的男子,脸颊上的色斑看起来好像自燃了一般。

"查诺夫,"他喊道,"你这斯拉夫之耻!龌龊的死胖子!"

查诺夫抬抬眉毛,其他部位没怎么动。"雷斯莫里安,"他喉头颤动着,恨恨地说出这个名字,"你这亚述窝囊废,黎凡特[①]杂碎侏儒。"

"你怎么会在这里,查诺夫?"他又转向我,"他怎么会在这里?"

---

① 指地中海东部沿岸诸国家和岛屿,包括叙利亚、黎巴嫩等在内的自希腊至埃及的地区。

"每个人总得有个地方待吧。"我说。

这个答案安抚不了他。"没人告诉我他会在这儿,"他说,"这下我可不高兴了。"

"见到你我倒是很高兴,提格拉斯。我发现你的长相越来越龌龊了。知道你没在别的地方闯出什么大祸,真令人宽慰。"

他们看起来剑拔弩张。雷斯莫里安一只手滑进军用大衣的口袋,他对面年轻的威尔弗雷德也将一只手伸进密尔瓦基酿酒人队的厚夹克里。

"绅士们,"我说得名不副实,"好了。"

对面的卡洛琳似乎正四下张望,打算万一开火就找个地方躲起来。站在她旁边的毛克利则好像没那么紧张,或许这套他玩腻了,想想他在自己声称为"家"的那些废弃建筑里,必然早已习惯这些。又或许他以为这只是两个藏书家为了什么难得的珍本书而吵得不可开交,威尔弗雷德只是伸手要掏烟,雷斯莫里安则是要拿手帕。

一时之间,没有人动,两人玛瑙色的眼珠紧紧盯着对方。然后,仿佛回应某种人类耳朵无法觉察的高频率声音,他们又同时抽出空空如也的手。

我承认,我的呼吸顺畅了些,我不希望他们互相射杀,不能在我店里,当然也不能在这场游戏才刚开始的时候。

* * *

下一个到达的是威克斯。

他站在门边,看了一眼"停止营业"的牌子,转动门把,走了进来。他的一身穿戴和早上我看着他离开公寓时一样——碎格子外套,法兰绒长裤,褐白相间的双色鞋,还有那顶可可色的帽子。今天戴帽子的可真不少,有查诺夫的贝雷帽,雷斯莫里安的巴拿马帽,还有威克斯整洁的小礼帽。我从没看过那么多帽子同时出现,牧歌剧院除外,那里有时帽子多得把银幕都填得黑压压的。

查诺夫和雷斯莫里安还戴着帽子,但威克斯一看到卡洛琳就摘了下来,警戒的眼睛扫视室内,然后漾开一个笑容。

"格列高利,"他说,"能再见到你真好;还有提格拉斯,真荣幸见到你。实在没想到你们两位会在这儿。"他的语气就好像我们从不曾花许多时间讨论过这两位似的。然后他愉快地朝威尔弗雷德笑,威尔弗雷德正严厉地回瞪着他。"真不敢相信有此荣幸,"他说,"格列高利,不介绍一下你的年轻朋友吗?"

查诺夫说:"查尔斯,这位是威尔弗雷德。威尔弗雷德,这位是查尔斯·威克斯。好好盯着他。"

威克斯重复一遍。"好好盯着他,嗯?你这是什么意思,格列高利?"然后对威尔弗雷德说,"幸会,小子。"伸出了手。威尔弗雷德只是看看那只手,没有要去握的意思。

"看在上帝的分上,"威克斯嫌恶地说,"像个男人一样握握手吧,可怜的浑蛋臭小子。这样好多了。"他在裤子的大腿部位上擦擦手,转向我。"鼬鼠,"他热情地说,"把我介绍给这些好人吧。"

我介绍了,威克斯朝卡洛琳的手弯腰,双唇轻啄了一下她的手背,然后和毛克利握手,问他是不是真的由狼抚养长大的。毛克利告诉他,起先是由它们养大,后来就养不大了。

我说:"找个位子坐吧,查理。"

"哦,谢了,"他说,"是的,我想我会的。"他花了一点时间琢磨究竟该坐在哪儿,最后选了查诺夫左边的两个位子,把帽子放在他们中间的那张椅子上。"毛克利这个名字出自吉卜林的《森林王子》,但你当然知道这个,对不对,格列高利?"查诺夫对着这个问题转转眼珠。"小子,你父母很迷吉卜林吧?还是你自己选了这个名字?"

我们无缘知道答案了,因为毛克利回答之前,门正好打开了。我知道是谁,当她走过店前的人行道时,我就看到她了。我想盯着其他人看她的表情,但管不住自己。她走到哪里,我的眼睛就跟到哪里。

昨日重演。

所以我要再说一次,这次大声地说出来。"世上那么多城市中的那么多家书店,"我说,"她偏偏走进我这家。"

21

她当然记得这句台词。她的眼睛因此而发亮,脸上展现出她特有的微笑——那如同蒙娜丽莎吞了金丝雀一般的笑容。"伯尼。"她说,只不过她说的当然不是这样。"伯尼尼"——这才是她说的。

我说:"见到你真好,伊洛娜。我很想念你。"

"伯尼尼。"

"你一个人吗?我还以为你应该有同伴。"

"我想自己先进来,"她说,"好确定……该来的人都来了。"

"看看这些人,"我说,"你觉得他们是该来的吗?"

现在我可以看其他人了,这幅景象也确实好看。已经摘下帽子的查尔斯·威克斯站起来,微笑着。查诺夫没站起来,不过抓下他的贝雷帽,双手握着放在膝上。他望着伊洛娜的眼光,像试图为她准备最好的餐点的餐厅经理。雷斯莫里安也拿下帽子,在手里握了一会儿,然后又戴回头上去。他眼中充满绝望的渴慕，我非常了解他的感受。

我看不透威尔弗雷德的眼神。他严厉的小眼睛看着她，打量她，不带任何感情。

天知道伊洛娜看着这群人时心里在想什么，但显然没发现什么拖延她的行动的事。"我马上回来。"她说，然后冲出门，过了一会儿和迈克尔·托德手拉手返回。他穿着一件灰色人造丝西装，虽然没戴帽子，不过大红色的领带上浮着十来顶五彩的帽子。

"迈克尔，"她说（听起来是某种介于"迈克尔"和"麦凯尔"之间的音），"这位是伯尼尼。伯尼尼，我要你见见——"

"可是我们见过了，"迈克尔打断她，"只不过他的名字不是伯尼，而是——"他搜寻着记忆，"比尔！比尔·托马斯！"

"汤普森，"我说，"不过还是很厉害。我没想到你会留意。"

"他来敲门，"他告诉她，"前几天早上，来替慈善机构募款。"他眯起眼睛，"他说他是替慈善机构募款。"

"美国髋关节发育不良协会，"我说，"你的钱去了那儿，不必担心。一项有价值的事业，如果你想听的话，我确定凯瑟小姐会很乐意告诉你所有你可能想知道的细节。"

"但你不是汤普森先生，你是伯尼先生？"

"我姓罗登巴尔，"我说，"不过你可以叫我伯尼。但何不坐下呢，殿——"我没说完，转而说，"还有你，伊洛娜。我以为会有另一个人陪着二位的，事实上应该是由他去接你们，我有点吃惊你们居然自己来了。我不想在他到达之前开始，所以也许我们可以——"

"也许我们可以开始了。"雷·基希曼从门口发话。他用肩膀顶开门，冷冷的眼睛斜乜着众人，然后一只胳膊肘就近撑靠在书柜上。他穿着一件昂贵却不怎么合身的西装，要没戴帽子那才叫奇怪呢，他戴了顶软呢帽。我正好在想所有的便衣警察都该戴帽子，就像电影上演的一样，不过实际生活中多半不是如此，而我不记得之前看过雷戴帽子。他戴着看起来挺不错的。

"我啊，"他说，"我真感动呢，伯尼，没想到你会等我。要把我介绍给大家吗？"

我绕着圈子一一报上名字，最后轮到雷。"这位是雷蒙德·基希曼，"我说，"服务于纽约市警察局。"

出现了一些有趣的反应。查尔斯·威克斯的眼睛亮了起来，脸上的笑意更深。查诺夫看起来很不开心。雷斯莫里安的表情中有种认命的味道，这个介绍对他来说不会太意外，因为他之前已经遇到过雷两次了。虽然雷的出现对他来说不算震撼，可是看起来似乎每次雷斯莫里安造访巴尼嘉书店，雷都会出现。

威尔弗雷德似乎也不惊讶，我猜这是因为雷一进门他就知道来了个警察。我觉得威尔弗雷德是那种在一个街区之外就能闻到警察气味的家伙。但另一方面，就算我介绍雷是大通银行的副总裁，专门负责修复出故障的自动提款机，我也不认为威尔弗雷德的表情会有任何变化。他本就不是个情绪外露的人。

总之，反应最大的是洛伊娜和迈克尔，他们俩结结巴巴地喃喃低语，说压根儿没想到雷会是警察，还以为他是移民局的人。

"这可好玩了，"雷说，"不过我知道你们怎么会有这个印象，也许我说得不清楚，舌头一溜把NYPD（纽约市警局）不小心讲成了INS（移民局）。这些单位全都是一堆缩写，就算讲成AFL-CIO（美国劳工联盟）也不稀奇。不过伯尼没说错，我是警察，也许形式上我该把这个念给你们听，'你有权保持沉默……'"他当着所有人的面把"米兰达警告"一直念完。

"我不懂，"查诺夫说，"先生，我所听到的意思是，我们都被捕了，是吗？"

"不是，"雷说，"我为什么要逮捕谁呢？我看不出谁违法了，就算看到，我也不急着抓人。现在抓人可麻烦了，处理文书工作至少得耗费十二到十五个小时，我为什么要这样做呢？刚才我进来之前，看到有个小伙子偷走了伯尼外头桌上的一本书，你觉得我会因此去逮捕他吗？"

"也许不会。"我说。

"当然不会。所以如果这个房间里刚好有人带了武器，不管有没有执照,只要不见光,就不必担心。同样的,如果在场有人身上带了有效的搜查令,也不必担心,这不是我来这里的目的。"

"可是你刚刚念了那些逮捕前的警告。"查诺夫坚持道。

"那只是为防止偶发事件的程序,"查尔斯·威克斯说,"说白了,格列高利,从现在开始,任何人所说的任何事情,都可能成为呈堂证供。至少假设上是如此。我不知道律师或法官会怎么办。"

"律师会赚点小钱。"雷说,"一向如此。至于法官怎么办,从来没人知道。而我念'米兰达警告'的真正原因,是因为这样大家才会当真,虽然这是非正式场合,而我来这里只是看我的老友伯尼打算从他的帽子里面变出什么花样。他以前也玩过这套,我必须承认,通常他还真变得出兔子来。"

这是在点我接话,我正等着呢。我首先想到的台词是:"各位一定很好奇,我为什么把你们全找到这里来。"我承认这句台词以前的效果不错,但这回却不适用。他们不好奇,他们早就知道了——或以为自己知道。

"首先谢谢各位的光临,"我说,"我知道各位都很忙,也不想耽误你们太多时间,所以我就直接进入主题了。"

正要进入主题之际,有个家伙偏偏在这个时候从门口探进头。"牌子上说你们已经打烊了。"他说,一副不高兴的口气。

"的确。"我说,"现在是私人拍卖会。明天会按照正常时间开门营业。"

"可是你的桌子还在外头,"他说,"而且门也没锁。"

"我会解决的。"然后当着他的面关上门,扣上门扣锁住。他瞪了我一眼,转身离去,我也转身面对客人。

"对不起,"我说,"毛克利,如果还有人想进来——"

"我来应付。"他说。

"谢了。我刚才讲到哪里?"

"你正要进入主题。"查尔斯·威克斯说。

"对。"我说,靠在一面书架上,"我要告诉各位一个故事,也许会有点迂回曲折,因为这个故事在好几个不同的时间、好几个不同的地方开始。源头要追溯到十九世纪,民族主义情绪开始将奥匈帝国和奥斯曼帝国搅动得动荡不安。这些巴尔干半岛民族主义的其中一股,使得一个年轻的塞尔维亚人射杀了奥国公爵,引发了第一次世界大战。战争终了时,整个西方世界都号召民族自主,独立运动在欧洲遍地开花。安纳特鲁利亚也是其中宣布独立的国家之一,那是个王国,君主是弗拉多斯一世国王。"

这些对他们都不是新闻,除了雷和毛克利,或许还有威尔弗雷德。不过每个人都专注地听着。

"安纳特鲁利亚人用尽办法,让这个国家的主权宣言更有分量,"我继续说道,"他们在布达佩斯印刷了好几套邮票,其中一些真的在安纳特鲁利亚领土内使用过。另外还铸造发行了几种硬币,送给这个新国家的友人,不过从来没有真正流通过。他们还颁发过几种奖章,上面有新国王的肖像,赠给几个独立运动中的领袖人物。"

"这些奖章,稀有得就像母鸡的牙齿,"查诺夫宣称,"在收藏市场上很抢手。"

"当美国总统威尔逊和法国总理克里蒙梭在凡尔赛重定欧洲版图时,"我继续说下去,"安纳特鲁利亚人的希望落空了。本来应该是安纳特鲁利亚的领土,被分配给罗马尼亚、保加利亚,还有南斯拉夫。弗拉多斯国王和莉莉安娜皇后的余生都在流亡,但仍然被那些矢志重建安纳特鲁利亚的人奉为精神象征,然而整个运动早已死亡。"

"火光摇曳,"伊洛娜喃喃道,"但从未熄灭。"

"或许吧,"我说,"不过想用这一丝火烧开一小壶水,得花上很漫长的时间。接着,第二次大战期间,安纳特鲁利亚游击队员扮演了积极的角色。"

"他们是投机分子,"查诺夫插嘴,"为了利益可以随时转变立场。今天与安特·帕韦利奇的克罗地亚乌塔斯小队并肩作战,暗杀塞尔维亚人;明天又站在塞尔维亚人那边,掠夺克罗地亚村庄。他们是支持还是反对希特勒?那要看你什么时候问这个问题。"

"他们支持安纳特鲁利亚,"伊洛娜说,"每一天、每一周、每一月、每一年。"

"他们只顾自己,"提格拉斯·雷斯莫里安说,"但谁不是呢?"

"战争结束后,"我继续,"分布于那片土地的各国领土基本维持不变,不过各国政府却发生了天翻地覆的变化。苏联的影响力很快就覆盖了整个东欧,杜鲁门总统必须暂时画一条线,让希腊和土耳其在铁幕的这端。好几个美国情报机构——至少战争时期的产物,美国战略情报局——曾为这个颇具战略意义的地区寻求平衡的可能。"我皱眉,受不了自己的声调。最近看了那么多电影,我的声音却听起来像爱德华·默罗[①]在纪录片里的声音。

"在派往这个地区的众多秘密行动小组中,"——该死,我还是那个声音——"有一个由五个美国情报员组成的小组。"

我犹豫了片刻,查尔斯·威克斯看穿了我的心思。"哦,他们都是美国人,没错。山姆大叔热血沸腾的侄儿们,不会拒绝为国效命的大好机会,绝对不会。"

"这五个美国人,"我迅速接口,"是罗伯特·贝特曼和罗伯特·雷尼克,查尔斯·赫伯曼和查尔斯·伍德,以及查尔斯·威克斯。"

"查尔斯·威克斯?"雷说,"就是在场的这家伙?"

"就是在场的这家伙。"查尔斯·威克斯说。

方便起见,我说明两个罗伯特后来分别变成鲍伯与罗

[①]爱德华·默罗(Edward R. Murrow,1908—1965),美国广播记者,曾主持哥伦比亚广播公司欧洲部工作。

伯，三个查尔斯分别成为队长、查克以及查理。"还有，"我说，"他们都有动物的名字。"

毛克利说："动物的名字？抱歉，伯尼，我不是故意插嘴，只是想确定我没听错。"

"动物的名字，"我说，"你没听错。其实是代号，贝特曼是兔子，雷尼克是猫。"

"事实上，"威克斯补充，"当时有当时的想法，但现在看来，其实意义不大。"

"不过我还是说完吧。赫伯曼队长是公羊，而查尔斯·威克斯是老鼠。"

"吱吱吱。"查尔斯·威克斯说。

"至于查克·伍德的象征，毫无疑问，就是土拨鼠。他的代号是唯一一个玩了文字游戏的，而非参照人格特征取的，我提到这一点，是因为这跟后面发生的事情有关。我纯粹是猜的，但我相信伍德是自己挑选了这个代号。"

"哈！"威克斯说完看向左上方，试图回忆着。"你知道，"他说，"我想你是对的，鼬鼠。"

卡洛琳说："鼹鼠？"

我没理会他们。"五个美国人，"我说，"每个人都有个动物代号，在巴尔干半岛从事秘密活动。和各种不同立场的游击队和异见分子来往，只为了要颠覆……南斯拉夫？罗马尼亚？保加利亚？"

"任何一个，"威克斯梦呓般地说道，"或三者皆是。

很棒,不是吗?我们这些汉尼拔的动物们[①],的确是物以类聚。"他朝我眨眨眼。"还有一个人,我没告诉过你,对吧?华盛顿有个领导我们的老家伙,他的代号是汉尼拔,别问我为什么,不过我们叫他大象。"

他双手的手指交叠。"不过别让我扯远了,鼬鼠。这是你的宴会,说故事的人是你。"

我说:"他们发现了一个可行的方法,就是安纳特鲁利亚的独立运动。因为独立的火种未曾熄灭,只是沉寂了一二十年。弗拉多斯国王的妻子已经过世,现在的他是个七十多岁的老鳏夫,和管家住在西班牙的某个无名海岸。过去四十年,他的生活还是一样,和其他没落的王族喝酒、玩牌。他对安纳特鲁利亚的复国大业来说是个有价值的象征,但你不能指望他大步踏入新爱国运动的行列中。他最不愿意做的事情,就是为了参加安纳特鲁利亚山间密室的聚会,而放弃西班牙的阳光。"

"是山脉。"伊洛娜说。

"不过弗拉多斯和莉莉安娜有个儿子,用法语说是L'aiglon,他是幼鹰,是等待继位的王子,也就是安纳特鲁利亚的王储。"

"小马,"威克斯补充,"你知道我们称呼老头子为种

[①]汉尼拔(Hannibal,前247—前182),迦太基将军,在第二次布匿战争中,率领部队翻越欧洲最高山脉阿尔卑斯山,进入意大利攻打罗马军队。历史学家后来在这条路线上发现许多粪便沉积物,据此推测汉尼拔大军中包括三十七头战象和约两万匹战马。

马,不过只是我们几个私下说说。他的牙齿长得像马,后来他退休了,所以他的儿子就是小马。"

"他叫托多尔,托多尔·弗拉多夫。安纳特鲁利亚人的名字就是这样的,基督教名加父亲的名字。他的父亲叫弗拉多斯,他就姓弗拉多夫。就像你的名字,"我朝伊洛娜点点头,"你叫伊洛娜·马尔科娃,你父亲的名字就应该是马尔科。"

"有什么隐情?"提格拉斯·雷斯莫里安问道,"你说她父亲的名字'应该是'马尔科,为什么说应该?那其实是什么?"

"就是马尔科,"她愤慨地说,"马尔科·斯托申科,从没变过,他绝不会改名的。"

虽然听到了这段告白,不过你不会想知道背后的故事,相信我。

"托多尔·弗拉多夫的父亲登上安纳特鲁利亚王位时,他还只是个学步的小孩。而'鲍伯与查理秀'接管安纳特鲁利亚独立运动时,他才三十岁出头。"

"时光如水,先生,"查诺夫说,"岁月不等人,钟声为我们所有人敲响。"

"他这话什么意思?"雷斯莫里安突然叫道,"他为什么不说点能让人听懂的话?"

"如果你的认知能力赶上身体的发展,"胖子说道,"也许你就能听懂那个简单的句子了。"

"死胖子,"雷斯莫里安说,"索卡西亚贪吃鬼。"

"你这活该被土耳其人灭种的地毯贩子。"

"你妈怀你的时候,就是跟骆驼躺在那张毯子上的。"

"你妈才跟公猪滚在泥地里,先生,因为她的丈夫带着毯子私奔四处叫卖去了。"

然后他们都讲了一些我听不懂的话。听起来好像双方讲的语言不同,我不知道他们是否听得懂彼此的话。但他们一定听懂了大概的意思,因为雷斯莫里安的一只手又伸进了军用大衣口袋里,而查诺夫身边的那位杀手喽啰也把手伸进了厚夹克。

"就此打住吧。"雷说,如果他手里没有左轮枪才怪呢,一把又大又旧的警用特制手枪。我猜不出上回这把枪开火或打靶练习是什么时候了,很可能扣下扳机枪就会在他手里爆炸,不过其他人不知道。提格拉斯头一歪,缩了缩身子,不过手从口袋里面抽了出来。威尔弗雷德也亮出空空如也的手,但仍保持着他那很不亲切的神情。

"回到安纳特鲁利亚,"我飞快地说道,"老弗拉多斯国王也许放弃了巴尔干王国的梦想,但他的儿子托多尔迷上了这个想法。通过跟美国情报员的接触,他秘密回到安纳特鲁利亚,跟潜在的支持者进行一连串会面。公开起义的舞台已经准备妥当。"

"一点希望都没有,"查尔斯·威克斯沉吟道,"天哪,看看俄国人在布达佩斯和布拉格干过些什么,看看他们给这世界制造的麻烦又换来了什么下场。"他叹息道。"那都是我们之后的事情了。我们鼓动安纳特鲁利亚人起义,好让俄国人镇压他们。"他朝伊洛娜悲伤地微微一笑,伊洛娜听了他刚刚说的话,一脸骇然。"抱歉,马尔科娃小姐,不过这是我们的工作。去搅和、捣蛋,让共产党难堪。就像韦纳·冯·布劳恩①和他的火箭一样。他的工作是让火箭离开地面,至于怎么回到地面则是别人的事情。他曾写过一本自传,叫《瞄准群星》。"他眨眨眼,"也许他是这么想的吧,不过实际上瞄准了伦敦不少回。"

"安纳特鲁利亚的起义没能成形,"我接着说,"出了叛徒。"

"是土拨鼠,"威克斯说,"至少我们一直是这么想的。"

"美国人四散逃逸,"我说,"丢下这个国家。政府当局扫荡了安纳特鲁利亚,把独立运动的首脑抓了起来。有几个判了很长的刑期,还有几个被处决。根据谣言所说,托多尔·弗拉多夫后颈吃了颗枪子儿,被秘密埋葬,没有立墓碑。但事实上,他及时溜过边界,再也没有回到安纳特鲁利亚。"

雷想知道他今年多大年纪了。

"应该是将近八十,"我说,"不过他去年秋天死了。"

---

① 韦纳·冯·布劳恩(Werner von Braun,1912—1977),原为希特勒旗下火箭场主任,曾研发火箭向英国发射多次,后成为美国火箭先驱。

"那宝藏呢?"查诺夫说,"托多尔一死,宝藏怎么样了?"

"宝藏?"

"就是战争基金,"雷斯莫里安不耐烦地说,"安纳特鲁利亚的皇家军费。"

"奥匈帝国和奥斯曼帝国垮台时,老弗拉多斯的支持者从中捞了一大笔,"查诺夫解释道,"后来在凡尔赛失利后,他们便收拾细软跑到苏黎世,在那里成立了一个瑞士公司,把所有一切都投入进去。那个公司的流动资产存在一个账户里,其他则存进了保险箱。"

"大部分东西应该是不值钱的,"雷斯莫里安说,声音仿佛是从军用大衣的深处透出来的,"沙皇时代的债券、左派或右派独裁者征收的所有权契约,还有一些倒闭公司的股票。"

"亚述人说得没错,先生。大部分的确毫无价值,但还有一些可能很值钱。依法有效的契约、发达公司的股票。另外,虽然一个没落政权发行的债券和钱币的价值只是引起人们的好奇,但之前被他们掠夺的企业和房产如今都身价可观。"

"没人知道总共价值多少。"雷斯莫里安说,脸上的斑点更红了。

"的确,先生。没人知道那个账户里还剩多少钱,也不知道这个团体还保有多少资产。老弗拉多斯花掉了多少？他那个怀着神圣回忆的儿子呢？人们不会像骗子检验编造的谎言一样仔细检查那笔财产。"

"弗拉多斯有收入，"威克斯说，"别忘了，挑选他坐上王位的人，可不是从贫民窟挖出他的。他是瑞典国王的远房亲戚，据说母系还是奥地利大公国女王玛丽亚·特蕾西亚的后裔。莉莉安娜皇后是英国维多利亚女王的侄孙女什么的。他们没富有到可以向比利时国王利奥波德二世买下刚果，但莉莉安娜也从来不必去超市打工赚钱。他们有收入，而且就靠这笔收入过日子。"

"那托多尔呢？"

"小马的情况也一样。我们不是拿白花花的银子在他面前晃，才把他拐回安纳特鲁利亚的。他自食其力，在一家跨国投资财团工作，被外派到卢森堡，日子过得很舒坦。"他笑笑，"我们是用自尊心让他上钩的。他觉得如果头上有个皇冠，看起来应该不错。"

"他是个爱国者，"伊洛娜说，"他会帮你们，不是为了面子，而是一种自我牺牲。"

"小姑娘，你怎么知道得这么多？你还没出生，他就离开安纳特鲁利亚了。"

威克斯听起来似乎并不指望得到答案，而她也没回答。我说："我们迅速回到现代，好吗？我想告诉你们有关雨果·坎德莫斯的事情，这是个不寻常的名字，他也的确是个不寻常的人，博学又气度不凡。今年稍早时候，他来到纽约,在上东区租了一套公寓。前阵子,他到我店里来,向我作了自我介绍,然后说服我去离他家几个街区外的一户公寓偷一个皮资料夹。"

"你,伯尼?"发问的是毛克利,他可能是全屋子里唯一不知道我卖书之余从事什么行当的人,"他为什么觉得你可以去帮他做这种事情?"

"当时,"我说,"我以为就像他所说的,他是从一个我们共同的朋友那儿听说我的,这位朋友名叫埃博尔·克罗。"雷斯莫里安和查诺夫一听到这名字都瞪大了眼睛,这点并不令我意外。"到死之前,埃博尔·克罗都是他那一行里的顶尖人物,他做的恰好是收受赃物这一行。"

"他是个销赃人,没错,"雷·基希曼同意道,"而且是这一行里最最出色的人物。"

"而我是个小偷。"我说,毛克利一听瞪大了眼睛,但保持沉默,也许是因为卡洛琳的胳膊肘顶着他的肋骨,"不过现在我的想法变了,我不认为埃博尔会泄露我的名字。"

"埃博尔为人很小心。"查诺夫说。

"没错,"我同意,"即使他提过我的名字,过了这么多年,坎德莫斯需要一个小偷时,他怎么还会记得?我不认为事情像他所说的那样。"

"他一定是去查了电话簿。"查尔斯·威克斯说。

"我不这样认为,"我说,"我想他是跟踪了伊洛娜。"

* * *

"两个星期前,"我对着伊洛娜说,"你走进我的店里。我试着想弄清你怎么会来,因为我难以相信这是巧合。结果一切就只是纯粹的巧合,没有其他的原因,不是吗?之前我从没见过坎德莫斯,没听说过这个屋子里的任何人,也从不知道世上有安纳特鲁利亚的存在。

"你只是进来找书看。你挑了一本书,我们聊了起来,发现我们都热爱亨弗莱·鲍嘉。纽约刚好正在举行一个亨弗莱·鲍嘉的电影节,你知道这件事,于是我们约了当天晚上在剧院碰面。然后不知不觉的,我们每天晚上都出去,一起看两场电影,从同一个桶里拿爆米花吃,然后各自回家。"

我看着她的眼睛,心中想着鲍嘉,试图从他那儿借来一点儿高贵。"你是个美女,"我说,"如果你给我一点点暗示,我会毫不犹豫地朝你飞奔而去,但你从没有。从一开始就很明显,你另有心上人。没关系,我喜欢有你相伴,我猜你也喜欢有我相伴,但我们都共同喜欢的,只是看电影。"

此刻她眼里泛出感激,还有一丝解脱,还有一些其他的,也许是渴望吧。

"我不知道你来书店时,坎德莫斯是不是正在跟踪你,"我说,"也许没有,但如果他曾跟踪你,就很难不碰上我,因为我们一星期有七天一起去看电影。他想知道我是谁,而要查出来并不困难。他打探的结果是,我的副业是小偷。"

"开书店才是副业。"雷插嘴。

我没理他。"坎德莫斯需要一个小偷,"我说,"他也许真的认识埃博尔·克罗,他大战时曾被关进集中营,来纽约前又在欧洲四处混过。他得知我是个好小偷——"

"最好的。"雷说。

"又提到一个共同朋友的名字,以示真诚。他说动了我,而当他要我去偷一户人家,我却没有特别的反应时,他就知道,伊洛娜没告诉我住在那里的人是谁。"

"那人是谁?"雷想知道。

"是她生命中的男人,"我说,"也是坎德莫斯一路追踪到纽约来的人。他就在这里,迈克尔·托德先生。"

"《环游世界八十天》[①],"毛克利说,"好电影。但他不是坠机了吗?"

"迈克尔·托德,"我说。"你的英语说得很好,没什么口音,有没有可能你的姓名也跟你的口音一样美国化了?你把名字转成英语了,对不对?你何不告诉大家,你原来的姓名是什么?"

"我相信你会告诉他们的。"他说。

"麦凯尔·托多洛夫,"我说,"托多尔·弗拉多夫的

---

①这部电影的制作人是美国著名电影制作人迈克尔·托德。

独生子,也是弗拉多斯一世唯一的孙子。另外,顺带一提,他是安纳特鲁利亚王位的合法继承人。"

22

我想我们都被皇室身份唬住了。屋子里一半的人肯定早就知道或怀疑迈克尔在整件事情中所扮演的角色,但大家都保持沉默,直到卡洛琳打破寂静。"一个国王,"她说,"我真不敢相信,我的店里有一个国王。"

"你的店里?"

"呃,几乎算是我的店了,伯尼。谁周末还来替你看店来着?嗯,说到我的店,陛下,我想你不会刚好有狗需要洗澡吧,但如果你有的话——"

"我一定会找你。"他说,然后卡洛琳双眼呆滞得要给他鞠个躬了,"罗登巴尔先生,我刚刚一直没说话,但也许我该说的。这整件有关安纳特鲁利亚王位的事情让我很不自在,我祖父的辉煌时代已经是很多年前的事了,而我父亲的小小冒险行动则发生在我出生前,几乎让他付出了生命的代价。我的家人试图宣称拥有皇冠一事让我觉得非常有趣,甚至滑稽,可以拿来哄女孩,或者在社交场合打趣。我有自己的人生，在国际金融和经济发展方面有一点小资本和事业。我不会花时间去怀念一个皇族的过去，也不会梦想一个皇族的未来。"

"但是你来到了纽约。"我温和地说。

"是为了离开欧洲，也为了摆脱所有关于王位和皇冠的闲言碎语。"

"但你带着一个烫金的皮资料夹。"

他深深叹息。"我父亲临终时把我叫到床边，把你说的这个资料夹交给了我。在此之前，我根本不知道有这个东西。"

"然后呢？"

"他几乎从没跟我提过安纳特鲁利亚。你一定了解，我们家族实际上没人在那里住过。我祖父被选为安纳特鲁利亚国王，但他以前也不是安纳特鲁利亚人。结果我父亲临终前说出他对那个小小山间国家的深爱，谈到我们家族对那块土地的效忠，还有我们肩上的责任。我当时心想，他可能是因为吃了大夫的药昏了头，所以才会胡言乱语。也许真的是那样。"

"他很伟大。"伊洛娜说。

"我想是吧，但当时他只是我的父亲，我出生时他已经中年，我成长的过程中他常常不在身边，但在我眼中，他当然很伟大。剩最后一口气时，他告诉了我对安纳特鲁利亚的责任，然后把那个皇家资料夹交给我。"

"里头有什么?"

"文书、文件、纪念品,一家瑞士公司的股票。"

"不记名股票。"我说。

"是的,的确是。"

"就像不记名债券,"查尔斯·威克斯说,"瑞士人最爱这个了。转手时不必经过任何文件手续记录。就像现金一样,谁拿了就是谁的。"

"既然你手上有这个,"我说,"你就拥有那个公司的所有资产。"

托德——麦凯尔?国王?——摇摇他的皇家脑袋,说:"不。"

"不?"

"要有账户号码和股票才行。"他说,"相信我,我去过苏黎世,跟银行的人谈过,律师也在场。这个公司当初设立的情况很特殊,必须持有这些不记名股票且知道账户号码的人,才能取得公司的资产。我的父亲只交给了我股票,他也只从他的父亲那儿拿到这些,但无论我祖父还是父亲,都没有账户号码。"

"伙计,说实话吧,"查诺夫说,"谁知道账号?"

"也许没有人知道。"托德说。

"太荒谬了!一定有人知道。"

"一定曾经有人知道,比如某个安纳特鲁利亚建国运动的领袖,说不定不止一个人。你刚才说,我父亲幸运地逃离安纳特鲁利亚,保住了一条命。其他人就没那么幸运了。很多人抛妻弃子,只换来颈背上的一颗子弹和无名的埋葬,没有仪式、没有墓碑。我猜,很多秘密也随着这些人而埋葬了,瑞士账户的号码就是其中之一。"

他又叹了口气。"我还记得最后一次带律师去跟银行的人见面之后,我坐在一家咖啡馆,点了一杯葡萄酒,希望我父亲把那个资料夹带进了坟墓,就像那些安纳特鲁利亚人把账号带进坟墓里一样。但是他没有,而是把资料夹托付给我。就某种意义上来说,他是硬把皇冠按在了我头上,要甩开不是那么容易。我说过,之前我从没想过安纳特鲁利亚,但现在我脑中几乎容不下别的事情了。"

"谁知道里头到底有多少钱?"这回发问的是雷斯莫里安,他的眼睛瞪得很大,"里头可能什么都没有,也可能有几百几千万。"

"钱是最不重要的了,"国王说,"我该怎么办?这才是唯一重要的问题。"

雷说他不明白。

"几十年来,"国王说,"世上仅存的几个国王似乎都已经不合时宜了,而未加冕的皇族更是个笑话。但突然之间情势改观,君主政体运动风靡整个昔日的东欧,原本属于一个国家的部分领土忽然纷纷独立。如果斯洛文尼亚和斯洛伐克都可以加入联合国,那安纳特鲁利亚要独立有那么不可能吗?如果胡安·卡洛斯可以当西班牙的国王,如果有那么多人力主在俄罗斯重建罗曼诺夫王朝——罗曼诺夫王朝！在俄罗斯！"

"不是完全不可能。"查诺夫同意。

"——那么，谁能说安纳特鲁利亚不可以有个国王？而且如果人民真的需要我，我又怎么能拒绝他们？"他仓促一笑，那个表情跟伊洛娜的弗拉多斯肖像，还有麦凯尔珍藏的他父亲穿军服的耀眼照片的相似处一目了然。"于是我来到纽约，"他说，"为了离开欧洲，同时也为了决定自己下一步该怎么办。"

"看起来雨果·坎德莫斯是跟着你来到这儿的，"我说，"就像我刚才说的，他让我去偷你那个资料夹，虽然我不知道里头是什么东西，也不知道那是谁的公寓。"

"听起来不像你，伯尼。"雷说。

"我知道，"我说，"是不像。我不知道我为什么会去干，我所能归纳出来的结论，就是坎德莫斯的魅力和我当时看过的那些鲍嘉的电影。有天下午，他把任务告诉我，然后第二天晚上，我就跟一个名叫赫伯曼的人，走向……对不起，我该怎么称呼你？殿下？陛下？"

"'迈克尔'就行了。"

"走向迈克尔的公寓。"

"赫伯曼，"雷说，"你提过这个名字，伯尼。"

我点点头。"赫伯曼队长是公羊，五个去过安纳特鲁利亚的情报员之一。坎德莫斯叫他跟我搭档，因为赫伯曼可以带我进入迈克尔住的那幢警卫森严的大楼。他可以借口要拜访那幢大楼里的另外一个住户。"

"这个时候就轮到我登场了。"查尔斯·威克斯说。

"很有趣,"查诺夫说,"在美国那么多城市中的那么多幢大楼里,年轻的国王偏偏住进你那一幢。"

台词听来很熟悉。对于这个问题我想好了解释,但威克斯抢先答了。"这倒是没有一丝巧合的成分,"他说,"迈克尔一到纽约,就打电话给我。当然,他没见过我,但自从我帮助托多尔逃离克格勃的掌握,抢先一步离开安纳特鲁利亚之后,我们就一直保持联络。迈克尔需要落脚的地方,而我知道大楼里面有个屋主想转租,他看了很喜欢,就立刻搬了进来。"

"结果,"我说,"我没偷到那个资料夹。我承认我试过,迈克尔,但没找到。"

"上星期有一天晚上,我把它带离公寓了,"他说,"伊洛娜认为她有个朋友应该看看其中一份文件。"

"我一定是错过了。同时,赫伯曼队长回到坎德莫斯的公寓,在那儿被某个人刺死。"

"等一下,"雷说,"你说被刺死的是那个家伙,赫伯曼?"

"对。"

"Cap Hob,"他说,严厉地瞪着我。"Cap Hob,赫伯曼队长(Captain Hoberman)。"

"对。"

"但他到底为什么——"

我举起一只手。"事情很复杂,"我说,"如果我直说的话,也许会容易点。赫伯曼队长在坎德莫斯的公寓里被刺死,但他在临死前留下最后的信息。他在一个手提公文包的一侧,用大写字母写下 CAPHOB。"

"那个公文包碰巧属于一个我们都认识的小偷。"雷说。

"可不是吗。"我酸溜溜地说道,"他死了,然后留下一个谁都看不懂的死亡信息。同时,雨果·坎德莫斯失踪了。"

"所以是这个坎德莫斯杀了他。"伊洛娜说。

"看起来似乎很明显,不是吗?但坎德莫斯是谁?这个嘛,他认识赫伯曼也认识威克斯,熟悉安纳特鲁利亚的历史,从欧洲远道追踪迈克尔来到这里。而且他有一堆假身份,因为除了名为雨果·坎德莫斯的伪造身份证件之外,他还有其他仿冒得极其高明的护照,用的名字分别是尚-克劳德·马莫特和瓦西里·苏斯利克,这提示了答案。我早就该知道了,但是——"

"刚刚你提到的最后的那个名字,"查诺夫说,"方便的话,请再说一遍好吗?"

"瓦西里·苏斯利克。"

"苏斯利克,"他说,然后笑了起来,"很好,先生,的确很好。"

"有什么好的?"雷斯莫里安问,"是因为他有个俄罗斯名字吗?我不懂。"

"既然你提起,"雷说,"我就要承认,我也不懂。伯尼,告诉你这些名字的人是我,但对我来说完全没意义,如果对你来说有意义,我也从没听你吭过一声。总之,苏斯尼克到底是什么鬼?"

"苏斯利克,"我说,"不是苏斯尼克。这是个俄文词,难怪查诺夫先生能听懂,而我们其他人却不明白,虽然这个词在某些英文词典或百科全书里面也查得到。意思是一种大型的土拨鼠,原产于东欧和亚洲。"

"好吧,看在上帝的分上,"雷说,"这解释了一切,不是吗?大胖土拨鼠,事情就很明显了,没问题。"

"这件事情,"我说,"只让我们确认了坎德莫斯的身份。还有他的法文化名,马莫特差不多就是土拨鼠的意思。但如果我注意到他这次给自己取的名字,应该可以更早知道。坎德莫斯是一个宗教节日,纪念圣母马利亚的涤净,并带着圣婴出现在神庙中。就像圣诞节,每年都在同一天庆祝,不像复活节那样按照阴历计算。"

有人问是哪一天。

"二月二日。"我说。

他们听了之后都陷入一片困惑的沉默,像贵格会的仪式。然后始终安静而低调的威尔弗雷德说:"我最喜欢的节日。"

每个人都看着他。

"土拨鼠日,"他说,"二月二日。一年中最实用的节日。土拨鼠钻出洞穴,如果没看到自己的影子,那春天就会早到。如果是大好晴天,土拨鼠看到自己的影子,那冬天就还会延续六个星期。"

我说:"土拨鼠,苏斯利克、马莫特,所有的名字都指向——"

"土拨鼠。"查尔斯·威克斯带着他那拘谨的微笑说,"又名查克·伍德,又名查尔斯·布莱顿·伍德。安纳特鲁利亚的幻想破灭后,他就从欧洲消失了,有些人认为他被杀害了,其他人则猜测是他出卖了我们。"

我没理会最后一句话。"坎德莫斯就是土拨鼠,"我同意,"我猜他一直默默注意远方的友人。他知道迈克尔住的地方,也知道他的老友老鼠住在同一幢大楼,但他没法自己去找老鼠。"

"我在安纳特鲁利亚受够他了。"威克斯说。

"所以他利用赫伯曼当他的猫爪子①。"我说,皱起眉头,在这一堆啮齿动物里,使用这个比喻不怎么恰当。

"而队长替他达到目的后,"威克斯说,"土拨鼠就杀了他。"

"在他自己的公寓?"

---

① 猫爪的原文为 cat's paw,意为"被人利用者"。

"有何不可?"

"在他自己的地毯上?坎德莫斯或许会牺牲老友,但为什么赔上一条值钱的毯子?"

"有多值钱?"雷想知道。我无法告诉他,而查诺夫则建议我们咨询在场的地毯贩子,估个价钱。

"住嘴!"雷斯莫里安说,"他为什么要这样?我不是亚美尼亚人,根本不懂毯子。他为什么总把我跟毯子扯在一块儿?"

"就和你说我是俄罗斯人是一样的,"查诺夫迅速地接话,"存心栽赃,我的小对手。这种存心栽赃,是基于恶意和贪婪的驱使。"

"我再也不会叫你俄罗斯人了,你是索卡西亚人。"

"你是亚述人。"

"据传说,索卡西亚人的女性是绝色妓女,男性则是年纪轻轻就被阉割,全成了太监。"

"矮小的亚述人最引人注目的特征是个性残暴。他们的后裔愈来愈矮小,以致灭绝,遗传上的畸形都要归咎于两千年来的近亲交配。"

我很欣慰地发现,这回总算有进步。虽然双方骂的语言越来越难听,但雷斯莫里安和威尔弗雷德的手都没向自己的武器移动半寸。

"坎德莫斯没杀赫伯曼,"我说,"就算他不计较那条地毯,就算他可能有些阴暗的理由想除掉赫伯曼,但时机完全不对。他会趁着我随时可能带着皇家资料夹回来时,冒险制造出一具尸体吗?"

"他会连你一起干掉。"威克斯说。

"然后毁掉另一条地毯?不,这样说不通。所以很可惜,坎德莫斯本来会是最理想的凶手。"

"这倒是真的,"雷说,"告诉他们为什么,伯尼。"

"因为他也死了,"我说,"而且这点毫无疑问。他死的时间跟赫伯曼差不了几小时,但尸体隔了很久才出现,是警察在皮特街和麦迪逊街交会口的一幢废弃建筑里发现的。"

"那种地方的确是会出现这种东西。"毛克利说,一副早就知道的口吻,"不是尸体就是废弃建筑,或者两者皆有。"

"他是怎么死的?"查诺夫想知道。

"枪杀,"雷说,"小口径手枪,近距离射击。"

"两个不同的凶手,"提格里斯·雷斯莫里安说出看法,"这个土拨鼠杀死公羊,然后被别人给射杀了。"

"如果这种事发生在安纳特鲁利亚,"伊洛娜说,"你就知道土拨鼠是被他仇家的儿子或兄弟杀害,甚至会是侄子或外甥。但你不会调查得太仔细,因为这种事情不太需要警方插手,只是血债血还,一种光荣的象征。"

"但这件事里头没有光荣,"我说,"也没有好的动机。凶手只有一个,赫伯曼离开薄伽丘大楼时,凶手跟踪他,一路跟到几个街区外土拨鼠住的公寓,然后很快杀掉了他。接着又绑架了坎德莫斯,把他带到皮特街——"

"皮特街,"毛克利说,"如果你去那里,说不定你也会死在那儿。"

"——在问到了自己想知道的事情后,凶手就把他也杀了。或者把他带到别处,审问过后杀了他,再把尸体搬到皮特街。"

"多此一举。"毛克利说。

"那一定有人监视我的公寓。"迈克尔说。

"不。"

"你是说,有人监视这个赫伯曼?"

我摇摇头。"公羊拜访他的老友老鼠。他们已经多年没见,后来老鼠告诉我有关这次见面的情况,他说公羊来去匆匆,见了面就急着走了。"

"啊,"查尔斯·威克斯说,"你的意思是,他急着在回土拨鼠那儿的途中再去找另外一个人。"

"不,"我说,"我不是这个意思。"

"不是吗?"

"不是,"我说,"我的意思是,你想让我以为赫伯曼几乎没在你的公寓停留,这样我就不会想到,你把他留在公寓里很久,请他喝咖啡,然后中途离开悄悄打了一个电话。"

"我为什么这么做呢?"

"因为你知道机会来了,虽然不知道是什么机会,但你曾经是老鼠,你闻到了背叛的气味。你没法跟踪赫伯曼,他会提防你,但你可以打电话找同党来跟踪赫伯曼,而你在这边把赫伯曼绊住,好让同党有时间赶到薄伽丘大楼门口守着。他是否认识赫伯曼都无所谓,你描述一下,要认出赫伯曼并不难。"

"哦,鼬鼠,"查尔斯·威克斯说,"我对你太失望了,居然编出这种荒谬的理论。"

"你否认了。"

"我当然否认,但我不否认有人跟踪队长的可能性,虽然我觉得难以相信,不过任何事情都有可能。只是,我不知道你是否能猜出这个人是谁。"

"如果你打电话找人来,那么我说那个人是谁,也只是猜测了,对不对?"

"既然我没打电话给谁,"他说,"这个问题就不存在了。我们可以说,你只是想诈我。"

"慢着,"卡洛琳说,"那个死前信息呢?"

"啊,是的,"我说,"那个死前信息。赫伯曼可能会留下线索指出杀他的凶手吗?我们都知道他留下的信息是什么。"我走到柜台,伸手到后头取出我事先放在那儿的小黑板,挂在每个人都看得到的地方,然后用粉笔在上头端端正正的用大写字母写上CAPHOB。我让大家好好看看。

然后我说:"看起来像是赫伯曼队长(Cap Hob),那是因为我们在美国。如果我们在安纳特鲁利亚,看起来就完全不一样了。"

"为什么,伯尼,"雷问,"难道在那儿他们是倒着看字的吗?"

"我可以拿邮票目录给你看,"我说,"安纳特鲁利亚人和塞尔维亚人、保加利亚人一样,使用的是西里尔字母。顺便说一下,这在那里是分辨某人国籍的一个重要凭据。克罗地亚和罗马尼亚人跟我们使用的字母是一样的,而希腊人则是使用希腊字母。"

"可不是吗。"毛克利说。

"西里尔字母是以圣西里尔的名字命名的,他把这套字母推展到东欧,虽然可能不是他发明的。他和他的兄弟圣美多德去东欧传教,但这套字母却没有以圣美多命名。"

"倒是有个表演方法,"卡洛琳说,"是以他和圣斯坦尼斯拉夫斯基命名的。"[1]

"西里尔字母很像希腊字母,"我说,"只不过字母更多。我猜想有大约四十个,有些跟英文字母一样,不过有些对西方人来说很怪异。有一个反着写的 N 和一个颠倒的 V,还有一两个看起来像母鸡的脚印。还有一些看起来和英文字母一样,但代表的价值完全不同。"

卡洛琳说:"价值?这什么意思,伯尼?就好比在拼

---

[1] 表演法中有一个著名体系叫斯坦尼斯拉夫斯基体系(Stanislavski's system),与上文的圣美多德并没有关系。此处为卡洛琳调侃。

字游戏里面的计分方式不同吗?"

"我指的是发音不同。"我指着黑板。"我花了很多时间,才想到队长的死前信息可能是西里尔字母,"我说,"没有这么想有两个原因。第一,他是美国人,之前我不知道这个故事跟安纳特鲁利亚有关,根本没想到故事的背景会远过长岛以东。第二,这六个字母都是血统纯粹的美国字母。但就这么巧,这六个字母也正好是西里尔字母。"

"我不懂这种字母,"雷斯莫里安小心翼翼地说,"该怎么拼?"

"A 和 O 在两种字母里面都一样。"我说,"西里尔字母中的 C 和我们的 S 是一样的。P 则跟我们的 R 一样,就像希腊字母的 β。H 看起来像希腊字母的 η,但在西里尔字母里,等于我们的 N。而西里尔字母的 B,则等于我们的 V。"

照理说,我该边讲边写,把西里尔字母的英语翻译写在黑板上。但我没有,我给他们几秒钟,让他们自己去想想。

然后我说:"查诺夫先生,我不知道索卡西亚人用什么字母,但显然你在前苏联待过足够长的时间,应该比我们其他人更熟悉西里尔字母。也许你可以告诉我们,英勇的赫伯曼留给我们的信息是什么。"

查诺夫仍坐在椅子上,但几乎坐不住了。他的脸涨得通红,眼睛瞪得鼓鼓的;如果查尔斯·威克斯想找一个动物来替他命名,那除了牛蛙,不会有其他选择。

"那是谎言。"他说。

"但那到底是什么?"

"S-A-R-N-O-V,"他说,清楚的逐一念出这些字母,好像把钉子敲进棺材板似的,"结果是这个,但这是谎言。这也根本不是我的名字,我的名字是查诺夫,先生,T-S-A-R-N-O-F-F,完全不是你写在黑板上的那个,不管是西里尔字母或任何其他我所知道的字母。"

"不过,"我说,"这对一般人来说,是个离奇的巧合。假设把你的名字念成萨诺夫——"

"那不是我的名字!"

"相信我,"我说,"差不多。"

"我没见过你所谓的赫伯曼队长!我到现在才第一次知道有他这个人!"

"我不确定你讲的第二句话是真是假,"我说,"不过算了。你说这些话的重点是,你没有杀赫伯曼队长,那你可以放心,因为这一点我已经知道了。"

"你知道了?"

"当然。"

"那赫伯曼为什么要写他的名字?"雷问。

"他没写,"我说,"他什么都没写。那是个死前信息,不管应该念成赫伯曼队长还是萨诺夫。赫伯曼快死了,那些字是他用手指蘸着自己的鲜血写的。我不知道赫伯曼离开东欧多年后是否还记得西里尔字母,但这肯定不是他的第二天性,也不会是他临终前匆忙之间要写下凶手名字时会下意识选择的字母。"

"那留下死前信息的是谁?"卡洛琳问道,"不是——他叫什么来着,土拨鼠——"

"不是土拨鼠,当然不是。凶手留下这个信息,是为了要转移注意力。他选择西里尔字母,或许只是因为他知道他的被害人跟巴尔干半岛的政治有关。查诺夫先生,他写这些字,是因为他想栽赃给你,而他拼错你的名字,是因为他也不熟悉西里尔字母。所以我们对这位凶手有什么了解呢?他不是安纳特鲁利亚人,他不是这位被害人当年干情报员的老搭档,而且他对查诺夫先生恨之入骨。"

"简单,"雷·基希曼说,"一定是提格贝特·罗塔里安,不是吗?只不过,如果他是卖地毯的,他怎么会毁掉那么一张宝贵的地毯呢?"

雷斯莫里安站起来,他的脸比平常更白,脸上的色斑发青。他抗议一切,坚持他不是地毯贩子,也没有杀人,而且他的名字也不是雷刚刚所说的那个。

"随便叫什么,"雷同意道,"等送到了中央登记处,我会把你的名字写对的。重要的是,是不是他干的,伯尼,在这点上我想你的功力还没衰退。提格,你有权保持沉默,不过我已经告诉过你了,记得吗?"

雷斯莫里安的嘴巴蠕动着,可是没发出声音来。我以为他会去掏枪，但他两只手都没伸进衣服里，只是握紧了拳头。他看起来又像个小鬼了，让人觉得他可能会突然大哭，或者跺脚。

屋里一片沉默，众人等着看他会做什么。然后卡洛琳说："看在上帝的分上，提格，告诉他们那是个意外。"

天哪，我心想，她怎么会说出这么没头脑的话？

"那是个意外。"提格拉斯·雷斯莫里安说。

23

那毫无疑问是个意外,他解释。他从没存心伤害任何人,他不是杀手。

是的,他承认,他现在身上有武器。那天晚上他也带了手枪和一把短刀,虽然他根本没打算动刀动枪。但毕竟,这是纽约,不是巴格达或开罗,或伊斯坦布尔,也不是卡萨布兰卡。这是个危险的城市,谁敢想象身上没有武器就上街呢?而如果你外形又矮又小,带武器不是更理所当然的吗?他是个小个子,而且就算不被贴上侏儒的标签,也会被贴上肥胖的标签,只有身上带着武器,弥补他身材上天生的弱势,他才会觉得安全。

而且没错,他的确接到了威克斯先生打来的电话,多年来,他跟他合作过几次。在威克斯先生的命令下,他开车到薄伽丘大楼,停在街对面,没熄火。赫伯曼从大楼出来,他看到他招了辆出租车,就开车跟踪他到后来成为谋杀现场的地方。赫伯曼进门后,他趁着门还没关上,迅速进入那幢褐石公寓，跟着他上到四楼。但显然他的行动引起了注意，当他在走廊上试图偷听屋内的动静，计划下一步该怎么办时，门突然打开，赫伯曼抓住他的手臂，把他拉了进去。

他没时间细想，不经大脑思考就本能地拔出短刀，插在了赫伯曼身上。他不知道这个人是谁，也不知道另外一个穿着西装和格子背心的白发瘦子的身份。他只知道他刚杀了一个人，只是条件反射的动作，当然，而且确定是自卫，但这个人死了，提格拉斯·雷斯莫里安的麻烦大了。

那个白发男子，就是现在似乎被称为土拨鼠的人，还慢吞吞地没反应过来。他只是站在那儿，震惊地瞪大了双眼，什么都还来不及做，就被雷斯莫里安用枪指着了。雷斯莫里安逼对方双手举起靠墙，然后搜死者的口袋，找到一个皮夹。为了安心，他把那皮夹塞进自己口袋里。

接下来，当他跪在那个不幸的死者尸体旁边时，没错，他忽然想到自己痛恨的一个死对头。他抓着死者的手，食指蘸满鲜血，然后把仇人的名字顺手写在某个东西的表面上，这个表面，刚好是一个公文包的侧板。就算他的西里尔语不够好，也很接近了。反正那根本是蛮族的语言。

接下来的事情就比较需要技巧了，下楼到停车处的一路上，他都把枪放在口袋里指着坎德莫斯，如果必要的话，他打算透过大衣开枪，那件大衣跟他今天穿的不一样，是件好大衣。当时很晚了，街上空荡荡的，他等到了恰当的时机，逼着坎德莫斯爬进后备箱，然后锁上盖子，坐上驾驶座，开往市中心。

没错，他很熟悉下东区的街道，也知道他和他的囚徒在下东区的某个废弃建筑里面不会受到打扰。他问了坎德莫斯很多问题，也得到了一些答案，但还是没法拼凑出整个故事。他知道有个书店主人要去赫伯曼刚刚出来的那幢大楼里偷一些很有价值的文件，也得知了书店的名字。他知道此事和安纳特鲁利亚有关，这就是他所知道的全部。

他本来可以知道更多的，但又发生了另一个意外，坎德莫斯骗他，假装完全合作，转移他的注意力，然后冒险想逃跑。再一次，雷斯莫里安的反射神经又让他采取了行动，企图逃跑的坎德莫斯被射杀身亡，一颗子弹取了他的性命。

两个意外，对于这种事，你还能说什么？那是悲剧，他也深感懊悔，他一向痛恨暴力，对于所发生的暴力事件，他当然难辞其咎，尽管他曾尽力避免这一切。

"是啊，唉，意外总是难免的。"雷说，"那个被刺死的人，我低头看他躺在那儿，就知道他是死于意外。要是看到一个人身上有四处刺伤，你马上就知道他是遭到很大的意外了。"

"我的反射动作很灵敏。"雷斯莫里安说。

"我猜也是。至于皮特街的坎德莫斯,你说他是在企图逃跑时被射杀的。可是我必须说,他的耳朵上还有火药,说明他绝对没有逃离射杀他的枪一英尺之外。像这种人,最好不要开课教人怎么逃跑。"

大家陷入沉默,然后靠在椅子上、双腿交叉的查尔斯·威克斯说:"意外常常有,到处都是。"

"这么说也没错。"雷承认。

"那是个意外,比如说,我在赫伯曼队长的遇害事件中也扮演了一个不聪明的小角色。对于查克·伍德,我倒是没那么遗憾,想想他在安纳特鲁利亚曾背叛过我们。"

这种话,他第一次讲的时候我可以不计较,但现在够了。"我不认为是这样。"

"鼬鼠,你说什么?"

"别再叫那个外号了,"我说,"你可以叫我伯尼。我不认为土拨鼠曾在安纳特鲁利亚出卖过你们这些好人。"

"真的?我们还以为是这样。"

"我觉得叛徒是老鼠,"我说,"我想你一定很引以为荣,否则你不会留着那封迪恩·阿奇森[①]写给你的赞美信。"

"这你怎么会知道?"威克斯说,"如果我有这种信,我一定会锁在抽屉里,不是吗?你去我公寓的时候,我可

[①]迪恩·阿奇森(Dean Acheson,1893—1971),美国政治家,曾推动马歇尔计划,并协助建立北大西洋公约组织。

是从头到尾都在场作陪的。"

"这是个谜。"

他似乎在伊洛娜和迈克尔的注视下畏缩了，就像《绿野仙踪》里泡了水的西方女巫一样融化了。"这是高层的战略性决定，"他说，"我没有参与决策，除了奉命行事以外，没有别的选择。"

"把事情怪到土拨鼠头上，而不是怪老鼠，这个主意真妙。"

"那已经是四十年前的事情了，现在我不会为此道歉，或解释澄清。当时我还年轻，现在我老了。事情都过去了。"

"那雷斯莫里安杀的那两个人呢？"

"我从没想过会搞成这样，"他说，"我原本只是想知道一切到底是怎么回事。赫伯曼队长打电话来，找了个奇怪的借口要来看我，可是一见面又急着要走。我没想到他是替一个小偷铺路，还以为他想要什么，或者是想陷害我。我只知道，他在安纳特鲁利亚后来被整得很惨，他也有理由报复。"他耸耸肩，"重点是我根本不知道到底是怎么回事，我得打电话找个人跟踪他，向我汇报。毫无疑问，亚述人跟得有点太紧了，远远超过我们所有人的期望。"

"这样不公平。"伊洛娜说。

"人生本来就不公平，亲爱的，"查尔斯·威克斯说，"你最好能习惯。"

"这样太不公平了,你安然脱身,可是提格拉斯·雷斯莫里安却得去坐牢。"

"应该不必坐牢,"雷斯莫里安说,"这是意外,是自卫——"

"我得告诉你,"雷·基希曼说,"这点还有疑问。"

又一阵沉默。雷等了好一会儿,然后打破沉默。

"我看嘛,"他说,"我有足够的证据可以逮捕雷斯——"他停了下来,扮个苦脸。"我决定叫你TR,"他告诉雷斯莫里安,"这是你名字的缩写,跟泰德·罗斯福一样,他成为美国总统之前,刚好也是这座公平城市的警察局局长。"

"非常感谢你。"雷斯莫里安说。

"我有足够的证据可以逮捕TR,"雷说,"而我也不惊讶,应该会有足够的证据起诉他。他亲口承认犯下了两桩凶杀案,是在我念了一次或两次米兰达警告之后——看你怎么算。说起来他的自首好像不成立,因为没有人写下来叫他签名,也没人想到要录音。不过所有在场的人都可以作证,他承认自己杀了人,就像关在同一个牢房的囚犯可以作证牢友曾自白一样。只不过在这个案子里,这刚好是事实。TR的确亲口承认了,我们也都听到了。"

"所以呢?"

他看着我。"所以我可以逮捕他。至于审判,这个嘛,谁知道结果会是什么,你永远猜不到。不过我可以保证,他会被保释。以前犯下谋杀罪是不能保释的，但现在可以了，我猜TR最多得付二十五万的保释金才能回到街上，而一旦他回到街上，他又是世界公民，他会做的，就是弃保潜逃，听懂没？"

"弃保潜逃？"

"逃出这个国家，放弃保释金，然后爱干什么干什么。更可耻的是，即使TR脱身逃到别的国家，我和我的警官同行们还是得从你们其他人那里辛辛苦苦地讨生活，给威克斯先生录口供，调查萨诺夫先生的收入来源——"

"警官先生，是查诺夫。"

"无所谓。确定每个人的文件都合法，另外，当然会有一大堆记者绕着各位的屁股转，把闪光灯对准安娜巴那那的国王和皇后——"

"安纳特鲁利亚。"

"无所谓。记住这个国家的名字对你们来说当然比较重要，你们最后可能会被送回那里去。但威克斯先生不会，由于他是美国公民，当局很可能会想把他留在美国，好让国会问他一些问题。"

他顺着这个逻辑一路讲下去，可能说得有点太多了。毕竟，眼前这些人都是行家，他们以前就在巴尔干半岛和中东玩过这类游戏。

威克斯说："科……基希曼警官，是吧？"他拿起自己的小礼帽，放在膝上，"你知道，两年前，我曾在蒙大拿州接到过一张超速罚单。他们必须有行车速度限制,为了符合联邦高速公路法案,定下了州际道路六十五英里、其他道路五十五英里的限速。"

"那倒是没错。"雷说。

"的确,"查尔斯·威克斯说,"但是,蒙大拿州那么大,人烟又稀少,定出这些车速限制根本没道理,联邦政府可以让他们制定法令,却不能规定他们如何执法。所以蒙大拿州只派了四个州警去管超速,而你知道那个州有多大。"

"也许有布鲁克林和曼哈顿加起来那么大。"

威克斯一脸笑容。"很接近了。"他说,"联邦政府也没有制定超速的处罚方式,所以蒙大拿州规定,每次超速的罚款是五美元。如果你被这四个蒙大拿州警中的一个抓到你在时速限制五十五英里的地方开到一百二十五英里,你就得付五美元。"

"合理。"雷说。

"非常合理,不过我提这件事就是想说明一点。只有这样,才不会造成任何人太大的不便,不管是驾驶者还是执法的警官。被逮到超速,就得当场交钱。你让我靠边停车,我给你五美元,然后我继续上路。"

"然后大家都很开心。"雷说。

"完全正确,而且也照顾到了蒙大拿州的最佳利益。了不起,不是吗?"

"从某个角度来说，没错。"

"警官，"格列高利·查诺夫说，"如果亚述人往后打算放弃保释金，或许他可以直接把钱交出来，不必经过例行渠道。"

"告诉你，"雷说，"这是不合规定的。"

"但这是权宜之计。"

"我不知道，"他说，"不过这么一来，事情反正也就解决了。"

"提格拉斯，"查尔斯·威克斯说，"你有多少面团①？"

"你是指钱？"

"不，我是要去开面包店。我当然是指钱。你来这里是希望有机会跟其他人竞标那些不记名股票，那你身上带了多少钱？"

"没那么多。我并不富有，查理，这点你一定知道。"

"少啰唆，提格，现在扯这些太晚了。你到底带了多少钱？"

"一万。"

"我希望你指的是美元，而不是安纳特鲁利亚币。"

"是美元，当然是美元。"

"你呢，格列高利？"

"稍微多一点，"查诺夫说，"但你怎么能建议我替这

---

①原文为 dough，原意为面团，俚语中亦指现金。

个亚述人出保释金呢？他用鲜血写了我的名字！"

"没错，但反正没用，格列高利，他拼错字了。我觉得你们该出一份吗？是的，我认为应该。"他皱起眉，"你知道我还怎么想吗？我觉得这屋里的人太多了，我们需要一个私人会议室，格列高利。就你和我和提格和基希曼警官。"

"还有威尔弗雷德。"

"你想要也行，格列高利。"

"还有伯尼。"雷说。

"还有鼬鼠，那是当然。"

我指引其他人到店后头的办公室，这对伊洛娜和迈克尔似乎不公平，但他们好像不介意，伊洛娜嘲讽地笑着，国王看起来则是一副刚遭受轻微脑震荡的样子。卡洛琳和毛克利则因为会错过下一场好戏而很不高兴。

我让他们欣赏书商守护神圣约翰的画像，然后到办公室听威克斯解释那些不记名股票在他手上。"迈克尔是个大好人，"他说，"但那个家族从来没有聪明的基因。我听说小偷曾闯入他家之后，就告诉他，我想检查那个资料夹。到现在我还没把资料夹还给他，等到还他的时候，股票就不会在里面了。"

查诺夫扬起他的大下巴。"但没有账户号码——"

"没有账户号码，那些股票只是废纸，但谁敢说世上没有任何一个活人知道账号呢？事实上，谁又敢说你不可能在铜墙铁壁的瑞士银行系统上开一道小裂缝呢?如果我们三个人合作——"

"先生,你是说你和我,还有亚述人?"

威克斯一脸笑容。"就像很久很久以前一样,"他说,"难道现在行不通了吗?"

"现在嘛……"雷说,这时有人敲门,我抬头看看,门又被敲了两下,声音更大了。我做了个不予理会的手势,但门外的大个子年轻人拒绝被忽视,再度敲门。

我走到门边,将门打开几英寸。"我们打烊了,"我说,"私人聚会,今天不营业。明天再来吧。"

他手上拿着一本书。"我只想买这个,"他说,"就放在那张桌子上,一本五毛,三本一块。我给你一块。"

我把钱推还给他。"请便。"我说。

"可是我想买这本书。"

"那就拿走吧。"

"可是——"

"这是特别赠品,"我说,"只有今天。拿去,不要钱,拜托。再见。"

我关上门,转上门锁,回到后头时发现那五个人已经达成协议。雷斯莫里安已经脱下他的军用大衣,正从衣服里面翻出他那条装钱的皮带。威尔弗雷德把一个马尼拉纸信封递给他的老板,查诺夫打开,点着里面的百元钞票。威克斯从口袋里掏出一沓厚度相似的钞票,拆开橡皮筋,舔舔大拇指,数了起来。

"但愿我能明白我为什么要这么做,"威克斯说,"我的钱早就够用了。你怎么想呢,格列高利?"

"你怀念秘密行动的滋味,先生。"

"我是个老头了,还参加行动做什么?"没有人回答,我也不认为他期望得到任何回答。他数完自己那捆钱,又把另外两个人的钱也收过来,双手拢着三捆钞票。我从柜台后头拿了个购物袋给他,他把钱放了进去。几个小时前,这个袋子里面装着书——就是从毛克利那边花了七十五美元买来的那些书——现在里面装满了百元钞票。

据威克斯说,总共有四万美元,他把袋子交给雷。

"我不知道呢。"雷说,然后迅速朝我这里看了一眼。我把头往左挪约一英寸,然后再往右一英寸。雷看到了,眼睛睁得更大,我看着他,然后双眼往天花板抬了抬。

"事情是这样的,"他说,"有很多事儿得摆平,有一大堆警察得买通。我觉得要用四万美元来打发,好像不怎么够。"

"哦,真是浑蛋,"查尔斯·威克斯说,"我还以为我们已经达成协议了。"

"五万美元就可以达成协议。"

"这太过分了。上帝作证,我们刚刚都同意这个数字了。"

"这么想吧,"雷说,"你在蒙大拿被州警拦下来时,达成了一个不错的协议。但这回你可不是在西部荒野,此时此刻,你在纽约。"

24

"这样好像不太对,"卡洛琳说,"提格谋杀了两个人,最后竟然脱身了。"

此时大约四点半,我们聚在饶舌酒鬼酒吧的角落,卡洛琳看起来精神很好,点了一杯苏格兰威士忌加冰块;我则已经体力不支,啜着啤酒。

"基希曼太太需要一件新大衣。"我说。

"她得到了,提格也全身而退。可是正义何时能获得伸张?"

"正义到头来终将得到伸张,"我说,"而且通常会伸张得很彻底。问题在于,没有足够的证据将雷斯莫里安定罪,就算他不在审判前逃离这个国家也一样。他最后不会去坐牢,而现在这个方式,至少他得离开美国,其他人也得走。"

"除了查诺夫还有谁?"

"当然还有威尔弗雷德。让威尔弗雷德和雷斯莫里安离开美国，这就解救了无数人的性命。他们这对杀手，我从没见过这么冷血的。"

"结果他们现在联手了。"

"天佑欧洲，"我说，"不过他们也有可能会自相残杀。查尔斯·威克斯也打算离开美国。只要处理掉薄伽丘大楼的公寓，他就会立刻搭上去法国的协和式飞机，他们三方都认为自己有机会找出那个瑞士银行账号，夺得遗失已久的安纳特鲁利亚宝藏。"

"他们会找到那个账号吗？"

"有可能。"

"那你认为真有个安纳特鲁利亚宝藏等着他们掠夺咯？"

"如果他们真能弄到那个账号，"我说，"那他们会遭逢吉拉多闯入艾尔·卡彭金库以来最大的失望。但我知道些什么？也许那些钱在过去七十年为了付银行的费用而被耗光了。也许保险箱里面只有沙皇债券和一些毫无价值的凭证。但也有可能有办法拿到账号的人，会成为皇家荷兰石油公司的股东。"

卡洛琳想了想。"我想对他们三个人来说，重要的是参与这场游戏，"她说，"最后谁赢，或者赌注是什么，都无所谓。"

"你说的没错，"我说，"威克斯甚至也说了类似的话。他只是想参与游戏。"

她拿起酒,摇一摇,让冰块撞击,发出悦耳的叮当声。"伯尼,"她说,"我真高兴最后那一场的大部分我都参与了。以前我从没见过什么国王。"

"今天你碰到的那个,我可不确定他是国王。"

"这个嘛,跟我预期的很接近了。对了,毛克利也觉得很难忘。他说他看到了当今书店业全新的另一面。"她啜了口酒。"伯尼,"她说,"有几件事情我不太明白。"

"哦?"

"你怎么知道是提格?"

"我知道一定是某个人,"我说,"雷斯莫里安出现在书店的时候,我以为坎德莫斯跟他提过我。后来知道坎德莫斯早就死了,我猜他临终前一定讲了些什么,也许就是告诉了杀他的那个人。雷斯莫里安只知道我的名字,却没见过我,所以他一定没有跟踪坎德莫斯或伊洛娜到我的店里,也不是看到我和赫伯曼在一起而跟踪过我。"

"那你怎么知道查尔斯·威克斯打了电话给他?"

"我打电话给威克斯,去他公寓的那次,"我说,"他不知道我想干什么。起先他还真以为我名叫比尔·汤普森,只是在电梯里遇到赫伯曼队长。后来我说我想跟他谈谈,他也许以为我听说赫伯曼死了,但没想到我跟偷窃事件有关。"

"但如果提格告诉他……"

"提格告诉他坎德莫斯雇了个小偷去偷国王的公寓。

但威克斯不知道小偷就是那个曾在门口跟他讲过两句话的人。后来,我们一交谈,他就把两件事情凑在一起了。"

"然后呢?"

"然后他想装蒜、故作不明所以。可是他犯了一个小错。我告诉他雷斯莫里安知道我的中间名,他说:'格林姆斯。'他怎么会知道呢?"

"也许你告诉过他。"

我摇摇头。"直到我离开的时候,他还是叫我比尔·汤普森,假装他不知道那不是我的真名。如果他知道我的中间名是格林姆斯,他就会知道我姓罗登巴尔,名叫伯尼。所以他知道的比他表现出来的要多,而他谈到当年干情报员的事情时,也处处保留。我陪他兜圈子,但我从一些蛛丝马迹中知道,他不仅仅是赫伯曼的老友,也不只是进入那幢大楼的入场券而已。他在整件事情里面涉入得很深。"

"那你是什么时候知道坎德莫斯就是土拨鼠的?"

"比我应该发现的时候晚了些。是护照上的那些名字给了我线索。不是苏斯利克,我查了很多参考书才知道苏斯利克是什么,但我认得马莫特(marmot)这个词,虽然坎德莫斯在那本比利时护照上把这个词加了个法文的字尾,改成 Marmotte。然后我看着'坎德莫斯'这个词,发现它所代表的圣烛节跟土拨鼠日是同一天,只是多了赞美诗和薰香。"

"威尔弗雷德最喜欢的节日。"

"没错,这可不是个大发现吗?"我把瓶里的啤酒倒进杯子里,然后举杯喝了一口,"我应该早点猜到的。我第一次去坎德莫斯的公寓时,就在他的一堆小古董里面注意到了一个日本的小根附。"

"伯尼,你讲的这个词是一种啮齿类动物吧?"

"你知道,就是日本人收藏的那种象牙小雕饰。原来的功能类似扣子,是扣在腰带或和服上面的,但现在已经成为了一种艺术品。坎德莫斯的那个根附我没仔细看,但我猜是象牙材质的,我原本以为是个海獭,但是尾巴断掉了。"

"结果其实那是个土拨鼠?"

"昨天还在那里,"我说,然后从口袋里掏出一个袋口用细绳束紧的天鹅绒小包,从里面拿出那个列申科夫的骨雕土拨鼠,"如果当初我注意看的话,就会知道这不是海獭。这跟查尔斯·威克斯的那枚老鼠刚好是成套的——两个骨雕泛黄的程度一模一样。你知道,查尔斯把那个老鼠给我看的时候,我感到一阵小小的兴奋。"

"又是个啮齿类动物,对吧?"

我看了她一眼。"只是一种感觉,"我说,"我觉得那个老鼠有点眼熟,但想不出为什么。总之,坎德莫斯就是土拨鼠,这些年来,他一直保存着他的象征物。我想他原来也收藏着那只老鼠,后来交给赫伯曼,又转给了威克斯。"

"他为什么要找赫伯曼？如果他是土拨鼠，用不着赫伯曼，他自己就认识威克斯啊。他为什么不自己护送你进薄伽丘大楼呢？"

"这我不确定，"我说，"他可能害怕威克斯会对付他。别忘了，有谣言说坎德莫斯出卖了安纳特鲁利亚。坎德莫斯知道自己没有，但他怕万一威克斯真相信了这谣言怎么办？他不敢冒这个险。总之，老鼠很可能不会欢迎他的来访。"

"所以他觉得利用赫伯曼比较安全。"

"结果还是不够安全。"我说。

她还有其他问题，而我大半都有答案。然后她打算再叫一轮酒，我抓住了她的手。"我不要了。"我告诉她。

"啊，行了，伯尼，"她说，"我们已经有好几个星期没在工作后小聚喝一杯了，更何况今天是假日，你为什么不好好喝个痛快呢？"

"我们应该怀念在战争中死去的人，"我说，"而不是加入他们。总之，我还要去一个地方。"

"去哪儿？"

"你猜吧。"我说。

在《重击》中，亨弗莱·鲍嘉扮演的伯恩公爵是个职业罪犯,他希望洗心革面,因为如果他第四次被定罪,就会被判终身监禁。但他没法洗手不干,于是又参与策划了一桩武装抢劫案。帮派的首脑是个骗子律师,律师的太太是鲍嘉的老情人。她不想让鲍嘉冒生命危险,便用枪强迫鲍嘉留在她房里,不让他参与劫案。然而,一个证人从前科犯档案中指认出他来,这让我很怀疑警方怎么可能这样办事,但这当然是我的职业思维在作祟。

律师嫉妒鲍嘉,把他的不在场证明破坏了,于是他被关进监狱。然后又发生了越狱事件,鲍嘉逃了出来,结果发生了一连串的阴错阳差,鲍嘉找到了那个出卖他的律师,杀了他。不过他也中弹了,最后死在医院。

这是今晚的第一部电影,之前我没看过。我被剧情深深吸引,也许因此没吃多少爆米花,或者是因为我在饶舌酒鬼酒吧吃了太多花生米。总之,中场休息时,我的爆米花还有大半桶。我得去上厕所——喝啤酒必然的后遗症——但我去了又回来,没绕到前头的贩卖部去买吃的。

我没见到那个山羊胡,或者其他曾经见过的常客。我只是孤单地坐在黑暗中,看着电影。

第二部电影是《长眠不醒》,把这两部电影安排在一起放映的人一定是故意的,因为电影的名字如此相近[①]。但当然,这部电影是经典杰作,改编自钱德勒的小说,编剧

---

① 《重击》的英文名是 The Big Shot,《长眠不醒》的英文是 The Big Sleep。

则是福克纳,演出的有鲍嘉和劳伦·白考尔,还有一群杰出的好演员,包括多萝西·马龙和小伊莱莎·库克。我不打算在这里介绍剧情,一部分是因为说不清楚,另一部分是因为你们一定看过了。就算没看过,好吧,以后你一定有机会看的。

电影开始十分钟,我正沉浸在剧情中时,忽然听到衣服的窸窣声,又闻到一股香水味。然后有个人在我旁边的位子上坐下,一只手伸进了我的爆米花桶里,握住我放在里面的手,没松开。

我们一起看着银幕,两人都不发一语。

电影放映完毕后,我们是最后离开剧院的人。当银幕上出现演职员表,剧院灯光大亮时,我们还坐着。我想,我们彼此都不希望这一切告终。

到了街上,她说:"我买了一张票,然后检票口的人叫我把钱拿回去。他说你替我留了一张票。"

"他是个好人,不会对你撒谎的。"

"你怎么知道我会来?"

"我没认为你会来,"我说,"我根本不知道还能不能再见到你,亲爱的,但我认为值得一试。"我耸耸肩,"毕竟,那只是一张电影票,而不是一颗绿宝石。"

她握紧我的手。"我很想带你去我的公寓,但那已经不是我的了。"

"我知道,我去过。"

"所以你会带我去你的公寓。"

我们走着,一路上两人都没说话。到家之后,我问她要不要喝杯酒,她说不要。我说那我去煮咖啡,她说不必麻烦了。

"今天下午,"她说,"你说我们曾一起去看电影,但我们只不过是朋友。"

"好朋友。"我说。

"我们上过床。"

"朋友是用来做什么的?"

"可是你没让任何人知道我们上过床。"

"当时我一定是忘了。"

"你没忘,"她冷静而坚定地说,"我也不会忘。我永远忘不了,伯尼尼。"

"那让你印象太深刻了,"我说,"所以你要搬空你的公寓,走出我的生命。"

"你知道那是为什么。"

"没错,我想我知道。"

"他是我们这些人的希望,伯尼尼。而且我命中注定属于他,就像安纳特鲁利亚的独立是我全部的生命一样。我来这里就是为了跟他在一起,而且要……要坚定他对我们的承诺。成为国王,登上王位,这些对他来说已无意义。但领导自己的人民，实现国家的梦想，这一点令他热血沸腾。"

弹那首歌吧，我心想。当你需要杜利·威尔逊[①]时，他在哪里？

"然后你出现了。"她说，伸出一只手碰我的脸，露出她那独特的微笑，忧郁、智慧，还有一丝悔恨，"我爱上了你，伯尼尼。"

"而一旦我们在一起……"

"一旦我们在一起，就得分手。我只能跟你在一起一次，然后把你留在记忆中，温暖我的余生，伯尼尼。如果有第二次，我就会希望永远跟你在一起。"

"然而今晚你来了。"

"是的。"

"你之后要去哪里，伊洛娜？"

"到安纳特鲁利亚。我们明天离开，肯尼迪机场有一班夜间飞机。"

"你们两个将会搭上那班飞机。"

"是的。"

"我会想念你的，宝贝儿。"

"哦，伯尼尼……"

男人会淹死在那对眼眸中。我说："至少你们不会有

[①] 杜利·威尔逊（Dooley Wilson, 1886—1953），美国演员、音乐家，参演《卡萨布兰卡》，并演唱该电影主题曲。

查诺夫、雷斯莫里安和威克斯挡路了,他们会跑去苏黎世跟银行家玩跳房子,试图找出你们已经放弃的宝藏。"

"真正的宝藏是安纳特鲁利亚人民的精神。"

"你说的正是我想讲的。"我说,"但你们没有更多的活动经费,实在太可惜了。"

"这倒是真的,"她说,"麦凯尔也这么说。他本来想先募款,这样我们才有钱活动。但现在时机大好,我们承受不起等待的代价。"

"慢着,"我说,"在这里等我一会儿,可以吗?"

我离开坐在客厅沙发上的她,匆匆去卧室打开柜子。回来时带着一个厚纸板档案夹。

"威克斯讨厌这玩意儿,"我说,"他把这个从资料夹里抽了出来,没跟那些不记名股票放在一起。今天早上我从他公寓拿来了,我想拿走它应该比较安全,因为我不认为他会太重视这个东西。他所有的注意力都在政治和阴谋上头,他会认为这只是宣传品罢了。"

她打开资料夹,认可地点点头。"安纳特鲁利亚邮票,"她说,"当然,弗拉多斯国王有完整的一套,然后传给他的儿子,后来交到麦凯尔手上。真是漂亮,不是吗?"

"美极了,"我说,"这不是一套,而是一整版成套的。"

"这很好吗?"

"以集邮专家的观点来说,这套邮票有很多争议,"我说,"否则考虑到稀有的程度,简直是无价之宝。斯科特目录里没有估价,但多贝克的目录会给一些少见而传奇性的邮票估价,根据他们最近的目录,一整套估价是两万五千美元。"

"所以这些邮票值两万美元以上?太好了。"

"如果要卖,"我说,"价格通常是从多贝克目录的估价的三分之二到四分之三。"

"那就是两万美元,少了一点。"

"每一套。"

"是的,"她同意,"这样非常好了。"

"恐怕比你以为得还要好。"我说,"这款邮票整版有五十张,所以你们手上有五十套,这样就是一百万美元左右。"

她瞪大了眼睛。"可是……"

"趁我改变主意之前拿走吧,"我说,"纪德兰氏公司里有个人专门经手这类货品的生意。他要么会自己买下,要么就是安排替你们卖掉。他在伦敦的大波特兰街,名字和地址都写在你手上这个档案夹里面。我不知道你们能不能卖到一百万,可能会更多,也可能更少。不过应该可以拿到一个公道的价格。"我伸出食指,挑起她的下巴,"我不知道你明天晚上的飞行路线,但如果我是你,我会改变一下行程,先去伦敦一两天,你不会想把这种东西留在身上太久的。说不定会有什么差错,或是不小心就拿来寄信了。"

"伯尼尼,你可以自己留着的。"

"你这么认为吗?"

"当然,没有人知道你拥有这些邮票,甚至没有人知道它们很值钱。"

我摇摇头。"这样行不通,亲爱的。像你我这种卑微小人物的心愿和梦想,与你和迈克尔为之奋斗的远大目标相比,根本就琐碎不堪。当然,这些钱我用得上,但我并不真的需要。就算我真需要,我也可以出去偷,因为我就是个小偷。"

"哦,伯尼尼。"

"所以把邮票收起来,带回家吧。"我说,"我看你该离开了,伊洛娜。"

"但我本来想……"

"我知道你本来想怎样,我也想。但我曾经跟你上床,然后失去你,我不想再经历一次。一次是美好的回忆,两次就是心碎了。"

"伯尼尼,我要流泪了。"

"我应该吻掉它们,"我说,"但这么一来我就无法停止了。再见,亲爱的。我会想念你的。"

"我永远忘不了你,"她说,"我永远忘不了二十五街。"

"我也忘不了的。"我握住她的手臂,把她往门边送,"为什么要忘记呢,我们永远拥有二十五街。"

25

过了整整一个星期后,我才有机会告诉卡洛琳跟伊洛娜共度的最后那一夜。我不认为自己是有意瞒着她的,我们两个都很忙,我的书店照常营业,有时还延长营业时间,有天晚上我还搭火车到长岛替一家图书馆的藏书估价(收费的,他们不打算出售任何书),还有天晚上去参加珍本书拍卖,替一个害羞而不肯亲自在这类场合露面的客户出价。

卡洛琳也忙得很,因为有个狗展即将来临,所以有很多狗儿等着让她好好打扮。加上吉恩和特蕾西复合,她接了一堆电话也打了一堆电话,吉恩指责特蕾西和卡洛琳有染,但吉恩之前跟特蕾西刚分手时也跟卡洛琳有染。"纯粹的女同性恋闹剧。"卡洛琳这样描述。最后一切终于风平浪静,但闹得正凶的时候,就有一大堆午夜电话、摔电话以及街角的大嗓门对质。总算雨过天晴后,她如释重负,一头埋入她的苏·格拉夫顿藏书里了。

我们一周有五天一起吃午饭，工作后还相聚喝一杯。接下来到了星期四，阵亡战士纪念日之后一个星期又一天，我们工作后到饶舌酒鬼酒吧，卡洛琳正在说一个冗长而并不特别有趣的贝林登犬的故事。"从它的动作来看，"她说，"你会发誓它自以为是一只艾尔谷犬。"

"真的？"我说。

她看着我。"你觉得不好笑？"

"好笑，很好笑。"

"我看得出你觉得很滑稽。我觉得很好笑。"

"那你为什么不笑？"我说，"先不说这个，卡洛琳，我有件事情想告诉你。"然后我跟女服务员玛克辛要了另一轮酒，因为这将会是个让人口渴的差事。

我把整件事告诉她，而她也静静听完，没有插嘴。我讲完之后，她坐在那儿瞪着我，嘴巴张得大大的。

"真是太惊人了，"她说，"更惊人的是，你这一个星期零一天居然半个字都没提。"

"我只是一直忘了讲，"我说，"你知道我是怎么想的吗？我一定是需要一点时间来把这件事理清。"

"很合理。伯尼，我真是太吃惊了。我不想说什么吓死人的话，但老实说，小子，这是我毕生听过的最浪漫的故事了。"

"大概真的很浪漫吧。"

"不然还能怎么形容？"

"愚蠢,"我说,"真的很蠢。"

"你放弃了一百万美元啊。"

"差不多吧。"

"为了一个你可能再也见不到的女子。"

"我可能会在邮票上看到她,"我说,"如果安纳特鲁利亚发行这种邮票的话。但没错,我可能再也不会见到她了。"

"她根本不知道那些邮票的事情,对不对?她不知道你有那些邮票,也不知道这些邮票值钱。"

"查诺夫或雷斯莫里安会知道它们的价值,或至少知道它们很值钱。坎德莫斯或许知道——他有收藏癖。其他人则想不到。另外,的确,没有人知道邮票在我手上,尤其是伊洛娜。"

"然后你把邮票给了她。"

"嗯。"

"然后你还发表了那个卑微小人物的著名演说。"

"别再提醒我了。"

"你为什么要这么做,伯尼?"

"他们需要钱,"我说,"我当然也需要,但我不能假装我真有什么需要一百万美元的大事业,而他们用得着。"

"天哪,伯尼,那些美国髋关节发育不良协会的人也需要啊,但我却只能从你那里榨出二十美元。"

"那些邮票来自安纳特鲁利亚。"我说。

"我还以为是来自匈牙利呢。"

"你懂我的意思。那些邮票是为了安纳特鲁利亚的自由而发行的,而如果过了那么多年它们变得那么值钱,那么这些钱应该被用于当初发行的使命——假如真有这么一个使命,甚至有这么一个国家的话。"听起来够乱的了,我停下来把酒喝光。"如果她没有再度出现在牧歌剧院,"我说,"我不知道我会怎么做。我想过打电话给国王,把邮票给他,也许我会这么做,也许不会。我不知道。但重点是,她出现了。我多买了一张票,而当她最终坐进那个座位时,我发誓我真的没那么惊讶。"

"一旦她出现……"

"我握住她的手,让她吃爆米花,带她回家,把那些代表一大笔财富的稀有邮票给她,然后送她走。"

"而她小巧的耳边回荡着卑微小人物的演说。"

"别提那个卑微小人物的演说了,拜托你,好吗?"

"'亲爱的,像你我这种卑微小人物的心愿和梦想,与你和迈克尔为之奋斗的远大目标相比,根本就琐碎不堪'——"

"去你的,卡洛琳。"

"对不起,你知道自己是怎么回事吗?"

"我想我知道?"

"都是因为那些电影。"

"我正打算说。"

"你看了太多鲍嘉那些自我牺牲的高贵行为,当机会来临时,你根本无法招架。可怜的伯尼。每个人都从这件事情中捞到了好处,只有你除外。雷是大赢家,最后他拿了多少?四万八?"

"他还得分一点儿出去。现在警方的说法是,坎德莫斯杀了赫伯曼,然后走到下东区去买毒品。"

"是啊,他是个典型的毒虫。"

"然后买毒品时起了冲突,被射杀身亡。我猜最后会有两万五到三万美元落进雷的口袋。"

"当然他会坚持分你一点的。"

"那他一定是忘了。"

"真不公平,伯尼。毕竟,是你破了整个案子,他只是站在那儿而已。"

"他也没有光站着,中间他也不断出现过。"

"祝福他。他拿到了那些钱,伊洛娜和国王拿到了邮票,那三个混账拿到了不记名股票,去追寻安纳特鲁利亚失落的宝藏。那你呢?你连个影子都没捞到。"

"也许这么说很蠢,"我说,"但她将是我的回忆,我不必一再温习以确定自己记得,我不怕会忘记。"

"是啊。"

我拿起酒杯,朝向灯光,"总之,"我说,"我并没有两手空空而返。"

"你这什么意思,伯尼?"

"我从坎德莫斯的公寓里拿了那个骨雕土拨鼠,记得吗?"

"哇,伯尼。"

"后来我去查尔斯·威克斯的公寓时,不光从他那儿拿走了邮票。我也拿走了赫伯曼给他的那个老鼠骨雕。"

"天哪,等你卖掉这两个宝贝,你就可以退休养老了,对吧?"

"不,我想我会留着当纪念品。我真正的计划是明天晚上。"

"明天晚上怎么了?"

"一个名叫李松云的人要去看《衣柜里的少女》。"

"那是一出戏吗?"

"在百老汇大道的海伦·海耶斯剧院。票正抢手。我从一个黄牛那边弄到了两张,花了我将近两百美元。"

"一切都是为了让他离开屋子。"她猜,"但他到底是谁,你想让他离开的又是哪里的房子?哦,等一下。坎德莫斯楼下的那户人家,但是我忘了他的名字。"

"雷尔曼。"

"李先生住在跟雷尔曼交换的公寓里,对不对?"

我点点头。"他们再过一个月才会回来,他们家堆满了好货,一切都再完美不过了。那里没有警卫,门锁根本是骗小孩的,住在那里的人不会发现有东西搞丢,因为那根本不是他的东西。他会继续留意不要翻别人的柜子、偷开别人的抽屉,在雷尔曼一家回国之前,我早就把偷来的一切换成现金啦。"

我告诉她几件我在雷尔曼家匆匆停留时所看到的好东西。讲完了之后,她说:"跟你说,伯尼,我觉得很轻松。"

"什么意思?"

"你又是那副老样子了。鲍嘉在银幕上很伟大,但那些高贵的输家在现实生活中是没有出路的。我很高兴你又准备偷东西了。这对雷尔曼一家来说真是不好受——"

"我相信他们那些东西有保险。"

"就算他们没投保,我还是很替你高兴。"她皱皱眉,"那是明天,对吧?不是今天吧?"

"不是,怎么了?哦。"我举起杯子晃了晃,"不,是明天。你知道我工作时不喝酒的。"

"我好奇的就是这个。"

"哦,"我说,"我今天晚上有别的计划。事实上,你可能愿意一起去,但我们得从这儿直接去。"

"我不知道,"她说,"我那本新的苏·格拉夫顿小说才看了一半,有点急着想回去看完。那本书真好看。"

"嗯,你一向喜欢她的作品。"

"我最喜欢的一点,就是她从来不会自我重复,这一本给人感觉很震撼。"

"真的?"

她点点头,说:"是有关虐待狂和性变态的。罗马式狂欢宴、乱伦、变装舞会,我敢说,比金西①以往所卷入的一切都要变态得多。"

"天哪,也许你对金西的猜测没错。"

"我知道我没错。不过她自己没干什么,只是其他人都乱搞。"

"书名叫什么?"

"《I代表克劳狄》②。"

"很好记,"我说,"可是你随时可以待在家里看。陪我一起去吧。"

"去哪儿,伯尼?"

"看电影。"

"鲍嘉电影节已经结束了,伯尼,不是吗?"

"是结束了。不过在翠贝卡区的萨丁尼克剧院又开始了一个艾达·卢皮诺电影节。"

"伯尼,我有个疑问,谁在乎艾达·卢皮诺?"

"你对艾达·卢皮诺有什么不满?"

"没什么不满,但我从来不知道你迷她。她有什么特别的?"

"我一直很喜欢她,"我说,"但今天晚上的电影不一

---

① 金西·米尔虹(Kinsey Millhone)是苏·格拉夫顿一系列侦探小说中的女侦探。
② 以上关于格拉夫顿新书的内容与书名全是作者编来调侃的。

般。是《卡车斗士》和《夜困摩天岭》。"

"我相信这两部电影都很好看,但是……等一下,伯尼,我知道《夜困摩天岭》,那不是艾达·卢皮诺的电影。"

"肯定是。"

"她或许参演,但不代表这是她的电影。这是亨弗莱·鲍嘉的电影。他带着一把来复枪被困在一座山顶,后来被杀了。"

"你为什么要毁掉我等着看结局的期待?"

"行了,伯尼,你知道结局的。你看过这部电影。"

"最近没看过。"

"另一部呢?《卡车斗士》?除了艾达·卢皮诺之外还有谁?你不介意我问吧?"

"乔治·拉夫特,"我说,"我想还有安·谢里丹。"

"还有呢?"

"还有鲍嘉。他演一个独臂卡车司机。牧歌剧院演过《夜困摩天岭》,但那天晚上我得去参加拍卖会,没法去看电影。而《卡车斗士》没在牧歌剧院放映过。"

"也许他们不选这部电影是有原因的。"

"别傻了,"我说,"我相信这部电影很棒。你看怎么样?要一起去吗?我请你吃爆米花。"

"哦,那好吧。"她说,"不过有个条件,伯尼。我可不可以跟你直说?"

"什么事?"

"这只是消遣,"她说,"不是教育片,不要搞错了,明白我的意思吗?"

"当然。"

"很好,"她说,"别忘记哦,亲爱的。"

The Burglar Who Thought He Was Bogart
Copyright © 1996 Lawrence Block
First Published in the United States by Onyx, New York, New York. This edition is published in agreement with the author, c/o BAROR INTERNATIONAL, INC., Armonk, New York, U.S.A. through Chinese Connection Agency, a Division of the Yao Enterprises, LLC.
Simplified Chinese edition copyright © 2018 New Star Press
All rights reserved.

图书在版编目（CIP）数据

雅贼全集：精装典藏版：全11册/（美）劳伦斯·布洛克著；王凌霄等译. —— 北京：新星出版社，2018.10
ISBN 978-7-5133-3168-5

Ⅰ.①雅… Ⅱ.①劳… ②王… Ⅲ.①推理小说－小说集－美国－现代 Ⅳ.① I712.45

中国版本图书馆CIP数据核字（2018）第155987号

雅贼全集精装典藏版⑦

自以为是鲍嘉的贼

（美）劳伦斯·布洛克 著；林大容 译

责任编辑：王　欢
特约编辑：郑　雁
责任校对：刘　义
责任印制：李珊珊
装帧设计：周伟伟

出版发行：新星出版社
出 版 人：马汝军
社　　址：北京市西城区车公庄大街丙3号楼　　100044
网　　址：www.newstarpress.com
电　　话：010-88310888
传　　真：010-65270449
法律顾问：北京市岳成律师事务所

读者服务：010-88310800　　service@newstarpress.com
邮购地址：北京市西城区车公庄大街丙3号楼　　100044

印　　刷：北京盛通印刷股份有限公司
开　　本：889mm×1092mm　 1/32
印　　张：11.375
字　　数：152千字
版　　次：2018年10月第一版　 2018年10月第一次印刷
书　　号：ISBN 978-7-5133-3168-5
定　　价：638.00元（全十一册）

版权专有，侵权必究；如有质量问题，请与印刷厂联系调换。